SERATA TRA RAGAZZE NON È MAI STATA COSÌ PICCANTE!

Figa & fraintendere

JUDI FENNELL

La serata tra ragazze non è mai stata così gustosa!

A grande estrela de cinema Bryan Manley está destinado à fama e à fortuna, e não a reviver uma infância "normal" de apertos financeiros. Principalmente agora que está preso fazendo o papel de empregado para uma mulher mergulhada no "normal". Mas ele vai aproveitar ao máximo sua servidão, usando isso como pesquisa para seu próximo papel, e depois voltará à vida sob os holofotes.

Após a morte do marido e toda a publicidade que veio junto, tudo que Beth Hamilton quer é uma vida normal para ela e seus filhos. Um novo Príncipe Encantado também seria bem-vindo, mas ela nunca imaginou que ele apareceria em sua porta — ainda mais como empregado doméstico. Só que, quando os paparazzi aparecem junto, a última coisa que Beth precisa é de uma vida sob os holofotes. Bryan precisa ir embora.

Mas, à medida que a provocação vira sedução, Bryan precisa convencer Beth de que ele é mais homem do que empregado. Ou ator. Porque ele está estrelando uma versão invertida da história da Cinderela — e talvez esse seja o papel de sua vida...

Capitolo Uno

Aveva un figlio.

Bryan Lassiter stava in piedi alla fine della corsia del supermercato e fissava il bambino tre piedi davanti a lui.

I capelli neri e ricci erano gli stessi, compreso l'identico ciuffo ribelle sopra l'occhio destro che cadeva un po' più in basso del sinistro, e la stessa fossetta nella guancia destra. Anche gli occhi erano uguali. Quei maledetti occhi viola che Bryan aveva odiato fin da quando Julie Richardson li aveva definiti carini in prima elementare. Lui ed Elizabeth Taylor.

E ora questo bambino.

E se *questi* non fossero abbastanza, era il neo sul braccio del bambino che chiudeva il cerchio. Bry aveva lo stesso, a forma di stella a cinque punte con una punta arrotondata sul raggio in basso a destra. Bryan alla fine ci aveva fatto fare sopra un tatuaggio – a forma di stella – ma era lo stesso.

Aveva un figlio.

«Trevor? Dove sei?» Una graziosa brunetta si precipitò dall'estremità della corsia, con il volto segnato dalla preoccupazione. L'espressione si addolcì quando vide il bambino – l'esatto opposto della reazione di Bryan.

Non la conosceva.

Oh, aveva dormito con molte donne nella sua vita, ma si vantava di ricordare l'aspetto di ognuna, non importa quanto fosse stato ubriaco—

No. Non era del tutto vero. L'addio al celibato di Brad era passato in un'unica nebbia alcolica e poteva esserci stata una spogliarellista coinvolta...

Considerando che la festa di Brad era stata quattro anni fa, e il bambino sembrava avere circa tre anni... Sì, sembrava più che possibile, anche se non era mai stato così ubriaco da non usare un preservativo.

Che notoriamente possono rompersi.

Accidenti. Dato che il bambino assomigliava a ogni sua foto da neonato, una notte di dissolutezza e sfortuna *potrebbe* averlo portato ad avere un figlio.

«Tesoro, ti ho detto di non allontanarti mai dalla mamma. Questo non è il posto per giocare a nascondino.»

Gli occhi di Bryan volarono alla "Mamma". Alta circa un metro e sessantotto, con capelli castani ricci, lunghi fino al mento, che continuava a sistemarsi dietro le orecchie ma che non restavano al loro posto, zigomi alti e occhi grandi – azzurri o grigi, non poteva esserne sicuro. Movimenti aggraziati da ballerina che sarebbero stati fuori posto in un locale di spogliarelli, ma le gambe che sembravano non finire mai sicuramente no.

Erano state avvolte intorno a lui? Bryan si sentì eccitarsi solo a pensarci.

Ma poi guardò Trevor e tutto il suo *corpo* si irrigidì. Se quel bambino era suo, lei glielo aveva tenuto nascosto.

Sapeva almeno *chi* fosse il padre?

«Mi dispiaze, mamma.» Trevor si mise il pollice in bocca e Bryan fu ancora più convinto che il bambino fosse suo.

Molti bambini si succhiano il pollice, ma era il modo in cui Trevor giocava con il suo ciuffo – proprio come faceva Bryan. Finché il suo dito non era rimasto intrappolato nei grovigli e suo fratello maggiore Kyle aveva riso di lui. La mamma aveva dovuto tagliare i capelli per liberargli il dito e quella ciocca ribelle sulla fronte era diventata un motivo in più per Kyle per prenderlo in giro. Era stata l'ultima volta che Bryan si era succhiato il pollice.

«Sì, beh, mi hai spaventata, tesoro. Non voglio che qualcuno ti porti via da me, capito? Devi restare con me.» *La mamma* si inginocchiò e abbracciò Trevor, e il movimento fece abbassare i suoi pantaloni beige aderenti sulla schiena.

Nessun tatuaggio sulla parte bassa della schiena, quindi almeno aveva avuto un po' di gusto nelle donne quando era ubriaco. Anche con le spogliarelliste.

Bryan scosse la testa. Lui più di tutti non doveva giudicarla. Aveva fatto lo spogliarellista in passato e ora possedeva uno spettacolo di danza esotica, Beef-Cake, Inc. Ma lui e il suo socio Gage gestivano un'attività di classe e Nessuna Fraternizzazione era *la* prima regola della casa. Peccato che lei non avesse seguito la stessa regola.

«Perché qualcuno mi prenderebbe, mamma?» Trevor smise di attorcigliarsi i capelli con un ricciolo avvolto intorno al dito.

Mamma passò una mano sinistra senza anelli tra i capelli di Trevor, liberando il dito intrappolato, poi fece scivolare il palmo fino a prendergli il viso. «Perché sei un bambino molto speciale, Trevor. È per questo che ti amo tanto. Quindi devi restare sempre con me e non scappare, va bene? Anche se stai giocando.»

Trevor annuì e Bryan si sentì come se stesse guardando in uno specchio. «Ma *perché* sono così peciale?»

Lei lo strinse a sé e gli baciò la guancia. «Perché sei il mio piccolo ometto.»

La posizione di Bryan gli dava la visuale perfetta della ferocia della sua espressione mentre lo diceva, del rapido irrigidirsi del bicipite sotto la manica corta della maglietta mentre lo abbracciava. Amava il bambino. Ma evidentemente non abbastanza da dargli il padre che meritava.

Bryan aveva quasi voglia di dirglielo, ma i corridoi del supermercato non erano esattamente il posto migliore per lavare i panni sporchi. Controllò l'ora sul cellulare. Un'ora e mezza all'incontro con Gage.

Si mise gli occhiali da sole e abbassò ulteriormente la visiera del cappello da baseball. Poteva trattenersi ancora un po'. Seguirla per vedere dove abitava, e poi pianificare *quando* sarebbe stato il momento migliore per presentarsi e discutere dei suoi diritti di padre.

* * *

Jenna Corrigan abbracciò suo figlio e cercò di costringere il cuore a smettere di martellarle nel petto. Dio, aveva pensato di averlo perso.

Tre anni da quando era diventato suo, e ancora non aveva superato la sensazione che in qualche modo, in qualche maniera, le sarebbe stato portato via. E non intendeva da uno sconosciuto.

E se il padre fosse tornato? E se avesse voluto suo figlio?

Jenna strinse gli occhi con più forza, abbracciò Trevor più stretto finché lui non iniziò ad agitarsi e lei dovette lasciarlo andare. Ah, essere così spensierati.

È su questo che doveva concentrarsi, non sul fatto che il tipo che aveva messo incinta sua sorella per poi svignarsela potesse volersi assumere la responsabilità da cui era fuggito. Del resto, lei e Mindy erano andate da un avvocato prima che il cancro di sua sorella fosse progredito allo stadio terminale e avevano preparato i documenti in modo che, quando la fine fosse inevitabilmente arrivata, non ci fosse stato alcun intoppo nel rendere Trevor suo.

«Posso avere il gelato?» chiese Trevor succhiandosi il pollice.

Jenna sorrise. Se solo tutti i mali della vita potessero essere curati con il gelato. «Certo, tesoro. Che gusto?»

«Rocky Woad. È il mio pweferito.»

Questa settimana. La settimana scorsa era menta.

Jenna lo liberò dal suo abbraccio, il suo corpo che bramava istantaneamente di riaverlo vicino. Non l'aveva portato dentro di sé, ma avrebbe potuto benissimo averlo fatto. Aveva dormito con lui ogni notte per i primi tre mesi dopo la morte di Mindy - più per il suo conforto che per quello di lui.

Si alzò e scacciò *quei* pensieri dalla mente. Questa era la sua vita ora. *Trevor* era la sua vita. Doveva andare avanti. *Sarebbe* andata avanti.

Tese la mano. «Andiamo a sceglierne un po', allora, piccolo.»

«Va bene, mamma.» Ditini umidi scivolarono nel suo palmo e Jenna non l'avrebbe voluta in nessun altro modo.

Si incamminarono lungo il corridoio e Jenna notò il sorriso sul volto di un uomo mentre girava la testa, la visiera del cappello da baseball che gli nascondeva gli occhi. Aveva ascoltato la loro conversazione. Probabilmente era padre anche lui, a giudicare da quel sorriso ironico. Conosceva il sollievo che lei aveva provato nel rendersi conto che il suo bambino non era scomparso.

Come sempre, il tonfo nel suo stomaco la colpì con un dolore lancinante e Jenna esitò per mezzo passo dietro l'uomo. Quella sensazione sarebbe mai scomparsa?

«Posso avere anche la cioccolata?» Trevor, come sempre, la riportò al presente. Un luogo molto migliore in cui stare rispetto al loro passato.

«C'è la cioccolata nel Rocky Road, Trev. Pezzettini qua e là.»

«Oh. Va bene.» Il suo pollice tornò nella bocca e lui si spostò dall'altro suo lato, le dita che normalmente giocherellavano con i suoi capelli ora stringevano la sua mano. Probabilmente avrebbe dovuto impegnarsi a fargli smettere di succhiarsi il pollice, ma impedirgli un gesto che gli dava conforto andava contro i suoi principi. Lei sapeva, per esperienza diretta, quanto fossero importanti le cose che danno conforto.

Soprattutto quando la vita poteva essere un po' troppo dura senza di esse.

Capitolo Due

Dai, Trevor, è ora della nanna.» Jenna estrasse la scimmietta di pezza da dietro il divano e la poltrona, ringraziando Sant'Antonio e chiunque altro fosse responsabile del ritrovamento. Il riposino non sarebbe andato bene senza il Signor Scimmia.

«Non voglio.»

Sembrava che il riposino non sarebbe andato bene comunque. Jenna sospirò. I sonnellini stavano diventando complicati negli ultimi tempi; Trevor non voleva più farli e Jenna non voleva eliminarli. Aveva bisogno di quelle preziose due ore per lavorare. La vita da genitore single non favoriva certo la carriera, ma Jenna era stata fortunata quando era tornata, non solo ritrovando il suo posto di insegnante, ma anche in una scuola che aveva un asilo. Ma quell'asilo non era gratuito, quindi le sue lezioni private estive dovevano compensare la differenza. Per gli ultimi due anni, aveva programmato le lezioni durante il sonnellino di Trevor, ma l'anno prossimo avrebbe dovuto trovare un'altra soluzione, che avrebbe comportato pagare una baby-sitter, soldi che non voleva necessariamente - o non aveva - da spendere. Non poteva contare *sempre* sull'aiuto della sua amica Cathy.

«Dai, Trevor. Potrai avere un po' di gelato quando ti svegli.» Odiava ricorrere alla corruzione. Se solo avesse potuto chiedere a sua madre-

No. Quella opzione era fuori discussione. *Ellen* le aveva già fatto abbastanza storie per aver avuto Trevor. Jenna non aveva detto a sua madre la verità sulla paternità di Trevor perché Mindy era in realtà la sua *mezza*-sorella, il risultato della relazione che aveva posto fine al matrimonio dei suoi genitori. Ellen, come preferiva che Jenna la chiamasse - e come Jenna preferiva chiamarla - avrebbe gioito all'idea che Mindy avesse avuto un figlio fuori dal matrimonio e sarebbe stata più che felice di raccontare a chiunque volesse ascoltarla che tipo di sgualdrina fosse stata la ragazza. Quindi Jenna non glielo aveva detto.

«Trevor, dai.» Lei e il Signor Scimmia si diressero in cucina per rimuovere un recalcitrante bambino da dietro il cestino dei rifiuti e metterlo nel suo letto "da bambino grande" dove doveva stare. Ora, se solo ci fosse rimasto.

Si accovacciò vicino al suo nascondiglio. «La mamma ha bisogno che tu faccia il bambino grande e faccia il sonnellino. E il Signor Scimmia è stanco.» Agitò il giocattolo davanti a lui, ma Trevor non abboccò.

«I bambini grandi non fanno il sonnellino,» brontolò, stringendosi ancora di più contro il muro. «Solo i bambini piccoli fanno il sonnellino. Lo dice Michael.»

Jenna trattenne la sua risposta. Michael era un'autorità su tutto e qualsiasi cosa secondo suo figlio. Certo, Michael aveva solo quattro anni, ma questo non importava a Trevor. Jenna riceveva il "Rapporto Michael" ogni giorno quando andava a prendere suo figlio all'asilo. "Michael ha fatto questo" e "Michael ha fatto quello". Nove volte su dieci, però, era più del tipo "Michael ha preso a calci l'insegnante" o "Michael ha rotto il pastello di Rebecca", piuttosto che una grande rivelazione dal saggio quattorenne. Michael sembrava aver bisogno di molta terapia.

«Michael si sbaglia, Trevor.»

Ops, tattica sbagliata. Per quanto riguardava Trevor, Michael era Dio.

«Non voglio.» Si mise il pollice in bocca e iniziò a succhiarlo rumorosamente.

Jenna guardò l'orologio. Quindici minuti prima che arrivasse Jason. Se fosse stato uno qualsiasi degli altri studenti, Jenna avrebbe potuto provare a sistemare Trevor davanti alla televisione per tenerlo occupato, ma il bambino idolatrava Jason. Lo bombardava sempre con centinaia di domande sul suo camion "fantastico". Il catenaccio a strisce arancioni e rosse non era granché dal punto di vista meccanico, ma per un bambino di tre anni e mezzo appassionato di camion, era "fantastico". Jason era bravo a gestire la situazione, ma doveva affrontare i test SAT in autunno, e oggi avevano davvero bisogno di concentrarsi prima che iniziasse il campo di football.

«Trevor, devi fare il sonnellino. È il tuo lavoro, ricordi? Proprio come la mamma ha un lavoro, anche tu hai un lavoro.»

«Come il papà di Michael? Lui porta la clavatta. Posso portare la clavatta?»

Quindi Michael serviva a qualcosa. Suo padre.

Jenna non poteva ignorare quella fitta di dolore ora più di quanto avesse potuto fare prima. Ma non poteva pensare a Carl. Evidentemente non era stato l'uomo che lei credeva quando l'aveva lasciata per aver adottato un bambino.

Trevor non aveva bisogno di uomini come lui nella sua vita. E nemmeno lei.

Tuttavia, il senso di colpa che, da qualche parte, Trevor avesse davvero un papà non se ne andava. Mindy semplicemente non sapeva chi fosse quel papà. Un grande, freddo INFORMAZIONE NON REGISTRATA occupava quella riga del certificato di nascita di Trevor.

Al padre importerebbe di Trevor? Forse lo vorrebbe con sé?

E se fosse così? Se tornasse e la portasse in tribunale? Un giudice riconoscerebbe i suoi diritti?

È una domanda a cui Jenna non voleva mai dover rispondere.

Mise Trevor a letto con la promessa di comprare sia a lui *che* a Signor Scimmia delle cravatte quando si sarebbero svegliati, poi si affrettò giù nella sala da pranzo che aveva trasformato in un ufficio-slash-aula. Ben lontana dalla casa che lei e Carl stavano valutando, completa di una stanza giochi per i loro figli, prima che Carl rompesse il fidanzamento. Fidanzato, grande casa, ora il suo soggiorno... aveva sacrificato molto per il bene dei giocattoli.

Eppure, quando guardava il caos dai colori primari che la circondava, non se ne pentiva affatto. Beh, di aver dovuto sacrificare il soggiorno. Carl, d'altra parte...

Le dispiaceva che non fosse stato l'uomo che lei pensava fosse.

Il campanello suonò e Jenna trasalì. Jason sapeva di non dover suonare il campanello.

Rimase in ascolto ai piedi delle scale, ma da Trevor non veniva alcun rumore. Grazie al cielo.

Si affrettò alla porta e l'aprì, completamente preparata a ricordare a Jason esattamente perché non dovesse suonare il campanello, ma non c'era Jason sulla soglia.

C'era un uomo. O meglio, c'era *quell'*uomo. Quello del supermercato. Avrebbe riconosciuto quella corporatura, e quel delizioso aroma di sapone e di lui, ovunque. E anche il cappellino da baseball.

«Posso aiutarla?»

L'uomo la squadrò dalla testa ai piedi. Non che potesse dirlo con certezza dato che i suoi occhi erano coperti dagli occhiali da sole, ma era più una sensazione. Ogni parte di lei formicolava mentre lui la esaminava.

Era ridicolo. Non poteva vedergli gli occhi, quindi come faceva a sapere quando raggiungevano una parte del suo corpo?

E cosa stava facendo a pensarci comunque?

E, cosa più importante, cosa stava facendo lui a guardarla così?

«Le serve qualcosa? Ho uno studente che arriva tra meno di dieci minuti, quindi dovrà essere veloce.»

«Lei dà lezioni? Questa è una sorpresa.» La sua voce si aggirava da qualche parte sopra il basso ma sotto il tenore - e vibrava lungo la sua spina dorsale come un'orchestra. Non aveva bisogno di fissarla per attirare la sua attenzione.

Il modo in cui riempiva la sua maglietta *manteneva* la sua attenzione.

Oh, per l'amor del cielo. Non aveva più sedici anni. Era una mamma e aveva un cliente in arrivo, quindi il signor Alto, Scuro e Bellissimo doveva sbrigarsi ad andarsene. «Mi scusi, cosa ha detto?»

«Qual è la sua tariffa?»

Voleva che facesse da tutor a suo figlio? Un modo piuttosto sgarbato di chiederlo. Ma lei aveva bisogno di soldi, quindi non poteva permettersi di fare la schizzinosa. Non in questa casa.

«Quaranta dollari l'ora». Competitivo, ma non proibitivo.

«*Quanto?*» Ovviamente non era d'accordo. «Sta scherzando? Quaranta dollari?» Scosse la testa. «Signora, deve avere un po' di standard».

«Guardi... Signore. Ho tutti gli standard richiesti dallo stato. Non posso garantire risultati, ma i miei clienti mi hanno raccomandata ai loro amici, quindi devo star facendo qualcosa di giusto». Il pick-up di Jason si fermò sul ciglio della strada. «Guardi, devo andare». Prese uno dei suoi biglietti da visita dalla mensola accanto alla porta. «Tenga. Prenda questo, ci pensi e mi chiami. Possiamo trovare un accordo».

«Ehi, signorina C. Va tutto bene?» Jason fece il cenno di saluto con il mento, d'obbligo, a Mister Alto, Scuro e Cupo mentre saliva le scale del portico, con il legno di quercia usurato che scricchiolava sotto la muscolatura di un diciassettenne che non stava puntando il suo futuro sull'ottenere una borsa di studio per il football, ma stava sicuramente lavorando verso quell'obiettivo.

«Tutto a posto, Jason. Pronto per la lezione?» Si fece da parte per far entrare Jason, poi rivolse un sorriso all'uomo. «Non vedo l'ora di parlare con Lei». Iniziò a chiudere la porta.

Il tipo sbatté una mano contro di essa, bloccandone efficacemente lo slancio, e con l'altra mano le afferrò il braccio. «Cosa sta facendo? Quel ragazzo non ha nemmeno diciott'anni!»

Metà dei suoi sensi registrò la rabbia nella sua voce; l'altra metà registrò qualcosa di completamente diverso.

La sua pelle... *sfrigolò* dove si incontrava con la sua. Sfrigolò. Si sorprese di non riuscire a sentire lo scoppiettio e il sibilo o l'odore di fumo, ma quello era decisamente fuoco tra di loro.

«Guardi-» Diede un'occhiata al biglietto che teneva in mano sulla porta. «Signora Corrigan. Non può semplicemente invitare un minorenne in casa sua senza che nessuno lo sappia».

Jenna scosse la testa, cercando di riprendere la concentrazione. Non aveva bisogno di essere attratta da questo tipo, specialmente non con il suo comportamento imprevedibile. Strappò il braccio dalla sua presa e lui quasi barcollò dentro casa. «I suoi genitori sanno dove si trova. Perché non dovrebbero? Sono loro che pagano il conto».

Jason sporse la testa dall'ufficio. «C'è qualche problema, signorina C.?»

Jenna inarcò un sopracciglio verso il visitatore. «No, nessun problema, Jason. Arrivo subito. Perché non prepari tutto? Questo signore stava giusto andando via».

E si assicurò che lo facesse chiudendo fermamente la porta in faccia a quel viso stupendo.

Bryan pensava che nulla potesse colpirlo più duramente che vedere un bambino che poteva essere suo figlio nel corridoio del supermercato della sua città natale.

Beh, si sbagliava di grosso.

Lei, questa Jenna Corrigan, stava accogliendo clienti — minorenni! — a casa sua. Dove c'era suo figlio. E non c'era modo di convincerlo che quel *cliente* fosse lì per fare qualcosa di diverso che amoreggiare con l'insegnante — aveva visto l'interesse negli occhi del ragazzo. Tutto desiderio maschile, carnale. Quel ragazzo era lì per una ragione e una ragione soltanto e sì, aveva a che fare con lo spogliarsi. Ma non come scelta professionale.

Cosa stava pensando? Cosa stavano pensando i *genitori* del ragazzo?

Bryan sapeva cosa stava pensando il *ragazzo*. Diavolo, se avesse potuto avere una possibilità con qualcuno dall'aspetto simile a quando aveva diciassette anni—

Che diavolo c'era di sbagliato in lui? Era una prostituta costosa — o, a quaranta dollari l'ora, una piuttosto economica.

E lei pensava che fosse tutto normale.

Bryan guardò il suo biglietto da visita. *Jenna Corrigan, Lezioni Private.* Cristo, non si era nemmeno *preoccupata* di nascondere ciò che stava facendo.

Doveva andare dalla polizia. Doveva farlo. Era un cittadino onesto. Un cittadino preoccupato. Aveva sentito parlare di casalinghe di periferia che si prostituivano nelle loro case con tanto di steccato bianco; solo che non ci aveva mai creduto davvero.

E con ragazzi minorenni? E nessuno che protestasse? I genitori del ragazzo che addirittura *pagavano* per questo? Dove stava andando a finire questo mondo?

Bryan in qualche modo riuscì ad allontanarsi dal portico senza rompersi l'osso del collo, ma era ancora sbalordito quando raggiunse il suo furgone. Certo, l'economia era stata dura per tutti e forse un bambino aveva rovinato la sua figura da spogliarellista - anche se, da quello che aveva visto, non troppo - ma prostituirsi? E con il figlio in casa? *Suo* figlio?

Bryan si allontanò dal marciapiede, memorizzando la targa del furgone. Se i genitori del ragazzo non avevano intenzione di fare nulla al riguardo - no, correggiamoci, perché *stavano* facendo qualcosa, ma niente che lui avesse mai sentito - doveva denunciarla e salvare quel bambino dall'essere cresciuto in quel tipo di ambiente.

Se Trevor *fosse* davvero suo figlio, ottenere la custodia sarebbe stato più facile.

Capitolo Tre

«Ehi, signora C?» Jason fece un rullo di tamburi tipo bongo sulla parete del suo ufficio. «Viene?»

«Um, sì.» Jenna smise di fissare l'uomo che aveva stravolto il suo mondo con un solo tocco della sua mano.

Scosse la testa. *Riprenditi.* Aveva un lavoro da fare, un bambino di cui prendersi cura e bollette da pagare. Fantasticare su un ragazzo bellissimo con seri problemi di atteggiamento non era utile a nessuna di queste cose. Inoltre, c'era la concreta possibilità che l'avrebbe rivisto.

La prossima volta avrebbe controllato se portava un anello.

Jenna chiuse la porta, controllando di nuovo la serratura. A volte lei e Jason si immergevano così tanto nel loro lavoro che non voleva rischiare che Trevor si svegliasse dal pisolino e provasse a uscire senza che lei lo sapesse. Non che fosse mai successo, ma aveva sentito storie da amici i cui figli erano andati a giocare con il loro migliore amico ed erano troppo piccoli per ricordarsi di dirlo ai genitori. Non era uno spavento che voleva sperimentare. Quello di oggi era stato sufficiente. Si era girata per un secondo e lui era scomparso dietro un espositore.

Jason si alzò quando lei entrò nell'ufficio. «Chi era quel tipo, signora C.?»

Jenna si strinse nelle spalle. «Non ne ho idea. Ha bisogno di un tutor però, quindi immagino che lo scoprirò.»

«Le dava fastidio? Potrei, sa.» Jason fece scrocchiare le nocche. «Farci due chiacchiere per Lei.»

Jenna nascose il suo divertimento. Jason non era mai stato così esplicito con la sua cotta prima d'ora. «Non so chi sia, ma sto bene. Nessun bisogno di brutalità. Credo che semplicemente non fosse consapevole di quanto costi l'aiuto extra. Non come te, vero?»

Doveva ammetterlo, quel ragazzo era in gamba. La dislessia rendeva il lavoro scolastico molto più difficile, e avrebbe potuto cavarsela solo con i suoi meriti nel football, ma Jason aveva dei sogni. Grandi sogni. Abbastanza da promettere ai suoi genitori che avrebbe restituito ogni centesimo di quello che stavano pagando a lei se non avesse fatto abbastanza bene nei SAT per qualificarsi per una decisione anticipata.

Nessuna pressione o altro. Per entrambi.

«Penso di aver finalmente capito come funzionano i problemi di matematica, signora C.» Jason aspettò che lei si sedesse. Cavalleresco, ma sperava che la sua cotta non diventasse un problema. La visita del signor Alto, Scuro e Bellissimo aveva aperto alcune chiuse di feromoni che non erano state lubrificate da molto tempo.

«Ottimo, Jason. L'ultimo ostacolo superato per la nostra ultima sessione. Sono sicura che andrai bene nei SAT.»

«Sì, be', tranne per i saggi. Non penso che riuscirò a superare quella parte.»

Ed ecco che i feromoni venivano sostituiti dai Semi del Dubbio. Aveva sentito lo stesso sentimento da così tanti ragazzi. Quelli che venivano da lei erano solitamente vicini alla bocciatura, se non già bocciati. Così indietro che recuperare non sembrava fattibile.

Mindy era stata così.

Jenna scosse la testa. Non poteva pensare a Mindy. Aveva amato sua sorella minore, ma era più che consapevole delle decisioni sbagliate che Mindy aveva preso nella sua vita. È per questo che ora aveva un bambino di tre anni e mezzo che dormiva al piano di sopra.

Non che Trevor fosse una decisione sbagliata. Anzi, la migliore decisione che Mindy avesse mai preso era stata tenere il bambino. La seconda migliore era stata affidarglielo quando l'inevitabile era iniziato.

Mindy aveva cercato di rimediare a tutti i suoi errori. Volubile e irresponsabile, scelte sbagliate... eppure, aveva avuto un buon cuore.

Se solo Jenna avesse potuto far vedere a sua madre che avrebbe avuto almeno un membro della famiglia - e tristemente, l'unico che le rimaneva - dalla sua parte, ma l'argomento Trevor portava sempre all'argomento dell'"errore" di Jenna quando aveva diciassette anni.

Accarezzò il suo stomaco, ricordando come si era sentita durante quei tre mesi prima che la Natura e un guidatore ubriaco avessero fatto sparire la disgrazia di Ellen. Quel dolore era ancora vivo. Certo, rimanere incinta al liceo non era stata la migliore idea, ma questo non significava che non piangesse la perdita. Allora come ora.

«...i saggi. Giusto?»

Jenna scosse la testa. «Mi dispiace, Jason, cosa hai detto?»

Doveva concentrarsi. Jason la pagava per il suo tempo, non per i suoi dolorosi ricordi.

«Ho detto, peccato che non ci siano numeri nei saggi.»

Jenna si trattenne dal prendergli la mano. Per quanto fosse insicuro e preoccupato, Jason era sulla soglia dell'età adulta. Non aveva senso cercare guai. Si accontentò di un rapido colpetto sul tavolo con la gomma della sua matita. «È vero. Ma ce la puoi fare. Usa semplicemente le strategie che abbiamo elaborato. Guarda quanto sei migliorato in composizione inglese in questo modo. Supererai la parte dei saggi del test.»

Jason sorrise, con un sorriso pigro, da ho-il-mondo-in-pugno che, dodici anni fa, avrebbe fatto battere forte il suo cuore adolescente. Lo aveva fatto, in effetti, grazie a Dave Miller. E *per colpa* di Dave Miller quello stesso cuore era stato spezzato in quella terribile mattina in cui lui e la vita le avevano dato un uno-due, distruggendo le sue speranze, il suo cuore e la maggior parte della sua famiglia. I suoi sorrisi erano andati in pausa fino a quando Trevor non era entrato nella sua vita.

Jenna prese il quaderno di Jason dove avevano esercitato la scrittura. Avere Trevor rendeva tutto questo utile. È per questo che non lo aveva lasciato per Carl. Per questo non lo avrebbe lasciato per nessuno. Il prossimo uomo nella sua vita avrebbe dovuto amare sia lei *che* suo figlio.

O non sarebbe stato l'uomo per lei.

* * *

Il sergente di polizia non smetteva di ridere. Nemmeno il vice, i due tizi dietro le scrivanie nell'angolo e l'operatore della centrale. Persino il fattorino della pizza dell'ora di pranzo aveva contribuito con un paio di risatine.

Ma Bryan non ci trovava nulla di divertente.

«Quindi Lei pensa che Jenna Corrigan gestisca una casa di appuntamenti a casa sua?» Il sergente Benton emise un sonoro «Ooooh!» e si piegò in due dalle risate.

«Guardi, Sergente, so quello che ho visto.» Bryan cercò di mantenere la voce ferma. «Mi ha persino detto quanto fa pagare.»

Questo fermò le risate. Gli occhi di Benton si strinsero. «Le ha fatto proposte?»

«Sì-no. Certo che no. Ha semplicemente iniziato a dirmi cosa faceva e io ero come Lei; non potevo crederci. Ho dovuto chiedere quanto faceva pagare. Mi è venuto spontaneo.»

«Le dirò cosa è andato storto, Lassiter.» Il sergente avvicinò la sedia alla scrivania, appoggiò il gomito su di essa e puntò un dito verso la testa di Bryan. «Il Suo cervello. È stato colpito troppe volte in testa giocando a football al college. Per fortuna non è mai diventato professionista. Ho conosciuto il padre di Jenna per tutta la mia vita. Quella ragazza non fa la prostituta.»

Bryan tenne a freno la sua rabbia. Il figlio di Sam Benton, Matt, aveva fatto la riserva come quarterback per tutti e quattro gli anni del liceo quando Bryan era stato titolare; c'era molto risentimento. C'era sempre stato. Avrebbe dovuto sapere che non avrebbe ottenuto nulla da Sam. E non aveva nemmeno *menzionato* Trevor ancora.

«E forse dovrebbe pensare a questa storia della pentola che chiama nero il bollitore. Dopotutto, *sappiamo* che Lei vende porcherie. Non è in posizione di parlare.»

Altro controllo della rabbia. *Non* vendeva porcherie. Le ballerine erano ben addestrate. Sexy senza sconfinare nel volgare. Il locale aveva degli standard, incluso quello di non mettere bambini di quattro anni in situazioni sessualmente pericolose.

A proposito... Bryan controllò il cellulare. Sarebbe arrivato in ritardo all'incontro con Gage e il tizio che possedeva la proprietà accanto al locale se non si fosse sbrigato. La fidanzata di Gage aveva avuto l'idea di avere sia ballerini che ballerine, cosa che non solo aveva messo a tacere le accuse di sessismo da parte di alcuni cittadini, ma aveva raddoppiato il target demografico del locale. Ora c'erano coppie che venivano per le serate romantiche, e i soldi stavano davvero iniziando ad arrivare, quindi avevano bisogno di più spazio.

Forse *lui* dovrebbe assumere Jenna. Tenerla lontana dalle strade, per così dire. Almeno, in quel modo, potrebbe tenerla d'occhio.

E magari una mano o due, giusto per ricordare cosa aveva provato quella notte-

Sì, insomma, non succederà mai.

«Quindi mi sta dicendo che non mi crede?»

Il sergente si appoggiò allo schienale della sua sedia e allargò l'elastico dei suoi pantaloni dell'uniforme anonima. «Puoi scommetterci, figliolo. Sarai anche un genio sul campo da football, ma quando si tratta di Jenna Corrigan, sei più stupido di una gallina in un rifugio di volpi. Jenna fa la prostituta quanto me.»

Con la pancia da birra del sergente che precedeva il resto del corpo di un buon mezzo metro, quella dichiarazione fu accolta con altre risate.

Bryan non amava essere deriso.

Si alzò, sapendo che la sua stazza era intimidatoria, e per buona misura puntò un dito sulla scrivania davanti al sergente. «Guardi, Sergente, sono un cittadino preoccupato. So cosa ho visto e sentito, e l'ho denunciato. Lei deve indagare.»

Il sergente alzò un sopracciglio verso di lui. «Io non ti dico come fare il tuo lavoro, Lassiter, non dirmi tu come fare il mio. Seguirò la procedura, come sempre. Ma non devo essere entusiasta di far sapere a Jenna che c'è un matto a piede libero in questa città.»

Vediamo quanto matto avrebbe ritenuto il sergente che fosse dopo aver intervistato il ragazzo che era a casa di Jenna proprio in questo momento.

L'immagine di quel giovane, tutto sudato e arrapato, che guardava Jenna con lussuria, gli annodò lo stomaco. Gesù. *Non era* geloso di un ragazzino del liceo.

Certo che no; era preoccupato per Trevor. Era di questo che si trattava. Suo figlio. Il suo possibile figlio.

No. Trevor *era* suo. Lo *sapeva*; semplicemente non sapeva *come* Trevor fosse suo figlio. Si sarebbe ricordato di essere andato a letto con Jenna. Lei era esattamente il tipo di donna che gli piaceva - beh, a parte la cosa della spogliarellista. Sì, era un doppio standard, ma Bryan non condivideva. Mai fatto. Mai avuto bisogno di farlo. Aveva sempre avuto donne, e il fatto di aver avuto possibilità di scelta non significava che si fosse abbuffato al punto di non riuscire a ricordarsi qualcosa di intimo come fare l'amore con loro.

Ecco *lì* un'immagine. Jenna, sotto di lui, tutta calda e sudata e contorcendosi e-

Merda. Bryan si ficcò le mani nelle tasche per nascondere la sua crescente erezione. Aveva bisogno di uscire dalla stazione di polizia o Benton avrebbe pensato che *lui* fosse quello che doveva essere indagato.

Capitolo Quattro

«Ehi, Jenna!» Il sergente Benton afferrò la ringhiera quando raggiunse il terzo gradino del suo portico. Un miglioramento. Di solito la afferrava al primo. La sua dieta doveva funzionare.

Jenna abbassò l'annaffiatoio. L'olmo dei Mellor proteggeva le impatiens dalla maggior parte dei danni del sole. I fiori potevano aspettare ancora un po'.

«Ciao, Sarge». Era stato "Sarge" da quando Trevor aveva iniziato a parlare. Era il più vicino che riuscisse a pronunciare e a Sarge andava bene così. «Cosa posso fare per te? Ho preparato yogurt e mele per Trevor. Ne vuoi un po'?» L'inganno era il suo contributo alla sua dieta ogni volta che passava - cosa che, da quando era tornata, avveniva abbastanza spesso e direttamente attribuibile a Trevor. Si era spesso chiesta se uno dei figli di Sarge potesse essere il padre di Trevor.

Ma non aveva mai chiesto. Non voleva saperlo.

«È sveglio?»

«Non ancora. Ho avuto difficoltà a farlo addormentare, quindi non pensavo fosse così stanco. Ma suppongo che non si sappia mai con i bambini.»

«Non solo i bambini.»

«Cosa?»

Sarge scosse la testa. «Niente. Accetto volentieri uno spuntino, se non ti dispiace.»

Jenna tenne aperta la porta a zanzariera e con un gesto della mano lo invitò a entrare. «Con piacere.»

Sarge, tuttavia, era all'antica. Il suo gesto fu più ampio di quello di lei, coinvolgendo tutto il braccio. «Dopo di te.»

Come poteva resistere? Jenna lo condusse in cucina, la stanza della casa di cui andava più fiera. La casa era appena abitabile quando l'aveva comprata - il motivo principale per cui se l'era potuta permettere. In affitto per dodici anni, la casa implorava amore e attenzioni - due cose di cui Jenna disponeva in abbondanza.

Una fortuna, perché molte volte avevano dovuto spingersi oltre il suo conto in banca.

«Tè freddo o limonata?» Tirò la pesante porta dell'antico frigorifero Philco. Era troppo pesante da spostare quando aveva comprato la casa. Non ne aveva mai visto uno prima, quindi quando il tizio che era venuto per portarglielo via le aveva detto quanto valeva, lo aveva assunto per ripararlo invece. Era stato il suo primo investimento monetario nella casa oltre alla casa stessa, e aveva dato il tono alla cucina.

Ora di un rosso brillante, era il complemento perfetto per il pavimento a scacchiera bianco e nero che aveva posato e per i mobili e gli elettrodomestici bianchi sotto la parete di finestre che aveva raschiato, carteggiato, rivetrato e dipinto. Un set di tavolo e sedie retrò cromato che aveva acquistato a un mercatino dell'usato e strofinato con lana d'acciaio si appoggiava alla parete interna. Il vinile rosso dei sedili si abbinava alla mantovana a quadretti sopra le finestre. Mensole piene di bottiglie e vasi di vetro latteo che avevano decorato i piani di lavoro fino a quando Trevor aveva iniziato a camminare ora riempivano lo scaffale che circondava la parte superiore delle pareti alte nove piedi.

«Il tè freddo va bene.» Sarge si sedette a capotavola - il posto migliore per vedere il viso di Trevor quando fosse entrato dalla porta. Sarge e sua moglie, Beverly, avevano due figli adulti, ma nessuno aveva figli. A causa dell'amicizia dei Benton con suo padre (e quello di Mindy), erano le persone più simili a nonni che Trevor avesse da quando era morta la madre di Mindy, e lui la cosa più simile a un nipote per loro.

«Yogurt?» Tirò di nuovo e la pesante porta si aprì.

«Ne hai con i mirtilli? I semi di fragola mi si incastrano nei denti.»

Jenna passò in rassegna le torri che a Trevor piaceva costruire con i suoi snack preferiti sul ripiano inferiore. Nessuna logica sul perché facesse le sue pile asimmetriche in quel modo, ma ci sarebbe stato tempo per l'organizzazione più avanti nella vita.

«Niente mirtilli. Ho della vaniglia semplice, però. Posso aggiungere delle fette di banana se vuoi.»

Il sergente fece cenno di passargli il vasetto di yogurt. «Non disturbarti. Lo prendo così com'è. Dai, siediti.» Spinse fuori con il piede la sedia accanto a lui.

«Grazie, ma devo iniziare a preparare la cena. Trevor vuole i ravioli stasera e dovrei scongelare la carne macinata per le polpette.»

«Jenna, per favore. Siediti.»

Sarge non aveva usato quel tono con lei dal terribile pomeriggio in ospedale quando era uscita dalla sala operatoria - mentre suo padre no.

Cercò a tastoni lo schienale della sedia più vicina. Quella di Trevor. Ma non le importava. Non pensava che le sue gambe l'avrebbero portata dall'altra parte del tavolo. «C-che c'è?»

O Dio. Che cosa poteva essere? Beverly? Sarge?

«Ho ricevuto una denuncia, oggi. Alla stazione.»

«Una denuncia?»

Annuì. «Riguardo te.»

«Me?» Ora davvero non aveva senso. Chi poteva denunciarla? Dopo lo scandalo che aveva creato al liceo, attirare l'attenzione su di sé era *l'ultima* cosa che faceva di questi tempi.

«Sì. Qualcuno pensa che tu stia, um...» Sarge si strofinò il collo. Quello, e il resto del suo viso, divennero più rossi di qualsiasi fragola.

«Pensa che io stia cosa?»

Schioccò le labbra, la guardò, poi incrociò le mani sul tavolo e le fissò intensamente. «Qualcuno pensa che tu stia gestendo un... bordello. Qui. In casa tua.»

Questa proprio non l'aveva vista arrivare. Un bordello? Una casa di-
«Qualcuno pensa che io sia una prostituta?»

Sarge stava scuotendo la testa. «Lo so. Non ci posso credere nemmeno io.»

«È per questo che sei qui? Per scoprire se lo sono? Davvero? Non hai semplicemente detto a quell'impicciona di farsi gli affari suoi?»

O Sarge pensava veramente-

Cavolo. Un errore nel suo passato e persino Sarge era disposto a pensare *questo* di lei?

Non avrebbe mai dovuto tornare. Avrebbe dovuto rimanere dov'era e costruire la loro vita lì, senza sperare mai in nulla da sua madre perché quella donna non ne era comunque capace.

«Chi è stato?»

Sarge la guardò timidamente. «Non posso dirtelo.»

«Davvero? Eppure qualcuno con più tempo che buonsenso può accusarmi di questo e tu devi venire a rovinare la mia giornata? Non ci posso credere.»

Sbatté i palmi sul tavolo e si alzò. Dio, quando sarebbe finita? Non aveva già pagato abbastanza per quell'unico errore? Era stato già abbastanza brutto che Dave l'avesse lasciata - accusandola di andare a letto con qualcun altro - ma poi perdere il suo bambino lo stesso giorno *e* suo padre... E ora questo.

Jenna camminò verso il lavello e si appoggiò con le mani sul bordo freddo di porcellana. Guardò fuori dalla finestra - direttamente verso il portico con zanzariera dei Mellor. Erano stati *loro* ad accusarla? Avevano il punto d'osservazione perfetto per vedere tutti gli adolescenti entrare e uscire da casa sua, ma quelli erano *ragazzi* per l'amor del cielo.

Chinò la testa. Dio, che pasticcio. E ora Trevor sarebbe cresciuto con l'insinuazione-

«Se può consolarti,» disse Sarge, «non è uno dei vicini. E non è proprio uno che può permettersi di parlare. Ma dovevo fare il mio lavoro. Capisci.»

Oh, capiva.

Lui.

Il tipo che era sul suo portico due ore fa quando Jason era arrivato-

Oh no. *Quaranta dollari l'ora.*

E i genitori di Jason che la pagavano-

Le spalle di Jenna iniziarono a tremare. Quaranta dollari. Non c'era da stupirsi che le avesse detto che dovrebbe avere degli standard.

«Jen? Tesoro? Non piangere. Gli ho detto che era pazzo. Ma dovevo fare qualcosa visto che è venuto alla stazione-»

Si girò di scatto. «Altre persone sono al corrente di questa storia?» Un errore buffo era una cosa, ma il pettegolezzo e la derisione pubblica erano tutt'altra questione.

«Anche tutti gli altri gli hanno detto che erano sciocchezze. Non preoccuparti. Siamo dalla tua parte». Il Sergente prese qualcosa dalla tasca, mentre la gamba della sedia strisciava sulle piastrelle quando si allontanò dal tavolo. «Ma per il verbale, devo chiederti di dichiarare cosa stai facendo qui».

Aprì il taccuino a spirale e si leccò la punta della matita.

Pensava che solo i detective dei romanzi da quattro soldi si leccassero la punta della matita, ma a quanto pare c'era qualcosa da dire sulle cittadine di provincia e le loro vecchie abitudini.

Purtroppo, non c'era altrettanto da dire sui pettegolezzi nelle piccole città. Che fosse colpevole o meno delle affermazioni del signor Alto, Moro e Idiota, il fatto che lui le avesse fatte - e che Sarge avesse dovuto "indagare" - avrebbe fatto circolare il suo nome in tutti i club di mahjong e bridge fino al prossimo scandalo.

Fece un respiro profondo. *Anche questo passerà*. Doveva rimanere qui per Trevor. Non poteva scappare come aveva fatto prima. Questa era l'unica casa che lui conosceva. Aveva un buon lavoro dove poteva tenerlo con sé nel campus e permettersi la loro casa. I suoi amici d'infanzia, quelli che non se n'erano andati, erano qui e, cosa più importante, i ricordi di suo padre e sua sorella.

«Va bene, Sarge, per il verbale, no, non gestisco una casa di malaffare a casa mia. Ho un'attività di tutoraggio. Tutto è alla luce del sole. Pago le tasse, ho un permesso speciale dal comune, faccio pubblicità e vengo pagata per aiutare i ragazzi a migliorare i loro voti. Posso fornire testimonianze se ti servono».

Sarge mise un puntino su una *i* nel suo taccuino e poi lo chiuse. Infilò il taccuino e il mozzicone di matita nel taschino. «Non sarà necessario, Jenna. Siamo a posto. Devo solo compilare il rapporto ufficiale e possiamo tutti dimenticare questa storia».

Facile per lui dirlo. Lei non l'avrebbe dimenticata-

Né l'uomo che l'aveva riportata sotto i riflettori dei pettegolezzi della città.

Capitolo Cinque

Bryan passò di nuovo davanti a casa sua mentre andava all'appuntamento con Gage. Sì, era fuori strada, ma non poteva, in buona coscienza, lasciare quel ragazzo a casa di suo figlio.

Per fortuna, il pick-up malconcio non c'era più. Bene. L'ultima cosa di cui aveva bisogno era un adolescente ormonale che cercasse di superarlo in testosterone.

Si fermò sul marciapiede opposto due case più in là. Era una bella strada. Accogliente. Case vittoriane, staccionate bianche, grandi alberi secolari, perfetti per arrampicarsi o costruire fortini. Suo padre aveva costruito il nascondiglio perfetto per lui e Kyle prima di morire. Bryan aveva pianificato di fare lo stesso per i suoi figli un giorno.

Non c'è tempo migliore del presente.

Aprì la portiera, stava per scendere in strada quando *lei* apparve sul portico.

Jenna Corrigan. Bryan richiuse la portiera e si girò sul sedile. Appoggiando l'avambraccio destro sul volante, sfiorò con le dita il suo biglietto da visita. Beige con scritte marroni. *Per tutte le tue esigenze di istruzione.* Il più innocuo possibile. Non rivelava nulla. Perfetto per valutare la clientela prima di accettare incarichi indesiderati.

Come diavolo aveva fatto quel ragazzotto muscoloso a superare l'esame?

Bryan sbuffò. Aveva davvero bisogno di chiederselo? Lei aveva tra i venti e i trent'anni; il ragazzo stava appena entrando nel suo apice sessuale. Bryan non era un genio della matematica, ma l'equazione era abbastanza facile da risolvere.

Era il coinvolgimento dei genitori che lo lasciava perplesso. I genitori del ragazzo stavano effettivamente *pagando* per questo? Dio! Suo padre era morto quando aveva quattordici anni e, sebbene Henry Lassiter fosse stato un ottimo padre, non riusciva a immaginarlo *così* progressista.

Jenna eliminò alcuni fiori appassiti da uno dei cesti appesi e la sua camicia si liberò dalla cintura. Un lembo di pelle abbronzata e tonica fece capolino.

Ovviamente doveva essere così. Tutto quel ballare e altri, ehm, esercizi aerobici l'avrebbero mantenuta in forma. Forse non la forma di una spogliarellista, ma...

Chi voleva prendere in giro? *Quella* era proprio la forma di una spogliarellista. La donna era perfettamente proporzionata, con l'accento su *perfetta*.

Bryan si strinse il ponte del naso. Non importava quanto fosse perfetta fisicamente; questo la rendeva solo più inadatta a crescere suo figlio.

Raggiunse di nuovo la maniglia e aveva la portiera già aperta a metà quando il sergente Benton raggiunse lei sul portico.

Bene. Il poliziotto stava facendo il suo lavoro.

Bryan socchiuse gli occhi, cercando di vedere il suo viso, preparandosi alle lacrime che probabilmente avrebbe visto. Era colpa sua. Se non stesse facendo qualcosa di illegale, non avrebbe motivo di...

...sorridere al sergente Benton.

E non dovrebbe nemmeno *abbracciare* il tizio.

Merda. Era *così* che stavano le cose? Non c'era da meravigliarsi che il poliziotto non volesse che nessuno la denunciasse.

Accidenti. La situazione si era appena complicata.

Bryan mise gli occhiali da sole e scese dall'auto nel momento in cui la macchina del sergente svoltò l'angolo. Attraversò la strada di corsa, salendo i quattro gradini del portico in due.

Il sorriso che aveva avuto per Benton scomparve quando si girò e lo vide, ma solo brevemente. Poi ne incollò uno nuovo, ma non raggiunse del tutto gli occhi.

Certo, lui non la stava pagando né le stava dando mazzette o chiudendo un occhio o qualsiasi cosa il vecchio Sarge le desse in cambio di uno di quei sorrisi - e forse molto di più.

Bryan si concesse di darle una rapida occhiata.

«Sei tornato». Il gelo nella sua voce quando rispose gli fece capire che non era entusiasta del fatto. «C'è qualcosa che posso fare per te?»

Se solo sapesse. «In effetti, sì. C'è». Mostrò il biglietto da visita di lei tra le prime due dita. «Questo. Vorrei assumerti».

Lei inarcò un sopracciglio delicato. «Tu vuoi».

Non una domanda. Come se se lo aspettasse. Ma se Benton le avesse detto di cosa l'aveva accusata, non avrebbe sorriso quando il poliziotto se n'era andato.

A meno che i due non stessero tramando qualcosa.

Bryan si schiarì la gola. Teorie del complotto? Prima, vedeva figli precedentemente sconosciuti, e ora questo. Stava diventando paranoico. Lei gli aveva dato il suo biglietto; ovviamente non era una sorpresa che fosse tornato. Sarge era un professionista; non avrebbe rivelato ciò che stava investigando e di sicuro non le avrebbe detto chi l'aveva accusata.

«Sì, voglio assumerti». Prima volta in vita sua che assumeva una prostituta. Si passò una mano tra i capelli. Anche se la stava assumendo, non era per ciò che lei pensava - non per ciò che chiunque avrebbe pensato. L'*ultima* cosa che avrebbe fatto sarebbe stato approfittare di ciò per cui stava pagando. Non se voleva che le accuse contro di lei reggessero in tribunale – senza finire lui stesso in prigione.

«Sei sicuro che i miei *standard* siano all'altezza dei tuoi? Voglio dire, visto che i miei sono così bassi». Si chinò per prendere l'annaffiatoio, offrendogli una rapida occhiata giù per la sua camicia.

Di proposito? Forse era così che contrattava. Dare ai clienti un piccolo assaggio, far vedere cosa avrebbero ottenuto—

«Quanto per il resto dell'estate?»

Si alzò lentamente, con l'annaffiatoio ancora sul portico. Socchiuse gli occhi.

Stava calcolando la sua tariffa oraria? Quaranta ore a quaranta dollari l'una – non male come importo settimanale per un lavoro normale. Ma per il suo?

Ehi, a Bryan piaceva il sesso tanto quanto al prossimo – alcuni dicevano anche di più – ma avrebbe voluto molto più di quaranta dollari l'ora per farlo a tempo pieno.

Non pensava nemmeno che *potesse* farlo a tempo pieno.

Ma poi lei mise il fianco di lato e lo guardò da sotto le ciglia, facendogli ripensare a quest'ultimo pensiero. Il suo corpo era decisamente pronto a provarci.

Peccato non ricordasse di essere stato con lei. Quella notte era stata un grande sfocato ricordo intriso di vodka.

«Non lavoro a tempo pieno in estate. Ho un figlio di cui prendermi cura».

«Ti pagherò per essere disponibile ventiquattro ore su ventiquattro, sette giorni su sette. Quanto vale per te?»

Questa volta vide davvero gli ingranaggi girare nella sua testa e i simboli del dollaro nei suoi occhi come se il suo viso fosse una slot machine. Una slot machine graziosa, ma pur sempre una slot machine.

«Non te lo puoi permettere».

«Lascia che sia io a giudicare». Incrociò le braccia. «Quanto?»

«Se andiamo secondo la mia tariffa oraria-»

«Quanto?»

Si mordicchiò il labbro. «Diecimila.»

«Affare fatto.» Avrebbe preso la maggior parte del ROI che aveva appena ricevuto da BeefCake, Inc., ma avrebbe pagato anche il doppio. Far sì che smettesse di prostituirsi valeva diecimila dollari; lei che prendeva i soldi e lui che li usava contro di lei in una battaglia per la custodia? Impagabile.

«Voglio contanti.»

Ovviamente. E lui avrebbe preteso una ricevuta. «Va bene.»

«Tutto quanto. In anticipo.»

Almeno era un'abile donna d'affari. Doveva essere contento che il suo contributo al DNA di suo figlio fosse più del semplice bell'aspetto.

«Nessun problema. Tornerò domani.» Allungò la mano. Questo era, dopotutto, un affare.

Ma il tocco della sua pelle sulla sua sembrava tutto tranne che un affare. Quasi gli faceva desiderare di *avere* davvero il suo tornaconto.

Lei cercò di liberarsi, ma Bryan non la lasciò andare. Anzi, le tenne la mano più stretta. Tirò *lei* più vicino. Così vicino che poteva sentire il profumo dei fiori che si aggrappava ai suoi capelli e vedere i suoi occhi - blu, non grigi - allargarsi. Così vicino che pensò di avvicinarsi ancora di più e passare la lingua su quelle labbra a forma di arco di Cupido.

Quanti altri l'avevano già fatto?

Giusto.

Bryan si tirò indietro, appena quanto bastava per spezzare la presa che quelle labbra avevano su di lui. «E chiariamo una cosa. Da ora in poi, lavori per me, quindi basta con i Jason. Capito?»

Jenna buttò indietro la testa e il sorriso che gli rivolse era decisamente autentico. Si rifletteva completamente in quegli splendidi occhi blu. Ma non era esattamente amichevole.

Questa volta, fu *lei* a fare un passo avanti. Finché le sue nocche non toccarono gli addominali di lui, e quelle di lui, le sue. «*Io* ho capito. Ma *tu* devi capire una cosa. Non lavoro *per* te. Lavoro per me stessa e per mio figlio. Sono *impiegata* da te. C'è una differenza ed è notevole.» Lo spinse leggermente nel ventre. «Non *te lo* dimenticare.»

Oh, non l'avrebbe fatto. Così come non poteva dimenticare che lui aveva offerto - e lei aveva accettato - denaro per sesso. E, sai com'è? Anche se non aveva intenzione di riscuotere, lei gli doveva qualcosa.

Un bacio avrebbe fatto al caso.

Un secondo prima Jenna si stava vantando di averla fatta a questo tizio, e quello dopo era così fuori dalla sua portata che non riusciva a vedere la luce del giorno.

Chi baciava così?

Era costruito come un atleta professionista, tutto muscoli duri e scolpiti, e la sovrastava con un'intensità contenuta. Dita forti s'intrecciarono tra i suoi ricci, le sue grandi mani le cullavano la testa. Labbra che sembravano il paradiso sulle sue. Solo un piccolo morso. Leggero, persino. Ma mandarono una scarica direttamente al suo centro, il fuoco che bruciava lungo ogni terminazione nervosa che possedeva.

Lui cambiò leggermente l'angolazione della sua testa, ma, oh, fu abbastanza per alzare quel fuoco di qualche migliaio di gradi. Le sue labbra premevano più fermamente contro le sue e lei sapeva, nei recessi lontani... in fondo... offuscati del suo cervello che questa non era una buona idea, ma per quanto provasse non riusciva a fermarlo.

Non che ci stesse provando molto intensamente.

Era passato molto tempo da quando Carl se n'era andato. Ancora più tempo da quando Carl l'aveva baciata così - in realtà, Carl non l'aveva *mai* baciata così.

Il Signor Splendido la spinse contro la ringhiera del portico, cambiando l'angolazione e la pressione e la morbidezza e qualsiasi cosa fosse che le provocava quelle scariche elettriche, e Jenna si rese conto che *nessuno* l'aveva mai baciata così. Mai.

Quando la baciò ancora una volta, con un po' più di pressione, un po' più insistente, Jenna si rese conto che non sapeva nemmeno il suo nome.

Poi lui fece scorrere la lingua lungo la linea delle sue labbra, e lei si accorse che persino il proprio nome stava diventando un ricordo lontano.

E quando lui mosse la mano lungo la sua schiena, per poi avvolgere il braccio attorno alla sua vita, sollevandola nella posizione *perfetta* per sentire che, ehi, non stava scherzando, lei smise di realizzare qualsiasi cosa, e il suo corpo andò in pilota automatico.

Un più che gradito sussulto involontario quando le sue dita danzarono sulla parte alta del suo fondoschiena gli diede l'opportunità perfetta di insinuare la lingua e assaporarla. Il che le diede l'opportunità perfetta di ricambiare il favore, e, cavolo, aveva un sapore così buono.

Si appoggiò a lui e anche questo era bello. Più che bello. Fece scivolare le mani intorno a lui, sentendo i suoi obliqui contrarsi, i muscoli della schiena tendersi e le sue gambe che circondavano le sue. Era passato così tanto tempo da quando aveva provato questo. Questo desiderio. Carnale e caldo e completamente inaspettato.

Da un tipo che la credeva una prostituta.

Quando le sue labbra si spostarono lungo la mascella fino all'incavo sotto l'orecchio, Jenna si permise di rimuginare un po' su ciò che lui pensava che fosse. Su ciò che lei gli stava lasciando credere di essere.

Dannazione. Ok, non la conosceva, ma una prostituta? Sul serio? Cosa c'era in lei che gli faceva pensare questo?

Il suo respiro poteva anche essere della giusta temperatura *calda* contro la sua gola, ma quel pensiero era meglio di una secchiata d'acqua gelida per mettere le cose in prospettiva, e Jenna lo spinse via per allontanarsi.

Ma il suo braccio si strinse ancora di più, le sue labbra diventarono più insistenti, e l'asta contro il suo addome sussultò. Il tipo stava presumendo *parecchio.*

Diecimila dollari pagano un sacco di presunzioni.

Le sue labbra scesero più in basso, e a Jenna non importava cosa pagassero diecimila dollari. Non aveva bisogno di altri pettegolezzi di quartiere che rovinassero la sua reputazione e le facessero perdere il lavoro.

La rabbia prevalse sulla libido - grazie a Dio - e Jenna si liberò con uno strattone.

«Cosa? Vuoi prima i soldi?» Sarcasmo, non sorpresa - che cambiò rapidamente quando lei colpì la sua guancia scolpita con un risonante *schiaffo!*

Un passero cinguettò da un ramo d'albero vicino al portico, l'unico altro suono. Beh, oltre al loro respiro pesante, passione-lussuria, attrazione, qualunque cosa fosse - che ancora scorreva nelle loro vene.

Jenna si girò di scatto e corse dentro, sbattendo la porta dietro di sé e appoggiandosi ad essa.

Fantastico. Il rumore aveva probabilmente svegliato Trevor. Un altro peccato che stava mettendo ai piedi di quel tizio.

Sbirciò dalla finestrella laterale. Lui era ancora lì, una mano che si sfregava la guancia, l'altra sul pilastro che sosteneva il tetto del portico. Guardò verso la porta e Jenna si ritrasse rapidamente. Non era pronta per un confronto adesso.

Quello sarebbe arrivato domani.

L'uomo aveva accettato di pagarle diecimila dollari per i suoi servizi. Si sarebbe davvero divertita a chiarirgli esattamente quali fossero questi servizi. *Dopo* aver preso i suoi soldi, naturalmente.

Glieli avrebbe restituiti tutti. Nessun bisogno di farsi denunciare per frode o qualsiasi altra cosa lui avrebbe inventato contro di lei quando avesse scoperto la verità, ma ne sarebbe valsa la pena mantenere questa messinscena per le prossime dodici ore circa. Darle della prostituta e denunciarla alla polizia senza nemmeno chiederle? Bastardo presuntuoso; se l'era proprio meritato.

«Mamma, posso scendere adesso?» Come da copione, Trevor la chiamò con quel nome che la rendeva ancora più felice di quanto lo fosse immaginando la faccia di Bellimbusto quando gli avrebbe gettato i suoi soldi in faccia l'indomani.

«Certo, Trev. Arrivo subito.» Lanciò un'occhiata dalla finestra mentre il suo nuovo "datore di lavoro" si dirigeva verso il marciapiede.

Il giorno dopo sarebbe stato pieno di sorprese.

Capitolo Sei

«Quindi gli hai lasciato credere che sei una prostituta?» Cathy, la migliore amica di Jenna, le afferrò il braccio e la trascinò ancora più lontano dal tavolo da picnic dove i loro bambini stavano giocando con la plastilina. Il parco era un luogo molto più facile per pulire, tenere occupati i bambini e dar loro una dose di vitamina D rispetto a una delle loro case durante il loro appuntamento settimanale di gioco.

Jenna diede un colpetto alla tesa del cappello di paglia che la sua amica aveva indossato ogni secondo di ogni giorno nei cinque anni da quando le avevano rimosso quel melanoma. Era la coperta di sicurezza di Cathy, ma per Jenna era un altro promemoria della natura fugace della vita. Aveva perso troppe persone. «Sì. Gli ho lasciato credere questo. E non vedo l'ora di sbatterglielo in faccia».

«Diecimila euro». Cathy scosse la testa. «Quanto pagherei per vedere quella scena».

«Sono sicura che nella sua mente mi renderebbe una specie di prostituta delle prostitute se accettassi soldi da te per questo».

«O ti renderebbe una tenutaria», scherzò Cathy.

Risero, ma, in realtà, non era divertente. «*Perché* pensa che io sia una prostituta, Cath? Continuo a ripassare la conversazione che abbiamo avuto e l'unica cosa che mi viene in mente è che dev'essere pazzo. Jason *era* in casa, ma è solo un ragazzo».

«Un ragazzo attraente che ha una cotta per te».

Cathy aveva sorvegliato i loro figli nel cortile di Jenna nei giorni in cui Jenna aveva dovuto programmare le sessioni in orari diversi da quelli del pisolino. Quando se ne presentava la necessità, Jenna cercava di programmare quelle sessioni durante gli appuntamenti di gioco di Trevor, sapendo che Cathy aveva il giorno libero dal lavoro. Altrimenti, era sempre un esercizio di equilibrismo tenere Trevor occupato mentre lavorava con i suoi studenti. Più spesso che no, aveva dovuto scontare la sessione, quindi l'aiuto di Cathy era prezioso. Come lo era ora la sua prospettiva.

«Ma non ho dato alcuna indicazione che stesse succedendo qualcos'altro. E Jason continuava a chiamarmi signora C, quindi non è che fosse troppo familiare».

«Ah sì? Quindi Jason ti ha già chiamata Jenna in passato?»

Jenna sospirò. «No. Puoi smetterla? Jason è sempre stato rispettoso. Non ha mai superato il limite. Si è persino offerto di "scambiare due parole" con quel tipo».

«Uh oh».

«Uh oh, cosa?»

«Quando compie diciotto anni Jason?»

«Il mese prossimo».

Cathy scosse la testa. «Non capisci? Una volta che avrà diciotto anni, sarà maggiorenne. E tu sei single. E lui si sta comportando in modo protettivo come un uomo delle caverne. Dai, Jen, fai due più due».

«Sei ridicola. Jason ha una cotta, ma è tutto qui. Sono più grande di lui e ho un figlio. Non vorrà spingersi oltre».

«Vuole sicuramente spingersi da qualche parte, e a quanto pare sta riconoscendo la stessa cosa nel tuo tizio alto, tenebroso e bellissimo ricco sfondato. A proposito, come si chiama il Figo?»

«Mi sono dimenticata di chiederglielo».

«Ti sei *dimenticata*?»

«Non è la prima cosa che mi viene in mente quando se ne sta lì a gettare diecimila euro ai miei piedi semplicemente per dormire con lui». O a baciarla senza senso sul portico di casa sua - un piccolo dettaglio che aveva trascurato di condividere con la sua amica.

«Se è bello come lo hai descritto, penso che dovresti pagare *tu* diecimila euro a lui. O, come minimo, accettare i suoi. E allora se non sei una prostituta? Chiunque potrebbe esserlo se il prezzo è giusto. Diecimila euro mi sembrano giusti».

«Mi ha accusato di non avere standard. A me!»

«Tesoro, non perdiamo il focus. Diecimila euro, un tipo sexy e sesso. Nessuna delle quali avevi prima di ieri. Penso che sia una situazione vantaggiosa per tutti».

«Tranne per il fatto che adesso tutti in città guarderanno casa mia come se fosse un bordello. La memoria è lunga in questa città.» Sospirò e si mise i capelli crespi dietro le orecchie per la decima volta. E per la decima volta, non rimasero al loro posto.

Cathy batté il piede.

«Cosa?» chiese Jenna. «Stai dicendo che dovrei prenderlo in considerazione?»

Cathy scrollò le spalle. «Quello che fai con la tua vita sentimentale, o la sua assenza, non sono affari miei.»

Da quando? «Cathy, lui mi ha *fatto una proposta indecente*. Mi ha trattata come una prostituta.» Anche se baciava tutte le prostitute come aveva baciato lei, Cathy aveva ragione: quelle donne avrebbero dovuto pagare lui.

«E allora? Se tu *fossi* una, te lo aspetteresti. Voglio dire, quelle ragazze non cercano esattamente luci soffuse e fiori. È un affare, da cima a fondo.»

«Ma *perché* pensa che io sia una prostituta? È questa la parte che mi infastidisce. Cosa ho mai fatto? Voglio dire, l'ho incontrato al supermercato, e neanche lì l'ho *incontrato* veramente. Era solo nel corridoio.»

«Come ha scoperto dove abiti?»

Jenna scrollò le spalle. «Chi lo sa? Forse ha chiesto a qualcuno nel negozio. Non è che sia un grande segreto. Qualcuno potrebbe avergli indicato i volantini che ho sulla bacheca, quelli che pubblicizzano i miei servizi.»

«No, avrebbe capito che sei un'insegnante privata se li avesse visti. Elenchi ogni materia in cui sei qualificata per insegnare. Non potrebbe certo fare questo errore.»

«Eppure l'ha fatto.»

«Sì, ma la questione è questa. Perché ha bisogno di una prostituta? Se è ricco, bellissimo e un magnete per la lussuria, che problema ha? E, ehi... ha un fratello?»

Jenna alzò gli occhi al cielo. Certe cose non cambiavano mai. «Sei sposata.»

«Non significa che sia morta. Posso ancora guardare.» Cathy emise un fischio basso. «E, oh mamma, sto proprio guardando ora.» Fece un cenno dietro Jenna. «Dimmi che quello è il tuo Stallone.»

Jenna emise un sospiro esasperato e si girò. «Non è il mio...»

Oh santo cielo, sì che lo era. Specialmente se i suoi ormoni avessero avuto voce in capitolo.

Lo "Stallone" stava correndo intorno alla pista del parco indossando solo pantaloncini da corsa, scarpe da ginnastica, e una maglietta appallottolata nel pugno. E occhiali da sole.

Il sudore brillava su di lui. Così ingiusto, quando il sudore faceva sempre sembrare lei un barboncino annegato. Non un grammo di grasso si muoveva ad ogni passo; no, su di lui, i muscoli si muovevano come natura aveva voluto, flettendosi, contraendosi dappertutto in tutti i modi più appetitosi. E non era l'unica ad averlo notato.

La signora Parker, che aveva appena sostituito un'anca il mese scorso, si girò con il suo deambulatore così velocemente che avrebbe potuto aver bisogno di un secondo intervento se quel tipo si fosse avvicinato ancora di più o se il suo sorriso fosse diventato ancora più devastante. Megan e Mallory, le gemelle Baxter sedicenni, stavano decisamente sbavando, e, tristemente, Jenna non riusciva a trovarci nulla di sbagliato. Il tipo era un magnete per la lussuria senza distinzioni.

«Sta venendo qui.» Cathy deglutì. Nemmeno le donne incinte felicemente sposate erano al sicuro dal suo fascino.

Jenna scosse la testa. Il tipo poteva essere bello quanto voleva, ma pensava ancora che fosse una prostituta. E peggio, l'aveva trattata come tale.

Anche se quel bacio non era stato affatto da disprezzare...

Lui girò la curva, il petto che si espandeva ad ogni respiro, gli addominali che si contraevano. Non che lei stesse guardando, ma era piuttosto difficile *non* farlo quando era lì in bella mostra.

Inoltre non stava sbavando, ma abbassò il mento e si diresse verso Trevor giusto per sicurezza. Ormoni o allusioni - o baci ripetuti - non era pronta per nessuno di questi.

«Jenna?»

Ma quando lui pronunciò il suo nome in quel modo - senza fiato e con voce roca, che lei sapeva essere dovuto alla sua corsa, ma i suoi ormoni non stavano ricevendo quel messaggio - Jenna dovette affrontarlo.

E si maledisse per averlo fatto. E poi maledisse lui ancora di più.

Nessuno dovrebbe apparire così attraente - sia coperto di sudore che in altre circostanze. Il che sollevava la questione del perché fosse interessato ad assumere una prostituta in primo luogo. Forse se fosse riuscita a superare questo aspetto, avrebbe potuto perdonargli di essere andato alla polizia-

No. Questo non sarebbe successo.

Lui si avvicinò di corsa e passò la maglietta dietro il collo. «Sei in giro presto.»

«Oh? Pensi che dovrei dormire fino a tardi?» Voleva mordersi la lingua. I suoi ormoni non avevano bisogno che si menzionasse niente che avesse anche remotamente a che fare con il letto quando era con lui. Il ricordo del bacio era sufficiente a farli impazzire. «Che le mie nottate mi tengano sveglia? Te l'ho detto, ho un figlio.» Agitò la mano verso il tavolo da picnic. «I bambini di tre anni e mezzo non dormono fino a tardi. Ho sentito dire che questo non succede finché non diventano adolescenti.»

«Quando suo padre lo prende?»

Le sarebbe piaciuto vedere i suoi occhi, ma lui indossava di nuovo quegli occhiali da sole riflettenti. Hmm, a pensarci bene, li aveva indossati ogni volta che l'aveva visto. Forse aveva un problema agli occhi. Forse era per questo che aveva bisogno di una prostituta - nessun altro avrebbe-

Non si permise di completare quel pensiero perché non c'era modo che quella fosse la ragione. Il tipo poteva avere chiunque, dalle anziane alle minorenni e tutte le età intermedie, come dimostravano gli sguardi che ancora riceveva mentre parlava con lei; i problemi di vista non avrebbero importato. Inoltre, l'aveva riconosciuta abbastanza facilmente.

O forse comprare il corpo di qualcuno metteva automaticamente un dispositivo di localizzazione tra loro.

Non sta davvero *comprando il tuo corpo. Ricordatelo.*

Ovvio. Jenna scosse la testa. «Il padre di Trevor è... fuori dai giochi. Trevor sta con me.»

Il Signor Bellissimo si passò una mano sulla mascella - cosa che attirò l'attenzione sulla sua quadrata perfezione. C'era *qualcosa* che non andava in questo tipo?

Oh, sì. Pagava le prostitute.

«Come ti chiami?» chiese. «Se stiamo per, uhm-» doveva essere buona questa; come formularlo? - «*lavorare* insieme, dovrei avere qualcosa con cui chiamarti.»

Il sorriso che le rivolse mise solo in risalto quelle labbra che erano state sulle sue ieri con ogni sorta di buone vibrazioni e cattive conseguenze. «Mi chiamo Bryan.»

«Allora, Bryan, cosa fai che ti permette di andare a correre invece di timbrare il cartellino presto e comunque poterti permettere di spendere diecimila dollari per me?»

Quella domanda rimase sospesa tra loro con tutte le sue sfumature interpretative, riaccendendo braci che in realtà non si erano mai spente da quel bacio sul suo portico il giorno prima.

«Lavoro in proprio.»

«Cosa fai?»

«Elettricista e un po' di edilizia. Mi sto preparando per iniziare un grande progetto la prossima settimana.»

Sì, sembrava proprio un operaio edile - il tipo che usavano come eroi da fantasia sulle copertine dei romanzi rosa che leggeva prima che la vita le avesse fatto perdere la fiducia nei lieti fine.

«Ehm.» Cathy si schiarì la gola più forte di quanto le allergie stagionali avrebbero richiesto mentre si avvicinava - e Cathy non soffriva di allergie stagionali.

Ma Jenna accolse la distrazione che la allontanò dall'immaginare cosa avrebbero fatto quegli addominali scolpiti quando Bryan avrebbe sollevato un paio di assi di legno.

«Cathy, questo è Bryan. Bryan, Cathy Mayfield. Migliore amica straordinaria e madre felicemente sposata del prossimo-numero-due in arrivo.» Non aveva senso mettere Cath nella stessa barca da squillo in cui si trovava lei.

Bryan sistemò gli occhiali, ma non li tolse. «Piacere di conoscerLa.»

Cathy ridacchiò come una verginella arrossendo, cosa che Jenna sapeva non essere più vera dal secondo anno di liceo.

«Allora, è in città per molto, o sta solo di passaggio?» chiese Cath con una mano sul fianco.

Cos'era questo? Il selvaggio West?

«Devo controllare i ragazzi.» Jenna si scusò e tornò al tavolo. Gli uomini erano già difficili da capire, figuriamoci quelli che si comportavano deliberatamente in modo ambiguo. Aggiungici una migliore amica colpita dalla freccia della passione, e Jenna voleva solo andarsene. Trevor era più semplice. Quando piangeva, era o ferito o stanco. Quando era irritabile, era o affamato o stanco. E quando sorrideva, era pura gioia stargli accanto. Di pura gioia nella sua vita ne aveva proprio bisogno in questo momento.

«Ehi, piccolo. Cosa stai facendo?» Gli scompigliò i capelli.

«Un elefante.» Trevor mostrò la massa grigia. Questa marca di plastilina non veniva in grigio, il che significava che il compito di separare le loro creazioni nei barattoli dei colori corretti era ormai fuori questione.

«Un elefante? È fantastico! Guarda quanto è lunga la sua proboscide.»

«No, mamma. Questa è la sua coda. Questa è la sua poboscide.»

Jenna nascose il sorriso. Aveva pensato fosse una zampa. Beh, *scultore* probabilmente non era in cima alla lista di Cosa Voglio Fare da Grande di Trevor. Al momento era poliziotto, pompiere o calciatore. A Jenna non piaceva nessuna di queste opzioni: troppo pericolose per il suo bambino.

«Stai facendo un ottimo lavoro, Trev.»

«Guarda il mio, Jenna.» Il figlio di Cathy, Bobby, mostrò la sua massa grigia e la guardò da sotto il cappellino da baseball. «Ho fatto un ippotopo.»

«Voi ragazzi avete il vostro zoo.»

Gli occhi dei due bambini di tre anni si illuminarono e altra plastilina grigia venne strappata mentre si tuffavano nel lavoro creando "rinoceronti" e "mucche mugghianti".

«È piuttosto talentuoso,» disse Bryan da dietro la sua spalla.

Jenna si irrigidì. Non perché lui era così vicino, ma perché stava entrando nel suo mondo. Il suo mondo reale, non quello immaginario da squillo.

Era quasi tentata di girarsi subito e chiedergli che tipo di madre pensava che fosse, una che si prostituisse con un bambino di tre anni in casa. Le sarebbe anche piaciuto chiedergli che tipo di uomo andava a proporre affari a madri di periferia. E le baciava sulla veranda di casa come se il mondo stesse per finire domani.

«Fa qualche sport?»

Jenna stava per allontanarlo, ma, sfortunatamente, Trevor sentì quella domanda e lo fissò socchiudendo gli occhi.

«Io gioco a calcio e baseball. La mamma dice che forse posso giocare a football quando divento grande e forte come te. Mi piace il football. Piace anche a te?»

«Sì, mi piace.» Bryan sistemò gli occhiali da sole. «Qual è la tua squadra preferita?»

«Quella di Michael. È carino e fa tutti i punti.»

E schiacciava i bambini con brutte gomitate in faccia se cercavano di portargli via la palla. Anche i suoi stessi compagni di squadra. Non avrebbe mai permesso a Trevor di giocare con quel bruto. Non finché non fosse stato abbastanza grande da difendersi.

Scommetteva che Bryan sapesse difendersi.

Jenna sbatté le palpebre. Ora, da dove era venuto quel pensiero?

Poi Bryan si spostò leggermente e il suo braccio sfiorò il suo, facendo drizzare tutti i piccoli peli, con la pelle e i nervi sottostanti che non ebbero bisogno di altro per reagire allo stesso modo, e lei capì. *Dio.* Era come se si fosse fatto il bagno nei feromoni. Il sudore probabilmente c'entrava molto. Come quegli addominali.

«Quarterback è una buona posizione. Ci hai mai giocato?»

Trevor scosse la testa, ma Bobby balzò in piedi sulla panca del tavolo da picnic, agitando il suo cappello da baseball in aria come un cowboy al rodeo. «Io sì. Con mio papà tutto il tempo. Posso lanciargli la palla e facciamo touchdown e la mamma fa il tifo.»

Jenna non distolse lo sguardo abbastanza velocemente da perdere l'espressione nostalgica sul volto di Trevor che era sicura rispecchiasse la sua. Se solo Carl avesse voluto essere una famiglia. Oh, lui aveva voluto *una* famiglia - la sua. Non il "bastardo di una puttana," come aveva chiamato Mindy e Trevor.

Come se qualcuno potesse chiamare Trevor in modo diverso da quello che era: dolce e amorevole e un bambino meraviglioso. Non sapeva con chi Mindy avesse creato questo bambino - tristemente, nemmeno Mindy lo sapeva - ma chiunque fosse il misterioso donatore di DNA, aveva ottimi geni.

«Vuoi giocare a football con me qualche volta, Trevor? Sono anche bravo a ricevere.»

Jenna dovette trattenersi dal dare un calcio allo stinco di Bryan. Questo era *suo* figlio. Poteva anche averla comprata per diecimila dollari, ma non aveva comprato Trevor. E avrebbe fatto in modo che lo sapesse non appena fossero rimasti soli.

«Che ne dici se vengo questo pomeriggio e giochiamo? Porterò anche il pranzo così tua mamma non dovrà prepararlo. Che ne pensi? Andrebbe bene?»

La gelosia pizzicò lo stomaco di Jenna. Bryan stava interagendo con suo figlio in un modo testosteronico che lei non avrebbe mai potuto, e lo sguardo pieno di speranza che Trevor le rivolse uccise qualsiasi scusa avrebbe potuto inventare.

Due paia di occhi pieni di aspettativa - beh, un paio e un paio di occhiali da sole - si girarono verso di lei.

Come se potesse dire di no ora. «Certo,» disse a denti stretti, ma finì per addolcire il tono quando Trevor sorrise. «È un'ottima idea. Vero, Trev?»

Trevor era così felice che poteva solo annuire. Ci potrebbe essere stata persino una lacrima nei suoi occhi. Cosa che ne mise più di qualcuna nei suoi.

Jenna si voltò. Trevor aveva iniziato a fare più domande ultimamente. Voleva sapere perché non aveva un papà e se Jenna potesse procurargliene uno. Le sarebbe piaciuto, davvero, ma il suo bacino di appuntamenti era gravemente limitato ora che aveva esaurito gli amici single dei suoi amici. Quegli appuntamenti si erano praticamente dissolti quando avevano scoperto che aveva un figlio. E non frequentava i bar. A parte che l'Universo le facesse cadere un uomo sul portico di casa, non-

Oh no. Assolutamente no. Solo perché Bryan era apparso sul suo portico e gli piacevano i bambini non significava-

Le aveva fatto delle proposte! Pagava per delle prostitute! Che tipo di uomo sarebbe stato da introdurre nella vita di Trevor?

Anche se, mentre intravedeva il suo sorriso, quel mento squadrato e quel corpo duro e in forma, doveva ammettere che era un bell'esemplare di virilità. E baciava in modo fantastico.

La parte sul pagare prostitute, tuttavia, lo escludeva dalla competizione.

Anche se non lo aveva esattamente rifiutato.

Capitolo Sette

Jenna non aveva mai visto Trevor così eccitato come durante le tre ore in cui aspettò l'arrivo di Bryan. Continuava a voler aprire la porta d'ingresso per controllare se fosse arrivato il pickup di Bryan, tanto che alla fine lei la lasciò sbloccata mentre cercava di mantenere la propria attenzione sulla rivista che aveva in mano.

Quando rilesse la ricetta del purè di patate con broccoli fino al punto di averla memorizzata, ammise che non stava funzionando.

«È arrivato?» chiese Trevor per l'ennesima volta.

«Non ancora». Jenna posò la rivista sul tavolino. Non ricordava di essere mai stata così nervosa. Persino quando aveva dovuto dire ai suoi genitori della sua gravidanza, sapeva cosa aspettarsi: delusione da parte di sua madre e il sostegno incrollabile di suo padre. A quello era preparata. Ma questo?

Era completamente fuori dalla sua zona di comfort con questa situazione. Con Bryan. La sua mente diceva una cosa, il suo corpo l'esatto opposto. E con la reazione di Trevor, il suo cuore si stava schierando con la parte fisica di lei.

«Dai, Trev, andiamo a fare pipì un'altra volta prima che arrivi Bryan. Così non ti perderai niente della partita».

«Va bene, mamma. Metti i cereali nell'acqua? Voglio colpirli».

Aveva superato da tempo la fase del mirare-ai-buchi-nei-cereali, ma questo avrebbe tenuto la sua mente lontana da Bryan.

I cereali non sarebbero stati sufficienti per lei.

Mentre aiutava Trevor a sbrigare le sue faccende, Jenna si chiese se dovesse fermare questa farsa prima che Bryan arrivasse. Trevor stava già sviluppando un'adorazione da eroe semplicemente perché il tipo voleva lanciare una palla. Gli aveva lanciato qualche palla quando erano tornati dal ritrovo, ma Trevor aveva detto che non lo faceva nel modo giusto. Non era vero: lei aveva un buon braccio. *Per una ragazza*, aveva aggiunto, una frase che sicuramente aveva avuto origine dalla bocca saccente di Michael.

Ma ciò che Trevor intendeva era che lei non era un uomo. E, più specificamente, non era suo padre.

Lui *non poteva* vedere Bryan in quel ruolo. L'avevano appena conosciuto.

Il che sollevava la questione di cosa stesse facendo lei a permettergli di giocare a football con suo figlio, ma fortunatamente, la pratica di tiro al bersaglio di Trevor le impedì di dover rispondere.

«Guada, mamma, li ho coriti tutti!»

«Certo che sì. Ora prepariamoci per la tua partita». Lo aiutò a sistemarsi i pantaloncini, controllò la temperatura dell'acqua prima che si lavasse le mani, ascoltando solo a metà le sue chiacchiere su touchdown e "carci di punizione".

«Cosa mangiano i calci, mamma?» le fece guadagnare uno dei suoi sorrisi - e una risatina maschile da fuori il bagno.

Jenna si immobilizzò.

Bryan non sarebbe entrato così-

Il suo bellissimo viso apparve attorno allo stipite della porta. «Ehi, campione, sei pronto?»

A quanto pare sì. *Diecimila dollari di presunzione.*

«La porta d'ingresso era aperta», fu la sua spiegazione quando i suoi occhi incontrarono gli occhiali da sole di lui nello specchio sopra il lavandino. Che ci faceva con gli occhiali da sole? Pensava di essere una star del cinema o cosa?

Certamente si credeva *qualcuno*, evidentemente, dal modo in cui era entrato qui come se fosse casa sua. Possedeva *lei*, sì. Almeno nella sua mente. Ma la sua casa? Assolutamente no. Doveva stroncare questa cosa sul nascere.

E l'avrebbe fatto se Trevor non avesse gridato: «Bwyan!» e non fosse volato fuori dalla porta contro le gambe dell'uomo, avvolgendole con le braccia come se stesse abbracciando un albero.

Jenna non riusciva a parlare per il nodo che aveva in gola. Perché proprio questo ragazzo? Perché proprio ora?

«Trevor, tesoro, lasciamo che Bryan se ne vada, va bene?» Guidò Trevor verso la porta d'ingresso tenendolo per le spalle. Bryan era venuto per giocare a palla, non per unirsi alla famiglia.

E lei non glielo stava chiedendo...

«Dobbiamo allacciarti le scarpe così non inciampi.»

Si inginocchiò ai piedi di suo figlio, desiderando che i suoi capelli fossero abbastanza lunghi da coprirle il viso, così che Bryan non avesse una visuale perfetta di ogni sua emozione, cosa di cui lui stava approfittando pienamente. Probabilmente stava esaminando la merce.

Era all'altezza?

«Sbwigati, Mamma! Voglio fawe un touchdown!»

Grazie a Dio per Trevor. «Devi stare fermo, piccolo saltellino, altrimenti non riuscirò a metterti l'altra scarpa.»

Trevor smise di saltare, ma non di agitarsi. E con Bryan che la fissava, anche Jenna si stava agitando.

Le dita armeggiarono con i lacci, ma il fiocco era abbastanza buono. «Ecco fatto.» Gli diede un colpetto sulla gamba. «Vai a prenderli, tigre.»

«Tigwe Twevor al wescue!» Trevor tirò la maniglia. «Vieni, Bwyan!»

«Arrivo subito. Prendi la palla dalla borsa sul portico, va bene?»

Trevor sorrise raggiante come se avesse appena vinto il Super Bowl.

Jenna raccolse i pensieri prima di alzarsi. Doveva chiarire ora. Prima che Trevor si facesse male.

«Senti, Bryan...»

«Mi dispiace di essere entrato così, ma vi ho sentiti parlare e, beh, la porta era aperta.»

«Questo non ti dà un invito aperto...»

«Hai ragione. E mi dispiace. Tregua?» Tese la mano, e oh la tentazione di toccarlo di nuovo...

Ci volle molta forza di volontà, ma si trattenne. «Questo non è importante adesso. Devo parlarti del nostro accordo. Dei soldi.»

«Sì, a proposito. Non ho ancora avuto modo di andare in banca. Possiamo farlo più tardi?»

«No, proprio non possiamo. Ho bisogno di parlarti...»

«Mamma?» Trevor spalancò la porta, poi batté il piede quando vide i due in piedi. «*Dai*! Voglio giocawe a football!»

Bryan le toccò il braccio. «Non vogliamo deludere Trevor, vero?»

Jenna sospirò. No, non voleva. «Va bene.» Si incollò un sorriso in faccia per Trevor e scivolò fuori dalla porta. «Okay, Trevor, andiamo. Io lancio la palla.»

Aveva la sensazione, però, che Trevor non sarebbe stato quello a rimanere deluso.

Capitolo Otto

Bryan non riusciva a capirlo. Non riusciva a immaginare Jenna nel ruolo della squillo felice.

Non portava un filo di trucco, non aveva le unghie curate, i suoi capelli erano un disastro nella scala delle donne-che-tengono-alla-loro-apparenza, anche se a *lui* piaceva quel groviglio arruffato, quei ricci appena usciti dal letto che le incorniciavano il viso, e lei si sporcava giocando come un maschiaccio con suo figlio, risultando un po' goffa nel farlo. Come poteva ballare in modo seducente se continuava a inciampare nelle sue stesse (davvero lunghe e sinuose) gambe come una giraffa appena nata?

Non c'era nulla di infantile in Jenna.

Anche se, la grazia non era esattamente un requisito quando si trattava di pali da lap dance, bastava solo la capacità di avvolgersi intorno ad esso. E qualsiasi uomo che avrebbe pagato il prezzo giusto?

Prese al volo la palla che Trevor gli lanciò e gli colpì lo stomaco come un pugno a tradimento. Perché doveva essere una squillo? Perché doveva aver dato alla luce suo figlio *e* averglielo tenuto nascosto?

Non aveva dubbi che Trevor fosse suo. Il bambino aveva le stesse movenze, la stessa *r* blesa, la stessa abitudine di tirare fuori la lingua verso sinistra quando lanciava, che Bryan aveva abbandonato nella sua prima partita di football dopo che il ragazzo che l'aveva placcato l'aveva chiamato femminuccia. Non sapeva cosa significasse all'epoca, ma sapeva che non voleva esserlo. Quello sarebbe stato qualcosa in cui avrebbe aiutato Trevor.

Ma prima, doveva avere l'opportunità di vederlo. Di far parte della sua vita. I diecimila dollari avrebbero aiutato in questo, ma perché Jenna non poteva essere semplicemente un'insegnante di liceo locale con cui avrebbe potuto considerare di passare il resto della sua vita?

«Prendila, Bwyan!» Trevor fece un lancio traballante.

Si lanciò verso la palla. Trevor aveva un buon braccio per la sua età; aveva solo bisogno di qualche istruzione e pratica. Bryan si sarebbe assicurato che le ricevesse.

«Bel lancio, Trevor!» Jenna corse verso il bambino e gli scompigliò i capelli. La smorfia che apparve sul volto di Trevor era come guardare in uno specchio di trent'anni fa.

Che ironia che Jenna non lo ricordasse o non si rendesse conto che suo figlio era la sua copia sputata. Certo, se si fosse tolto gli occhiali da sole, forse l'avrebbe capito.

«È un passaggio, mamma, non un lancio.» Trevor alzò gli occhi al cielo, rivolgendo a Bryan quello sguardo quintessenziale da "Le donne!" che i ragazzi sembrano conoscere fin dalla nascita.

«Beh, era un bel passaggio.»

Jenna infilò le mani nelle tasche anteriori dei suoi pantaloncini, che tirarono verso il basso la cintura, rivelando un ventre tonico e piatto da cui Bryan faceva fatica a distogliere lo sguardo. Gli occhiali da sole servivano a due scopi.

«Facciamone un altro, Trev, poi è ora del pisolino,» disse lei, il che fece pensare Bryan solo ad andare a letto. Con lei.

Perché non la ricordava? Com'era stato tra loro. Era stato un idiota a ubriacarsi tanto da non ricordare, ma d'altronde, gli addii al celibato non erano noti come raduni di geni. Non è che *pianificasse* di ubriacarsi e scoparsi una spogliarellista. Non uno dei suoi momenti migliori nella vita.

Trevor gemette. «Ooohh! Non voglio fare il pisolino oggi.»

No, in realtà, quella notte era stata buona; aveva creato Trevor. Suo figlio. La cosa *migliore* della sua vita.

«Tesoro, devi farlo. Devo lavorare questo pomeriggio.»

«Non posso giocawe con Bwyan mentre tu lavowi?»

Fantastico. Trevor sapeva del suo lavoro. Non i dettagli, sicuramente, ma cosa pensava il bambino degli uomini che andavano e venivano in casa sua? E associava Bryan al resto della, ehm, clientela?

«Non mi dispiace, Jenna». Lo terrebbe nei paraggi così potrebbe vedere il suo prossimo cliente. Fare da chaperon, forse.

Scosse la testa. Era una follia. Stupido, che non volesse che lei stesse con qualcun altro. Solo perché il preservativo si era rotto non significava che avesse diritti su di lei. Ma quando si trattava di suo figlio...

Se solo avesse avuto l'opportunità di andare in banca, ma l'ispettore aveva avuto una cancellazione quella mattina presto e dato che Gage era impegnato in uno dei suoi progetti, Bryan aveva dovuto andarci lui. Era venuto fuori che il nuovo spazio aveva alcuni problemi strutturali che lui e Gage avrebbero dovuto affrontare, e l'appuntamento era durato più di quanto avesse pensato.

Controllò il telefono. Non aveva clienti d'emergenza oggi e aveva liberato il pomeriggio per poterlo passare con Trevor. C'era ancora tempo per arrivare in banca. Poi Jenna sarebbe stata sua e qualsiasi altro cliente poteva dirle addio.

Beh, no. Se qualcuno avesse dovuto baciare Jenna, sarebbe stato lui.

Il ricordo di averlo appena fatto divampò davanti a lui come una fiamma ruggente - e altrettanto calda.

Non c'era da meravigliarsi che avessero creato un bambino insieme se questa attrazione era divampata tra loro quella notte. Aggiungi un po' d'alcol e l'atmosfera dell'addio al celibato, e sì, non era difficile immaginare come fosse successo tutto questo.

Desiderava solo poterselo *ricordare*. Specialmente la parte del preservativo rotto.

Dio, l'unica volta che era successo e si era ritrovato in questa situazione.

Chissà in quale posizione erano quando avevano concepito Trevor.

Bryan scosse la testa. Meglio non andare lì o non sarebbe più riuscito a camminare dritto.

«Va bene. Puoi restare sveglio oggi».

Trevor fece un gesto di trionfo con il pugno esclamando: «Sì!» poi abbracciò le gambe di sua madre.

La madre di suo figlio. Bryan aveva sempre immaginato che avrebbe chiamato così sua moglie, non una donna con cui aveva bevuto troppi rum e cola.

«Tilala indietlo, Bryan!» Trevor lasciò andare Jenna e, con le sue piccole gambe che si muovevano così velocemente che Bryan temeva si sarebbero intrecciate l'una con l'altra, corse dall'altra parte del giardino, un braccio teso per un passaggio alla disperata nel football da giardino.

«Allungati, Trevor!» Bryan lanciò il pallone verso la end zone che avevano segnato con due sedie da giardino, e il bambino curvò verso destra con la naturalezza di chi l'ha praticato.

Oh sì. Trevor era decisamente suo.

Lasciò volare il pallone, mettendoci un po' di effetto perché Trevor lo trovava fantastico, e lo osservò atterrare esattamente dove doveva. Il bambino era un talento naturale.

«Touchdown!» Jenna corse nella end zone e sollevò Trevor tra le braccia, le sue piccole gambe che si aprivano dietro di lui, il suo sorriso che corrispondeva a quello di lei tanto da far male al cuore di Bryan.

Sì, Trevor era suo, ma era anche di Jenna.

Cosa significava questo per tutti e tre?

* * *

«Bwyan può lestaare a cena, Mamma?»

Jenna lanciò la palla verso la borsa sul portico. E mancò il bersaglio. Sapeva che quella domanda sarebbe saltata fuori. Sapeva anche che non c'era modo che tenesse Bryan nei paraggi più del necessario.

«Grazie per avermelo chiesto, Trevor, ma stasera non posso». Bryan l'aveva preceduta nel deludere suo figlio e le sarebbe piaciuto ringraziarlo per questo, ma lui probabilmente lo avrebbe considerato un anticipo sul pagamento per i servizi resi.

«Uffa, perché no?»

«Ho delle cose da fare». Bryan mise il pallone nel suo borsone.

«Lavoro?»

«Qualcosa del genere».

«Il papà di Michael lavora solo di giorno. Porta la cravatta. Tu porti la cravatta?»

«A volte».

«Penso che le cravatte siano fighe. La mamma ne comprerà una a me e al Signor Scimmia».

«Tu e il Signor Scimmia siete molto fortunati ad avere la vostra mamma».

«Lo so. Sarge lo dice sempre».

Jenna trasalì. Non voleva che Bryan facesse troppo in fretta il collegamento tra lei e Sarge. Sebbene non avesse esattamente intenzione di godersi il momento in cui gli avrebbe restituito i suoi soldi in faccia - non dopo il modo in cui si era comportato con Trevor oggi - non voleva che lui facesse supposizioni. Beh, non altre supposizioni su di lei. Non che qualsiasi altra supposizione potesse essere peggiore di ciò che già supponeva -

«Trevor, cosa dici a Bryan per aver giocato con te oggi?»

Trevor si morse il labbro e socchiuse gli occhi guardando verso il loro ospite. «Puoi gioca'e domani?»

Avrebbe dovuto sapere che un semplice *Grazie* non sarebbe bastato.

«Tesoro, Bryan ha delle cose da fare. Non può passare tutto il suo tempo a giocare con te-»

«In realtà, ho del tempo libero domani mattina. Verso le dieci?»

Dovrebbe dire di no. Anche se, dopo quello che stava per dirgli, sarebbe diventato irrilevante. Lascia che sia lui il cattivo.

«Trevor, perché non vai dentro a lavarti le mani. Bryan e io abbiamo alcune cose da adulti di cui parlare». Come ad esempio non usare la carta del Bambino Piccolo per arrivare a lei. Trevor *non era* una pedina e non avrebbe permesso che venisse usato come tale. Per quanto riguardava Bryan, lui aveva comprato *lei*, non Trevor.

E lui *non l'aveva* ancora comprata, quindi poteva scordarsi il suo atteggiamento da "Passerò domani" come se fosse un diritto.

Con un *bleah*, Trevor si diresse verso l'interno. Le cose da adulti per lui erano alla pari con un Babbo Natale malato durante il periodo natalizio.

«Senti, Bryan-»

«Domani non è un problema. Ho qualche ora libera».

«A proposito di questo». Jenna si sistemò i capelli dietro le orecchie. Poteva solo immaginare come apparissero - un cespuglio centrale. «C'è stato un errore».

«Un errore? *Così* lo chiami?»

Non era preparata alla sua rabbia. «Beh... sì. Tu no?»

Un muscolo gli ticchettò nella mascella. Poi un altro. Aprì la bocca per dire qualcosa, poi la richiuse. Quindi si grattò il mento, con il leggero raspare dei principi di un'ombra delle cinque che interrompeva il silenzio. Espirò. «Va bene. D'accordo. Un errore. Stai dicendo che non posso vedere Trevor domani? Voglio dire, io ho-»

«Pagare per il privilegio», Jenna scelse intenzionalmente quella formulazione per lasciarla aperta all'interpretazione. Chissà cosa stava sentendo Trevor? «Lo so. Ma il fatto è che Trevor non faceva parte del nostro accordo».

«Non mi dire».

Se era d'accordo con lei, perché discutere? «Ok. Bene. Sono contenta che tu la veda come me».

«In realtà, non la vedo così. E non capisco come tu possa pensare che io lo faccia».

Stava per spiegargli perché pensava - no, *sapeva* - che lui dovesse vedere le cose dal suo punto di vista, quando il viso di Trevor apparve alla finestra del soggiorno.

«Per favore, mamma? Per favore, Bryan può restare? L'orsetto sta mangiando l'insalata di patate. Mi piace l'insalata di patate e scommetto che piace anche a Bryan. Tu fai la migliore insalata di patate, mamma».

Trevor avrebbe spezzato cuori a destra e a manca quando sarebbe cresciuto, quel piccolo seduttore. Se solo Bryan fosse stato altrettanto affascinante...

In realtà, quello era il problema. Bryan *era* così affascinante. Le sue supposizioni no. E nemmeno il suo atteggiamento da santarellino, come se lei gli dovesse qualcosa. Non l'aveva nemmeno ancora pagata per essere a sua disposizione sessuale; perché pensava di avere diritto a qualcosa che riguardasse il resto della sua vita? E ora l'aveva messa nella spiacevole posizione di dover fare la cattiva quando quel titolo avrebbe dovuto appartenergli di diritto.

«In realtà, Trevor, vorrei portare la tua mamma a cena se per te va bene?»

Basso. Molto basso, usare un bambino in quel modo.

«Per un appuntamento?» Gli occhi di Trevor si illuminarono come una luce stroboscopica.

Poteva già vedere l'equazione uno-più-uno-uguale-tre nella testa di suo figlio. La situazione stava diventando sempre più complicata. Avrebbe dovuto mettere le cose in chiaro e Bryan le aveva offerto l'opportunità perfetta.

«No, non intende un appuntamento, Trevor. Bryan ed io dobbiamo fare un discorso da adulti, quindi vedrò se Cathy ti lascerà giocare con Bobby stasera».

«Posso dormire là?»

Sentì Bryan irrigidirsi accanto a lei. Fantastico. Non era assolutamente la posizione in cui voleva trovarsi. A Trevor e Bobby piaceva dormire l'uno a casa dell'altro e, francamente, piaceva anche ai genitori. Un po' di tempo libero per i genitori. Ma l'ultima cosa che voleva era far sapere a Bryan che avrebbe avuto la casa tutta per sé quella sera. Non c'era bisogno di incoraggiare il ragazzo. Naturalmente, tutto ciò sarebbe stato irrilevante una volta che gli avesse detto cosa poteva farsi con i suoi diecimila dollari.

«Vedremo, tesoro. Devo parlare con Cathy».

«Va bene, ma prendo Signor Scimmietta, giusto in caso».

Come dev'essere bello poter cambiare così facilmente il proprio focus. Il focus di Bryan le stava perforando la schiena.

Si voltò. «D'accordo. Se Cathy può guardare Trevor, andremo a cena».

«Ok. Alle sette da Tosco's».

Non era una domanda. Insopportabile. Non l'aveva nemmeno pagata e già stava dettando dove e come lei dovesse passare il suo tempo.

Jenna scosse la testa. Doveva ricordare che lei *non era* a sua disposizione. Che *non stava* accettando i suoi soldi per nulla. E un'umiliazione pubblica al Tosco's glielo avrebbe fatto capire senza mezzi termini.

«Va bene. Alle sette. Ci sarò».

Lui si sistemò gli occhiali. «Sistemeremo tutto allora».

«Puoi scommetterci», mormorò lei.

Si sarebbe proprio divertita a sbattergli in faccia i suoi soldi. Che le pettegole della città ci facessero *quel* che volevano. Almeno avrebbe dimostrato che non era ciò che lui aveva affermato e avrebbe ripulito il suo nome nel processo.

E forse avrebbe annerito il suo.

Capitolo Nove

Bryan non poteva credere che avrebbe davvero accettato i soldi. Vederla con suo figlio-*loro* figlio-non riusciva a conciliare le due immagini: la spogliarellista che andava a letto con uomini di cui non ricordava nemmeno il nome, e la donna così amorevole e protettiva verso suo figlio che il bambino non aveva idea di cosa succedesse sotto il loro tetto. Se non fosse stato per il fatto che lei voleva sistemare la questione stasera, avrebbe messo in dubbio la sua decisione di denunciarla perché Trevor sembrava così ben equilibrato. Quasi sperava che lei gli avesse gettato in faccia la sua offerta.

Si toccò la tasca dove teneva i diecimila. Una somma così grande avrebbe dovuto pesare di più.

Aprì la porta del ristorante e la bocca gli si riempì di saliva per l'aroma di pane all'aglio burroso, peperoni arrostiti, vitello alla sorrentina... *non* perché presto avrebbe visto Jenna.

«Tavolo per uno?» La hostess gli diede un'occhiata lunga e approfondita, ma Bryan non era interessato. Sembrava appena uscita dal liceo e lui doveva essere quello che dava il buon esempio morale a Trevor, visto che sua madre non lo faceva.

«Per due. Appartato, se non ti dispiace.» Lasciò che lei interpretasse come voleva; lui voleva assicurarsi che nessuno interrompesse lui e Jenna, e anche tenere gli occhi nell'ombra. Avrebbe giocato le sue carte *dopo* che lei avesse preso i soldi.

La ragazza sospirò e si raddrizzò. «Da questa parte.» Lo condusse attraverso tavoli ricoperti di tovaglie di lino, il dolce *tintinnio* di posate e scaldavivande che risuonava sotto un vintage Sinatra.

Bryan sentiva gli sguardi. Ci era abituato al liceo perché il campionato statale era stato un grande evento, ma quelli che aveva ricevuto quando lui e Gage avevano fatto richiesta per un permesso per BeefCake, Inc... non proprio. Pregiudizi a mente chiusa e supposizioni errate avevano quasi compromesso l'approvazione della commissione urbanistica. Solo il contatto della fidanzata di Gage e la validità della loro proposta di creare posti di lavoro e rivitalizzare un edificio in degrado li aveva salvati. Ma la gente sapeva ancora chi era e si aggrappava alle proprie opinioni.

«Ecco qua.» La ragazza si fece da parte accanto alla sua sedia. *Leggermente*. Abbastanza lontana perché potesse tirare fuori la sedia, ma abbastanza vicina che i suoi seni fossero a distanza di sfioramento. Aveva frequentato le "lezioni" di Jenna?

Non era lo stato d'animo in cui doveva essere per avere questa conversazione.

Bryan prese posto, riuscendo a mantenere le parti del suo corpo esattamente dove dovevano essere, poi sistemò il tovagliolo sulla coscia. «Sto aspettando Jenna Corrigan. La conosci?»

Lei lo fissò a bocca aperta. «La signora Corrigan? Certo che la conosco. La conoscono tutti.»

Bryan temeva proprio questo.

«La manderò da Lei appena arriva.» La bocca spalancata fu sostituita da un sorriso e da un'altra occhiata, anche se questa non era palesemente allusiva come quella che gli aveva rivolto prima. Se fosse stato costretto a definirla, avrebbe detto che era più interrogativa.

Probabilmente si chiedeva perché dovesse pagare per questo.

Chi altri lo faceva? Alcuni uomini qui erano suoi clienti?

Lo era il sergente?

Bryan dovette cancellare quell'immagine dalla sua testa, pregando che le tangenti fossero tutto ciò che Benton otteneva da Jenna.

Il cameriere si avvicinò. Un altro ragazzo. Era anche lui uno degli studenti di Jenna?

«Salve. Sono Richie e sarò il Suo cameriere stasera. Posso portarLe qualcosa da bere?»

Il drink più forte del locale probabilmente non era intelligente da ordinare, considerando ciò di cui avrebbero discusso.

«Prenderò una cola.»

«Molto bene». Il cameriere si voltò ma poi fece un giro su se stesso. «A proposito, l'allenatore ha appena mostrato il video della partita statale. Quell'ultima azione che hai chiamato è stata fantastica, proprio prima che tu... beh, sai cosa».

Bryan sorrise debolmente. Sì, lo sapeva. Proprio prima che si rompesse il tendine d'Achille, il legamento crociato anteriore e i suoi sogni universitari. «Che ruolo giochi?»

«Tight end. Ho alcune università che mi stanno valutando».

«Ehi, buona fortuna».

«Grazie. Torno subito con la bibita».

Università che lo stanno valutando. Bryan aveva vissuto quell'esperienza. Aveva ricevuto un paio di offerte e stava cercando di decidere tra loro quando il placcaggio aveva tolto la decisione dalle sue mani. L'intervento chirurgico e la riabilitazione non erano valsi nulla per gli osservatori. Le offerte erano state ritirate prima ancora che uscisse dall'anestesia.

Così aveva ripiegato sul diventare elettricista come suo padre, e se non era eccitante come il football, almeno era un lavoro stabile e poteva gestire la propria attività. Non stava diventando ricco - sperava che BeefCake, Inc. potesse aiutarlo in quel campo - ma era stato in grado di tirare fuori diecimila dollari quando ne aveva avuto bisogno.

Lui e Jenna dovevano arrivare a una sorta di intesa. Lei non poteva continuare con questa professione. Doveva capire che non era una bella vita per Trevor - dannazione, non era una bella vita nemmeno per *lei*. Sperava che avesse altre competenze su cui contare, ma se non fosse così, avrebbe trovato il modo di pagarle gli studi.

A patto che *lui* potesse crescere Trevor.

* * *

Jenna fece un respiro profondo prima di aprire la pesante porta di vetro del Tosco's, pregando di avere la forza mentale per farlo. Tutti in città dovevano ormai sapere di cosa l'aveva accusata. Cosa pensava di lei. Le lingue avrebbero iniziato a schioccare nel momento in cui si fosse seduta al suo tavolo. I ricordi sarebbero stati riesumati, i sussurri sarebbero ricominciati.

La sua delusione amorosa adolescenziale era stata un grande scandalo; la studentessa modello e presidente di classe era l'ultima persona che avrebbe dovuto commettere il peccato del sesso prematrimoniale, per non parlare di rimanere incinta a causa di esso. Il suo curriculum stellare e le referenze professionali le avevano fatto ottenere il lavoro al liceo; non aveva bisogno di nessun nuovo scandalo che disfacesse tutto il lavoro che aveva fatto per la sua reputazione.

«Signora Corrigan?» Sheila Brady aprì la porta d'ingresso. Jenna aveva dimenticato che lavorava qui.

«Ciao, Sheila».

«C'è un tipo che La aspetta nell'angolo in fondo». Tutte quelle parole erano accompagnate dalla soggezione tipica di un amore da cucciolo.

Anche se, in realtà, Sheila aveva diciannove anni. Non era più esattamente minorenne, e se Bryan la trovava attraente -

Jenna si riscosse. Stava tergiversando.

«Grazie, Sheila». Jenna raddrizzò le spalle ed entrò nel ristorante.

«È davvero un figo», sussurrò Sheila più a se stessa che a Jenna.

Ma Jenna la sentì. E sì, lo era.

Ebbe qualche secondo per studiarlo mentre si avvicinava al tavolo dove lui stava esaminando il menu. Quei riccioli neri che si erano spettinati durante la partita oggi erano pettinati all'indietro come se fossero ancora umidi dopo una doccia, e la polo blu navy che aveva indossato si tendeva nel modo giusto sulle spalle larghe e sul petto scolpito che non era riuscita a dimenticare dalla sua corsa di quella mattina. Era un uomo grande, ma non imponente. Di bell'aspetto. Era bravo con Trevor. Era un vero peccato che non l'avesse incontrato in circostanze migliori.

I suoi passi vacillarono. Forse... Forse potevano ricominciare da capo. Forse poteva essere sincera stasera - non esporlo pubblicamente e aprirlo al ridicolo. Avrebbero potuto ridere dell'equivoco. A lui piaceva abbastanza Trevor da offrirsi di giocare a football con lui anche domani. Forse avrebbero potuto-

No. Lui pensava che fosse una prostituta. E l'aveva *assunta perché* pensava che fosse una prostituta. Quell'uomo assumeva *prostitute*.

Non aveva idea del perché, ma non importava quanto fosse attraente all'esterno, l'interno non raggiungeva i *suoi* standard. E quanto era ironico che quella parola saltasse fuori di nuovo in relazione a lui?

No, Bryan non era l'uomo per lei.

Poi lui alzò lo sguardo e Jenna trattenne il respiro. Niente occhiali da sole e questo, insieme al lento sorriso che si allargava sul suo viso, lo rendeva ancora più affascinante. Doveva fare un serio discorso con i suoi ormoni.

Lui si alzò e la raggiunse alla sedia di fronte alla sua, emanando un mix di profumo di sapone e di Bryan che mandò quei maledetti ormoni in modalità ballo di Snoopy. Era la prima volta che lo vedeva senza occhiali. I suoi occhi erano... grigi? Azzurri chiari? Era difficile dirlo con l'illuminazione soffusa delle applique Tiffany e le candele che tremavano sul tavolo, ma non sembravano avere problemi visibili che necessitassero occhiali da sole. Forse era sensibile alla luce.

Il che era un peccato. I suoi occhi erano belli quanto il resto di lui. E la fissavano come se potessero vedere attraverso di lei.

O attraverso i suoi vestiti...

Le tenne la sedia. «Sei bellissima.»

Jenna passò una mano sul vestito color mocaccino che indossava, aspettandosi qualche commento sui trucchi del mestiere. O semplicemente sui suoi trucchi.

Quando non lo fece, mormorò un imbarazzato «Grazie» e si sedette sulla sedia che lui teneva per lei. Non si comportava come un uomo con una prostituta - non che lei avesse mai davvero considerato i *come* e i *perché* di una simile interazione, ma avrebbe pensato che convenevoli e cene in bei ristoranti non facessero parte del normale accordo.

Il cameriere si avvicinò. Un altro dei suoi ex studenti. «Ehi, prof. C.»

«Ciao, Richie. Come stai?»

«Bene. Andrò a visitare un paio di università la prossima settimana.»

«Altre borse di studio?»

Non riusciva a nascondere il suo sorriso e lei non lo biasimava. «Sì.»

«Te l'avevo detto che ce l'avresti fatta.»

«Lo so. Ma Lei mi ha dato fiducia.»

«Tu hai le capacità.»

Poteva sentire gli occhi di Bryan su di lei. Forse avrebbe dovuto rimettersi gli occhiali perché il suo sguardo fisso era un po' sconcertante. Come lo era il pensiero che probabilmente *stava cercando* di capire se Richie fosse anche lui uno dei suoi clienti.

Buon Dio. Richie e Jason erano minorenni. Bryan non aveva davvero un'alta opinione di lei. Anzi, aveva la più bassa che si potesse avere di un'altra persona.

Si sarebbe proprio divertita a sbatterglielo in faccia.

«Grazie. Allora...» Richie mise un cestino di pane caldo sul tavolo. «Sa già cosa vuole per cena?»

Bryan si schiarì la gola. «Forse prima vorrebbe qualcosa da bere?»

Sì, bassissima. E la stava trasferendo a Richie.

«In realtà, Richie, prenderò la parmigiana di vitello, un'insalata della casa e un bicchiere di pinot.» Prese il menù che non aveva avuto bisogno di toccare. Papà adorava il Tosco's. La portava qui nelle sere in cui ne aveva l'affidamento.

«Va bene. E Bryan? Cosa posso portarti?»

Bryan inarcò un sopracciglio. Mmm, con quegli occhiali addosso non sapeva che potesse farlo—o quanto devastante lo facesse apparire. Accidenti. C'era qualcosa che non andava in quest'uomo?

Beh, a parte il fatto che assumeva prostitute.

«Prenderò linguine con capesante, un'insalata e un'altra bibita». Passò il menu a Richie senza guardarlo.

«Davvero, Bryan», disse quando Richie se ne andò, «dovresti essere più comprensivo. È il suo primo lavoro».

«Non siamo qui per parlare di Richie. Siamo qui per parlare di Trevor».

«In realtà, non lo siamo. Ma ho bisogno di parlare—»

«Ciao, Jenna». Cal Mullins si fermò al suo tavolo. «Non voglio intromettermi, ma volevo ringraziarti per il tuo aiuto. La mia ragazza ed io stiamo molto meglio grazie a te».

Li aveva aiutati a compilare la domanda per l'appartamento. «È stato un piacere, Cal. Sono felice di esserti stata utile».

«Ho dato il tuo nome ad alcuni nostri amici. Spero non ti dispiaccia. So che non eravamo la tua solita clientela, ma, come ho detto, ci hai davvero aiutato».

«Sarebbe fantastico. La maggior parte del mio lavoro viene dal passaparola, quindi grazie per avermi menzionata».

Cal guardò Bryan. «Trattala bene, amico. Questa donna è un tesoro».

Jenna cercò di non soffocare vedendo l'espressione che attraversò il volto di Bryan. Avrebbe dovuto dirgli la verità presto perché se qualcun altro si fosse fermato avrebbe potuto far saltare la sua copertura, e lei voleva la sua libbra di carne.

Anche se la conversazione con Cal poteva essere interpretata in molti modi diversi.

«Ti occupi di *coppie*?» chiese Bryan una volta che Cal se ne fu andato.

Sì, aveva preso la strada sbagliata.

«Eh, sì. Molte persone hanno bisogno dei miei servizi, e a volte anche le coppie». Perché Cal e Julie si erano conosciuti in un corso di alfabetizzazione per adulti, ma Bryan non aveva bisogno di saperlo. Li aveva aiutati con l'appartamento, alcune domande di lavoro, e li aveva persino preparati per i colloqui.

«C'è qualcos'altro che dovrei sapere prima di—»

«Prima di pagarmi?» Appoggiò il gomito sul tavolo e si toccò le labbra. «Vediamo. Potrei darti delle referenze se vuoi. Praticamente tutta la squadra di football, alcuni ragazzi della squadra di calcio. L'allenatore Leland mi ha assunto una volta, e poi c'è il consiglio comunale. Almeno la metà di loro ha usato i miei servizi. Oh, e ho un accordo permanente con il servizio di ricollocamento locale. Mi mandano sempre nuove persone».

Perché molti dei ragazzi che si trasferivano nella zona non riuscivano a soddisfare i rigorosi standard di valutazione del distretto scolastico locale. Di solito era estremamente impegnata per tutto il mese di giugno a preparare i nuovi ragazzi per i test di fine luglio.

Bryan sbatté la bibita sul tavolo. «Comincio a pensare che questo non sia il posto migliore per avere questa conversazione».

«Ma abbiamo già ordinato».

Tirò fuori la carta di credito dal portafoglio. «Dobbiamo spostare questa discussione da qualche altra parte. Ho la sensazione che non saremo d'accordo su questo argomento e preferirei non fare una scenata».

Non poté resistere. «Va bene per me. A casa mia o a casa tua?»

«Né l'una né l'altra!»

Le persone a diversi tavoli vicini si girarono quando Bryan praticamente lo urlò.

«Ehm, Bryan? Mi sembra proprio una scenata».

Richie accorse. «È tutto a posto? Posso portarvi altro?»

Jenna annuì a Bryan. Che facesse lui il suo sporco lavoro. Non aveva avuto problemi a farlo quando si trattava di lei.

«Bryan?»

Bryan guardò prima lei, poi Richie.

Sospirò. «Va tutto bene. Se potesse portarci i nostri piatti, sarebbe perfetto».

«Certamente. Subito».

Il povero Richie se ne andò con l'aria di un cane con la coda tra le gambe.

«Sai, non è stato molto gentile. Non è colpa di Richie-»

«Jenna, possiamo parlare d'altro? Non ce la faccio più a sentire le storie dei tuoi clienti».

Si trattenne dal sorridere. «Va bene, allora. Di cosa vuoi parlare?»

«Parlami di Trevor».

Il suo sorriso svanì. «Preferirei di no».

«Perché?»

«Perché non sono affari tuoi».

«Non puoi pensarlo sul serio». Bryan mise una busta sul tavolo tra di loro. «Questa somma di denaro lo rende un mio affare».

Lei la sfiorò. Diecimila dollari. Non era una fortuna, ma sarebbe servita ad alleviare parte del suo stress e, se investita bene, avrebbe potuto coprire l'università di Trevor.

Ma questo non gli dava alcun diritto su Trevor. Posò la forchetta e si schiarì la gola. «In realtà, la tua offerta non includeva mio figlio».

«*Tuo* figlio? Il padre non ha *nessun* diritto di decidere se essere o meno nella vita di suo figlio?»

Sì, probabilmente aveva detto qualcosa tipo "Fammi godere, baby", o qualcosa di altrettanto volgare, ma questo non gli dava alcun diritto di essere nella vita di Trevor.

Se solo potesse trovare un uomo che facesse da figura paterna a Trevor, che ne aveva disperatamente bisogno. Qualcuno con cui costruire una vita per dare a suo figlio la stabilità di una famiglia con due genitori, potrebbe rendere la verità un po' più accettabile quando alla fine gliel'avrebbe detta.

Bryan impilò i panetti di burro sul piatto davanti a sé, poi fece lo stesso con le fette di pane artigianale, ricordandole Trevor. Era stato così bravo con Trevor oggi, e Trevor... si era illuminato come se fosse stata la mattina di Natale.

Doveva ringraziare Bryan per questo. «Va bene. Di cosa volevi parlare riguardo a Trevor?»

Lui mise l'ultimo pezzo di pane perfettamente in cima alla pila. «Cosa... cosa gli piace fare? Con cosa gioca? Ha molti amici?»

Domande strane da parte di un uomo che aveva assunto una prostituta. Forse stava cercando di trovare cose da far fare a Trevor mentre loro-

«Gli piacciono i blocchi da costruzione. Sai, quelli di plastica che si incastrano? Gli piacciono anche i camion». Anche se da quando le sue "tr" uscivano come "f", poteva diventare un po' imbarazzante quando ne vedeva uno. Aveva dovuto correggere la sua pronuncia molte volte in pubblico.

Rispose alle domande di Bryan sulla scuola materna - probabilmente stava cercando di capire quando suo figlio era fuori casa così potevano stare da soli.

Un brivido le corse lungo la schiena. Se avesse davvero accettato la sua offerta come aveva suggerito Cathy, avrebbero avuto bisogno di più delle due ore e mezza in cui Trevor era a scuola.

Non ci pensare...

Gli parlò del Michael Report, afferrando qualsiasi cosa per togliersi quell'immagine dalla testa. Venne fuori che Bryan aveva avuto un bambino simile nella sua classe - che si chiamava anche Brian.

«Non puoi immaginare le telefonate che mia madre ha dovuto gestire per questo. Mi sono messa nei guai per cose che non avevo mai fatto finché non sono diventata più saggia e le ho parlato di lui.»

«Trevor idolatra questo ragazzo. Pensa che siccome tutti hanno paura di lui sia qualcuno da ammirare.»

«È qui che entra in gioco un padre, Jenna. Possiamo spiegare tutta questa cosa del testosterone in un modo che le donne non possono.»

Di nuovo con la questione del padre. Se lei sapesse chi fosse quell'uomo, non pensava che lo avrebbe già rintracciato? Trevor aveva bisogno di un uomo nella sua vita e lei ci stava lavorando. Ma non stava per buttarsi sul primo tipo senza avversione per i bambini solo per dare un padre a Trevor. Lei voleva innamorarsi. Essere una vera famiglia.

«Potrei parlare con l'insegnante se vuoi.»

Le cadde la forchetta. Sul serio, nessuna somma di denaro avrebbe dato a Bryan quel diritto quando si trattava di *suo* figlio. «Grazie, ma credo di potermela cavare da sola.»

«Hai appena ammesso che non puoi.»

Niente la faceva infuriare di più di qualcuno che mettesse in discussione le sue capacità genitoriali. «Sai, hai ragione. Forse questo non è il posto migliore per avere questa discussione.» Perché in questo momento non solo voleva gettargli in faccia tutti quei soldi, ma voleva anche farli a pezzi e buttarli insieme ai suoi maledetti linguini-

Che Richie stava proprio portando.

Ottimo. La sua finestra di opportunità per andarsene si era appena chiusa.

«Ecco a voi.» Richie prese i loro piatti dal vassoio di servizio, il tintinnio delle stoviglie era l'unico suono al loro tavolo. «C'è altro?» chiese, guardando Bryan.

Bryan fece una smorfia.

Ah, giusto. Pensava che lei avesse dormito con Richie quindi Richie non era una delle sue persone preferite al momento. «Grazie Richie. Credo che siamo a posto.»

«Va bene, se avete bisogno di qualcosa sapete come trovarmi.»

Un'altra frase che Bryan interpretò fuori contesto.

Sarebbe stato divertente se lui non lo avesse gridato ai quattro venti alla stazione di polizia. Se nessuno lo sapesse, potrebbe lasciare che continuasse ancora un po'.

Ma lo sapevano e lei non doveva niente a Bryan come-si-chiamasse.

Tagliò una fetta del suo vitello. «Qual è il tuo cognome, a proposito? Penso che dovrei almeno sapere questo.»

«Mi sorprende che ti interessi.»

Ahi. Insensibile. «Mi piace sapere con chi sto facendo affari.» La palla era tornata nel suo campo. Peccato che lui non si rendesse conto che stavano giocando una partita.

Lui avvolse alcuni linguini sulla forchetta. «È Lassiter.»

Il vitello le si bloccò in gola. Allungò la mano verso il bicchiere d'acqua, ma Bryan era già fuori dalla sedia e le dava dei colpetti sulla schiena prima che potesse portarlo alle labbra.

Le *sue* labbra erano proprio accanto a lei.

Le labbra di Bryan *Lassiter*.

«Jenna? Stai bene?»

No, non stava bene. Proprio per niente. Ma lo allontanò con un gesto, volendo che si *facesse* da parte così che potesse capire che diavolo avrebbe fatto.

Bryan Lassiter era quattro anni avanti a lei a scuola. Non lo conosceva personalmente, ma aveva sentito parlare di lui. *Tutti* avevano sentito parlare di Bryan Lassiter.

Perché Bryan Lassiter non era stato solo il quarterback di punta, il re del ballo e il presidente di classe, ma era stato anche il ragazzo da sogno della città. Che era conosciuto per una cosa in particolare.

E in quel momento, Jenna capì. *Capì*.

Bryan Lassiter era conosciuto per i suoi occhi - i suoi occhi *viola*.

Proprio come Trevor.

Capitolo Dieci

Jenna aveva gettato il tovagliolo sul tavolo, abbandonando l'idea di tirar fuori la sua carta di credito al limite per la sua parte del pasto perché Mr. Bellimbusto poteva pagare la cena che non sarebbe mai stata necessaria se lui non avesse fatto la sua stupida supposizione in primo luogo, ed era quasi corsa fuori dal ristorante, con gli sguardi e le conversazioni dei clienti che la seguivano. Il resto del viaggio verso casa, tuttavia, era stato confuso.

Bryan pensava che *lui* fosse il padre di Trevor.

Chiuse la porta d'ingresso dietro di sé e si precipitò nella sua camera da letto, lasciando i suoi vestiti lungo tutta la scala, desiderando di liberarsi della serata come una lucertola che si libera della pelle perché si sentiva altrettanto viscida.

Non poteva essere lui il padre di Trevor. Mindy si sarebbe ricordata di *lui*. *Chiunque* si sarebbe ricordato di Bryan. Era stato il sogno di ogni ragazza. Non c'era da stupirsi che indossasse gli occhiali da sole. Ora aveva senso.

Ma ciò che non aveva senso era che Mindy quattro anni fa non viveva né faceva la spogliarellista in città. Si trovava a ottanta chilometri di distanza, quindi la possibilità di incontrarlo era quasi nulla.

Sì, era così. Questo era ciò che avrebbe fatto per dimostrargli che non era il padre di Trevor. Diamine, parte del motivo per cui si erano trasferite qui era proprio per non incontrare il tizio che poteva essere il padre di Trevor e dover combattere per la custodia. Lei e Mindy lo avevano deciso subito dopo la diagnosi di cancro.

Ok, quindi come poteva dimostrare che non era lui il padre?

L'addio al celibato. Tutto ciò che Mindy sapeva era che il futuro sposo si chiamava Brad e si sarebbe sposato il giorno dopo, quindi tutto ciò che Jenna doveva fare era cercare su Google i matrimoni avvenuti quel giorno nella sua vecchia città con uno sposo di nome Brad.

Le ci vollero meno di cinque minuti.

E solo trenta secondi dopo per trovare una foto del ricevimento e scoprire che uno dei testimoni si chiamava Bryan Lassiter.

Oh merda. Bryan *poteva* davvero essere il padre di Trevor.

Il panico la invase. E se avesse voluto la custodia? E se avesse contestato il suo diritto di essere il genitore di Trevor? E se le avesse portato via Trevor?

No. Questo non poteva accadere. Avrebbe fatto qualsiasi cosa per tenere Trevor con sé.

Lui voleva conoscere Trevor però. Questo era ovvio. Tutte le domande ora avevano senso. Voler insegnare a Trevor a lanciare la palla, la capacità di Trevor di lanciare una palla, offrirsi di parlare con l'insegnante a favore di Trevor riguardo a Michael...

Pensava che lei fosse la donna con cui aveva dormito; ecco perché era stato così veloce a etichettarla come prostituta. Spogliarellista, prostituta, potevano essere intercambiabili nella sua mente se aveva dormito con lei – con Mindy.

Bryan pensava che *lei* fosse Mindy.

Cosa avrebbe fatto quando avesse scoperto che non lo era?

Le sue dita esangui scivolarono via dal mouse. No. Questo non poteva accadere. Lui *doveva* credere che lei fosse la donna con cui aveva dormito. *Doveva*. Era l'unica possibilità che aveva di impedirgli di indagare troppo a fondo sulla nascita di Trevor. Grazie a Dio solo Cathy conosceva la verità.

Quando Bryan l'aveva capito? Al supermercato o era stato tutto pianificato fin dall'inizio? Aveva in qualche modo scoperto di Trevor e l'aveva rintracciata?

Jenna studiò il volto di Bryan sullo schermo e lo sovrappose a una delle sue immagini mentali di Trevor. Stessi capelli e ricci. Stessa struttura del viso.

Stessi occhi.

Oh, Dio. Lui *era* il padre. Lo sapeva. E, peggio ancora, *lui* lo sapeva.

La domanda era, cosa intendeva fare al riguardo?

* * *

Bryan gettò le chiavi sulla scrivania al BeefCake, Inc. Questa serata non era decisamente andata come previsto.

«Ehi, Bry, tutto a posto?» Gage entrò nel suo ufficio.

Bryan si passò una mano sul viso. Non aveva ancora raccontato nulla a Gage su Trevor o Jenna. Il suo socio aveva già abbastanza da gestire con le operazioni del nipote e il suo lavoro principale, oltre a mandare avanti questo posto, gestire l'espansione e aiutare Lara, la sua fidanzata, con i piani per il loro imminente matrimonio. Bryan non aveva bisogno di aggiungere un altro casino a quelli che Gage stava già affrontando.

Inoltre, questo era il *suo* casino. «È stata una serata difficile.»

«Sì, beh, dovresti vedere la folla qui fuori. Parlando di difficile. Non sono sicuro che dovremmo rimanere aperti ogni sera della settimana. Forse passare a quattro giorni. Tenerli interessati e desiderosi per i giorni in cui *siamo* aperti.»

«E perdere il traffico dell'ora di cena? Non credo proprio.»

«Beh allora, dobbiamo assumere qualche aiuto. Tra la gestione dello spettacolo, la burocrazia e l'espansione, ho a malapena abbastanza tempo per i miei progetti e per Lara. E indovina a cosa tengo di più?»

Bryan non aveva bisogno di indovinare. Da quando Gage aveva incontrato "la signora dei cupcake", non faceva che assaggiare la merce.

Bryan non poteva biasimarlo. Anche lui voleva avere l'opportunità di assaggiare la merce di Jenna, ma lei era scappata dal ristorante senza toccare i soldi.

Tirò fuori la busta e sfogliò le banconote con il pollice. Aveva lavorato davvero duramente per questi soldi. Molte ore e molti balli. Lui e Gage erano stati gli unici artisti quando avevano iniziato. Ora guardali. Un posto grande, folle per la cena, una dozzina di dipendenti... Il posto stava crescendo. Gage aveva ragione; avevano bisogno di aiuto.

Jenna.

Avrebbe assunto Jenna. Doveva essere stata una spogliarellista almeno decente se quella notte era finito con lei. E se avesse avuto bisogno di pratica o di movenze diverse, beh, avrebbe potuto lavorarci insieme. Dopotutto, lui e Gage collaboravano con le ballerine sulle coreografie.

Ah-ah.

Bryan rimise la busta nella tasca della giacca. Non sapeva ancora perché lei fosse scappata via, e se Richie non avesse impiegato così tanto tempo per passare la sua carta di credito, le sarebbe andato dietro. Aveva pensato di farlo, ma si era reso conto che erano troppo tesi per continuare la loro conversazione con un minimo di razionalità. Avevano bisogno di tempo per calmarsi.

Tuttavia, non sapeva se si sarebbe mai calmato quando era vicino a Jenna. Era bellissima in quel vestito e ogni uomo al Tosco's l'aveva notata.

Quanti di loro avevano assaggiato *la sua* merce?

Si stropicciò il viso. Dio, si sarebbe fatto impazzire a pensare in questo modo. Ma, seriamente, come poteva farlo? Come poteva permettere a qualsiasi uomo di entrare nel suo corpo per denaro? Non aveva rispetto per sé stessa? Nessun senso di responsabilità verso suo figlio-*loro* figlio?

O forse era proprio quel senso di responsabilità il motivo per cui lo faceva. Non è che lui stesse aiutando con le bollette.

«Bry, c'è qualche possibilità che tu possa coprire il resto della serata? Vorrei tornare a casa in tempo per vedere Connor prima che vada a letto. Il suo intervento è domani.»

Ora Bryan si sentiva doppiamente stronzo. Sapeva quando era programmato l'intervento di Connor; avrebbe dovuto offrirsi di coprire Gage stasera invece di inseguire una prostituta sottopagata che aveva dato alla luce suo figlio.

Dio, la sua vita stava andando a rotoli più velocemente di quando si era distrutto la caviglia in quell'ultima partita del campionato.

«Sì. Vai. Porta i miei saluti a Lara.»

«Porterò *i miei* saluti a Lara e grazie, ma trovati la tua donna.» Gage gli lanciò uno dei loro portachiavi a farfallino. «Non dimenticare di chiudere.»

Bryan lo congedò con un cenno della mano, invidiandolo. Perché Jenna non poteva essere una panettiera? Un'insegnante? Diamine, sarebbe stato felicissimo anche se avesse lavorato in un fast food. Qualsiasi cosa diversa da quello che era.

Tanner fece capolino. «L'intervallo è finito. Vuoi fare l'annuncio?»

«No, vai pure tu. Considerala una promozione.»

Tanner sorrise. «Bene. Mi aspetto un aumento.»

«Se lì fuori fai alzare qualcosa, lo prenderò in considerazione. Vai. Dai spettacolo agli ospiti.»

«Lo facciamo sempre.»

Bryan si appoggiò allo schienale della sedia. Tanner e i ragazzi - e ora le ragazze - davvero offrivano un buono spettacolo. Lui e Gage ne andavano fieri. Questo non era un locale squallido come quello che il consiglio comunale aveva temuto. Ma non tutti i locali di spettacoli erano come BeefCake, Inc. Lui e Gage avevano lavorato per uno durante l'università prima di mettersi in proprio come imprenditori. Avevano guadagnato il doppio e conquistato il triplo delle ragazze. A quei tempi, si trattava solo di vantarsi.

Ma ora erano adulti. Si concentravano sulla creazione di un'attività dove persone come Tanner, Markus e Carlos avessero un buon posto dove lavorare e la clientela potesse godere di uno spettacolo di alta classe.

Forse era tutto ciò di cui Jenna aveva bisogno. L'opportunità di guadagnare del vero denaro senza dover ricorrere a vendersi. E potrebbe lavorare di notte quando Trevor è già addormentato. Diamine, lui stesso sarebbe andato a casa sua a fare da babysitter. Poteva fare il lavoro d'ufficio ovunque.

A proposito... Bryan prese la pila di fatture, ordini d'acquisto e documenti per le nuove assunzioni. Odiava davvero questa parte del lavoro. Anche Gage la detestava, ma dato che lui si stava occupando della ristrutturazione, Bryan si era preso questo incubo.

Forse avrebbe assunto Jenna per gestire questo. Per lui varrebbe diecimila dollari solo per non doverlo fare.

Espirò e iniziò a smistare. Qualunque cosa decidesse di fare riguardo a Jenna, era meglio farlo presto se voleva godersi un po' dell'infanzia di suo figlio. Trevor non stava diventando più giovane.

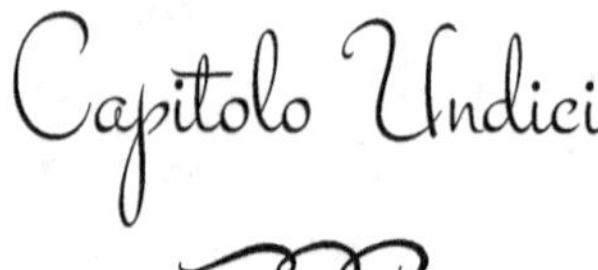

La mattina seguente, Jenna porse a Cathy una bottiglia d'acqua nella sua cucina dopo averle raccontato tutto il pasticcio da incubo. «Cosa devo fare, Cath?»

Cathy picchiettò la bottiglia contro le labbra e si appoggiò alla porta sul retro, era il suo turno di tenere d'occhio i ragazzi che stavano giocando a Guerra dei Dinosauri sul tavolino per bambini nel cortile. «Dovrai andarci a letto.»

«Dovrò fare *cosa*? *Questa* è la soluzione che ti viene in mente?» Jenna continuò a camminare avanti e indietro per la cucina come aveva fatto nelle ultime dieci ore. Dieci ore *senza dormire*.

«Come minimo, dovrai far finta di essere Mindy.»

«Lo so, ma come? Non le assomiglio per niente ed era più giovane di me.»

«Jen, se non la ricorda abbastanza bene da capire che non sei lei, non ricorderà neanche la sua età. O qualsiasi altra cosa di lei. Il che può solo giocare a tuo favore. Voglio dire, sa il cielo cosa ha fatto con lui quella notte.»

«E nemmeno io.»

«Quindi non è un problema. Puoi inventarti quello che vuoi. Lui non lo negherà se non lo ricorda. E se lo ricorda... attribuiscilo all'alcol. Le persone hanno blackout continuamente.»

Sì, proprio l'immagine che voleva che Bryan avesse di lei. «Ci deve essere un altro modo. Voglio dire, ho i documenti di adozione.»

Cathy scosse la testa. «È il genitore biologico che non ha mai rinunciato ai suoi diritti, e se ha diecimila dollari extra a disposizione da darti per andarci a letto, puoi scommettere che ne ha altri da qualche parte. Ha quel locale, lo sai. No, devi fingere di essere Mindy. Almeno Trevor ti assomiglia.»

Il potere della genetica, grazie a Dio. «Ma non ho preso i soldi.»

«Perché no?»

«Perché...» Jenna si era rimproverata tutta la notte per non aver afferrato quella busta. Le battaglie legali costavano un sacco di soldi. «Perché non so se posso farlo.»

«Quali altre opzioni hai?»

Nessuna, se Bryan avesse deciso di insistere. Poteva negare la sua paternità quanto voleva, ma un tampone di cotone con un kit per test casalingo e sarebbe finita lì.

Cathy le puntò contro la bottiglia d'acqua. «Vedi? Devi farlo. O perderai Trevor.»

Questo era il problema. Non c'era nulla che *potesse* fare. Anche se avesse preso i soldi, lui l'aveva già denunciata per essere una prostituta; prendere i soldi avrebbe solo dato credito alla sua argomentazione.

«Gli dirò semplicemente che è tutto un malinteso. Che pensavo volesse un'insegnante, non una prostituta.»

Cathy bevve un sorso d'acqua, con lo sguardo di nuovo verso il cortile. «Dovrebbe funzionare alla grande.»

«Perché no? È la verità. Più o meno. Non sapevo che lui pensasse qualcosa di diverso fino a quando Sarge non mi ha parlato della denuncia.»

«Va bene, d'accordo. Gli dirai che sei un'insegnante e non una prostituta e lui inizierà a indagare su di te. Non ci vorrà molto scavare per scoprire che non hai mai fatto la spogliarellista in vita tua, quindi non puoi essere la donna con cui è andato a letto, e andrà a prendere Trevor.» Guardò di nuovo Jenna. «È davvero quello che vuoi? Pensavo che avresti fatto qualsiasi cosa per quel bambino.»

«Non è giusto.»

«In amore e in guerra tutto è permesso. E anche nelle cause per l'affidamento dei figli. Cosa vuoi, Jen? La giustizia o Trevor?»

Non c'erano dubbi.

Cathy aprì la porta sul retro. «Va tutto bene, ragazzi?»

«Sì. Trevor ha appena fatto cadere il mio dinosauro nelle pozze di catrame.»

«Ha bisogno di un cerotto?»

«Macché. È forte. Come me e papà.»

Jenna non riuscì a nascondere la fitta di dolore che quella parola le provocò.

Cathy se ne accorse. «Prendi i suoi soldi, Jen. Hai bisogno di un buon avvocato. Diecimila dollari ti aiuteranno parecchio a trovarne uno. E poi, lo avrai in pugno. Avrà assunto una prostituta.»

«Non se non faccio sesso con lui.»

«Sarebbe davvero un peccato. Tanto vale che tu goda dei vantaggi del suo grande malinteso. E dopo averlo visto, scommetto che non è l'unica cosa grande che ha.»

Jenna alzò gli occhi al cielo. «Sul serio, Cathy, non pensi mai a *nient'altro* che al sesso?»

L'amica si accarezzò la pancia. «Me lo chiedi proprio mentre sono gonfia come un melone? Come credi che sia finita in questa condizione?»

«Io *non* andrò a letto con lui.»

Cathy scrollò le spalle. «Come vuoi, ma lui ti ha già denunciata alla polizia, quindi c'è una registrazione. E poi ti hanno vista uscire con lui.» Svitò il tappo della sua bottiglia d'acqua. «E poi c'è... sai. La storia passata. Quella di Mindy, intendo, che lui crede sia la tua.» Portò la bottiglia alle labbra. «E poi 'tu' non gli hai mai parlato di Trevor.»

«Non sapevo-»

«Il che non è proprio una buona raccomandazione per l'affidamento. Ammettiamolo, se non collabori con lui, sei fregata.»

«Beh, quello che suggerisci tu mi farà fregare lo stesso.»

«Sì, ma in quel caso è il tipo buono di fregatura.»

Jenna si sedette al tavolo. Una parte di lei doveva ammettere che non le sarebbe dispiaciuta la parte fisica - se non fosse stato per il sotterfugio. Quanto all'altra parte-

«Non sono una prostituta, Cath, e non posso fingere di esserlo.»

Cathy bevve un sorso d'acqua. «Finora te la sei cavata bene.»

«Sì, ma solo perché non ho dovuto andarci a letto.»

«Sarebbe *davvero* così difficile?»

Il problema era che non lo sarebbe stato. E non aveva bisogno di altre complicazioni nella sua vita.

Suonò il campanello della porta d'ingresso.

Parli del diavolo... «Cath, cosa devo fare?»

Cathy richiuse la bottiglia. «Vorrei avere le risposte, Jen. Dovresti davvero parlare con un avvocato. Fino ad allora, tienilo sulla corda.» Si alzò. «Porterò io i bambini per la mattinata.»

«Mi piacerebbe, ma Trevor conta sul fatto che Bryan giocherà di nuovo con lui. Non vorrà venire con te.»

«Allora digli che Bryan non poteva venire.» Scosse la testa. «Non ci posso credere. *Il* Bryan Lassiter. Padre di tuo figlio e portatore di diecimila dollari per fare sesso. Mi viene un colpo.»

«È solo un uomo, Cath.»

«Ah-ah. Continua a dirtelo, Jen. L'ho incontrato. Senza maglietta. Non è un uomo qualsiasi.» Aprì la porta sul retro. «Bobby! Trevor! Sistemate i T-rex. Andiamo al parco!» Guardò di nuovo Jenna. «Hai circa due ore per risolvere questa faccenda prima che io debba lasciare Bobby alla babysitter e riportare Trevor qui. Puoi trovare una soluzione.»

La domanda era, cosa?

Capitolo Dodici

Una volta che Cathy ebbe portato i bambini fuori dalla portata d'orecchio, Jenna fece un respiro profondo e aprì la porta. «Bryan. Entra.»

«C'è Trevor?»

Quegli occhi viola la scrutavano beffardi, risaltando ancora di più grazie alla maglietta nera aderente che rendeva il viola ancora più brillante. «Ho pensato fosse meglio se Cathy lo portasse via mentre finiamo ciò che non abbiamo iniziato ieri sera.»

Bryan lasciò cadere il borsone dentro la porta e scivolò accanto a lei nella casa. «Non hai preso i soldi.»

«E non li prenderò.»

Lui si girò di scatto. Mmh, l'aveva sorpreso. Un punto per lei.

«Ma ne hai bisogno.»

«Me la sono cavata bene senza i tuoi soldi prima e me la caverò di nuovo.»

«Ma come ti manterrai? E Trevor?»

«Bryan, sembri essere convinto che io sia in gravi difficoltà. Non è così. Ci manterrò come ho sempre fatto.»

«Ma io non voglio che tu lo faccia, Jenna.»

«Ah sì? E cosa ti dà il diritto di dettare legge sulla mia vita?»

«Trevor.»

«Lo sto facendo *per* Trevor.»

«Sì, ti ringrazierà quando crescerà e se ne renderà conto.»

«Trevor sa quello che faccio.»

La bocca di Bryan si spalancò. «Ti prego, dimmi che non lo lasci guardare.»

Oh, per l'amor del cielo. Pensava *davvero* che avrebbe esposto un bambino alla professione più antica del mondo? Se stesse facendo ciò che lui pensava, ovviamente. Che razza di cretina senza cervello la credeva?

Ignorando il fatto che il suo ragionamento si basava su un malinteso perpetuato da una bugia, Jenna prese la sua decisione. Non poteva, in buona coscienza, lasciarlo pensare che fosse una prostituta, ma lasciargli credere che fosse Mindy poteva essere l'unico modo per impedirgli di portarsi via Trevor. O, come aveva detto Cathy, almeno le avrebbe dato il tempo di scoprire quale fosse la sua posizione in questo pasticcio.

Ma questo non significava che non potesse rinfacciare qualcosa a quel sospettoso e testardo idiota. «A volte, sì, Trevor guarda. Gli piace.»

La sua espressione affranta era più che impagabile. Valeva molto più di diecimila dollari.

«E a volte lo lascio aiutare.»

Adesso boccheggiava come un pesce e lei cercava di non ridere.

«Ma la maggior parte delle volte, quando lavoro, lui dorme. Non posso davvero fare il mio lavoro se devo guardarlo. Inoltre, i miei studenti lo trove-rebbero fastidioso.»

Bryan balzò in piedi e attraversò il soggiorno a grandi passi, calciando via i blocchi di legno colorati. A Trevor non sarebbe piaciuto. Quella struttura, per quanto storta fosse, era il suo stadio di football. Dove lui e Bryan avrebbero dovuto giocare a football prima o poi.

Il suo cuore si strinse a quel pensiero. Per il bene di Trevor, doveva trovare un modo per permettere a Bryan di entrare nella sua vita.

Ma Bryan non avrebbe mai dovuto sapere che lei non era la madre *biolo-gica* di Trevor. Era sua madre in tutti gli altri sensi perché, come una leonessa, un'orsa o una donna qualsiasi, avrebbe fatto qualunque cosa per proteggerlo. E tenerlo con sé.

«Non ci posso credere.» Bryan si passò una mano tra i capelli e si girò verso di lei. «Gli permetti davvero di *guardare*? Perché i servizi sociali non sono ancora intervenuti? O forse tieni tutti i tuoi 'studenti' così felici che nessuno si lamenta?»

Aveva davvero mimato le virgolette con le dita per *studenti*. Jenna avrebbe voluto ridere. Chi si credeva di essere per fare tanto il moralista e decidere cosa fosse meglio per *chiunque*? Era lui quello che era andato a letto con una spogliarellista. Ah, come la superbia precede la caduta.

«Non ho mai ricevuto lamentele da nessuno dei miei studenti. La maggior parte è più che soddisfatta delle mie prestazioni.» Si stava davvero divertendo a disseminare doppi sensi ovunque.

«Basta così.» Bryan mise entrambe le mani sui fianchi. «Mi dispiace, Jenna, ma non posso permettere che questa situazione continui. Se non smetti, ti *costringerò* a farlo.»

Ed ora il *coup de grâce*. «Mi impedirai di insegnare? Perché? Cosa hai contro l'inglese delle superiori?»

«Come puoi anche solo chiedermelo? Non è come se fosse una materia scolas-» Le sue mani ricaddero lungo i fianchi. «Cosa? Che hai detto?»

Si morse il labbro per trattenere la risata. «Ti ho chiesto cosa hai contro l'inglese delle superiori. Shakespeare non ti piace? O forse *La lettera scarlatta* ti ha segnato a vita?»

«Io-» E adesso era tornato a boccheggiare. Avrebbe scommesso che non gli capitava spesso. «*Inglese*?»

«Sì. Sai, la lingua che stai massacrando così malamente in questo momento?»

Bryan la guardò come se stesse parlando una lingua straniera.

Provò compassione per lui e gli indicò il divano. «Bryan, siediti.»

Quando lo fece - ora senza parole, e avrebbe scommesso che anche questa era una novità per lui - gli spiegò. «Sarge mi ha detto cosa pensavi di me. Che mi avevi denunciata per prostituzione.»

«Lo sapevi?»

«Certo che lo sapevo. E scommetto che lo sapeva anche tutta la clientela di Tosco. Il pool di segretarie della stazione di polizia non è noto per essere un grande custode di segreti.»

«Ma... non lo sei? E i tuoi clienti? I genitori del ragazzo che pagano per questo? L'aver accettato la mia offerta?»

Questa volta dovette sorridere. La verità l'avrebbe liberata. Beh, almeno in questo aspetto della loro relazione. «Do ripetizioni ai ragazzi durante l'estate. Jason farà i test SAT in autunno e aveva bisogno di aiuto per migliorare i suoi punteggi.»

«Anche Richie?»

«Richie ha problemi con la lettura. Sheila con la matematica. Sono abilitata a insegnare entrambe. Anche storia.»

«Cal e la sua ragazza?»

«Ci siamo conosciuti a un corso di alfabetizzazione per adulti dove ero relatrice.»

«Allora perché mi hai citato quella cifra astronomica?»

Abbassò la testa, non particolarmente orgogliosa di se stessa, ma doveva ricordare cosa aveva fatto lui. Accusarla di prostituzione. In casa sua con un bambino presente, per giunta. Se lo meritava.

«Non avevo intenzione di prendere i tuoi soldi, non dopo aver scoperto cosa pensavi. Credevo davvero che volessi un insegnante per tuo figlio, ma eri terribilmente fastidioso al riguardo, così ho sparato una cifra assurda, sperando che te ne andassi. Immagina la mia sorpresa quando non l'hai fatto. E, beh, se eri disposto a pagare così tanto, il minimo che potessi fare era accettare. » Fece un respiro profondo. «Ma una volta che Sarge me l'ha detto, beh, mi hai fatto arrabbiare. Ho mantenuto la finzione solo per poterti sbattere i soldi in faccia. Non vedevo l'ora di farlo.»

Lui si strofinò la mascella. «Devi pensare che sono un completo idiota.»

«Ehm, sì. Un po'.»

Lui emise un mezzo respiro/mezza risata. «Immagino di essermelo meritato.»

«Mmhmm.»

Si alzò e camminò avanti e indietro, questa volta evitando i blocchi. Anzi, ne spinse alcuni in un mucchio. «Io... Mi dispiace, Jenna. Ma non sembra sufficiente, vero?»

No, ma quale sarebbe il punto? «Quello che è fatto è fatto. Dobbiamo solo andare avanti.»

«C'è qualcosa che posso fare per farmi perdonare?»

Baciarmi da togliermi il senno sarebbe un buon inizio.

Ok, non il suo momento più brillante. *Lascia la città* sarebbe stato un desiderio migliore, ma, ancora una volta, non poteva dirlo senza entrare in spiegazioni che non era pronta a dare.

Così optò per qualcosa di innocuo. «Non è che per caso hai portato quei dieci mila, vero? Sbatterteli in faccia sarebbe così soddisfacente.»

«In effetti...» Bryan andò verso la borsa e la prese. Gliela porse. «Fai del tuo peggio.»

Jenna fece scorrere la cerniera. Lì dentro c'erano un mucchio di banconote da cento dollari, tutte ben impacchettate con una fascetta di carta attorno.

Ne tirò fuori una. «Hai davvero diecimila dollari qui dentro?»

«Era il prezzo che avevamo concordato, perché non dovrei?»

Non aveva mai tenuto così tanti contanti in mano tutti insieme.

Jenna ruppe il sigillo e smazzò le banconote in mano. Dieci banconote da cento dollari.

Tirò fuori un altro mazzo. E un altro. Dieci in tutto.

Ruppe i sigilli di ciascuno, impilò tutte le banconote insieme e poi le fissò. Questo è ciò con cui pensava di comprarla.

Improvvisamente, la risata fu sostituita dalla rabbia. Non aveva davvero una grande opinione di lei. Ok, pensava che fosse una spogliarellista, ma alcune persone - donne *e* uomini - ballavano per un motivo. Come lui avrebbe dovuto ben sapere. E per alcune, come Mindy, era tutto ciò che avevano.

E lui gestiva un dannato *locale di spogliarelliste*. Poteva chiamarlo come voleva, ma i vestiti venivano tolti quando le persone ballavano su quel palco. Su quale gamba rispettabile e altezzosa si reggeva?

«Allora? Lo farai? O hai cambiato idea?» Si sedette all'estremità opposta del divano, con un gomito appoggiato sul ginocchio.»

Cambiato idea? Nel senso che ora avrebbe preso il denaro e ceduto alle sue pretese? Ma davvero, di tutti gli arroganti, egoisti, manipolatori-

Jenna gli lanciò contro la pila. Le banconote svolazzarono ovunque e doveva ammettere che era stata una sensazione molto soddisfacente.

«Ti senti meglio?» Bryan sputò una delle banconote che gli si era attaccata al labbro inferiore.

«In effetti, sì. Mi sento meglio.» Si sistemò i capelli dietro le orecchie, poi si scrollò di dosso un paio di banconote da cento dal grembo. Le calpestò. *Quello* era soddisfacente.

Bryan raccolse un paio di banconote dal divano e le impilò sul tavolo in mezzo a un mare di Ben Franklin verdi e bianchi. «Giuro, sei diversa da qualsiasi donna io abbia mai incontrato.»

Questo perché non si erano mai incontrati, ma non poteva dirglielo.

«Esatto, lo sono. E non dimenticarlo.»

· · ·

Come se Bryan *potesse* dimenticarselo.

Fece scivolare diverse banconote da cento da sotto il tavolo con la scarpa da corsa, cercando ancora di elaborare quella serie di eventi.

Lei non era una prostituta; era un'insegnante. E, sì, ripensò al suo desiderio del giorno prima: *Perché non poteva essere un'insegnante con cui considerare di mettere su famiglia?*

Sembrava che quel desiderio si fosse avverato. Beh, la parte della famiglia. La parte del mettere su casa? *Potevano* sistemarsi? Insieme?

Bryan la studiò mentre raccoglieva i soldi. Era innegabilmente carina in modo non convenzionale. Pantaloncini di jeans, maglietta larga, nemmeno un filo di trucco, e quei capelli ricci selvaggiamente spettinati che si rifiutavano di rimanere ordinatamente dietro le orecchie. Jenna era autentica. Senza alcuna finzione.

La madre di suo figlio.

Le parole riecheggiavano nel suo cervello. Non l'aveva esattamente scelta per quel ruolo, ma doveva ammettere che aveva fatto una buona scelta nel suo stupore ubriaco.

Voleva scoprire qualcosa su quella notte. Perché non l'aveva cercato quando aveva scoperto di essere incinta. Come era stata la sua gravidanza. Aveva mai pensato di interromperla? Di dare Trevor in adozione?

Bryan chiuse gli occhi mentre il dolore lo pugnalava. Cristo. Trentaquattro anni; avrebbe voluto esserne ormai libero. Ma era sempre lì, in agguato sullo sfondo. A fargli dubitare di essere mai abbastanza.

Era stato adottato. Sapeva cosa significava non essere voluto dalla donna che l'aveva partorito.

Oh, certo, conosceva tutte le statistiche. Aveva sentito tutte le storie. Meglio essere cresciuto in una casa amorevole da una coppia che voleva figli piuttosto che in qualche motel-buco da una madre tossica.

Il problema era che non aveva mai saputo se fosse stato il suo caso. Sua madre era stata una tossicodipendente? Era stata una fuggitiva? Era il prodotto di un incesto? Uno stupro? Stava cercando di manipolare qualcuno per farsi sposare? Era stato un'avventura di una notte? O era stata un'adolescente che non pensava che una gravidanza potesse capitare proprio a lei? Aveva creduto che il suo ragazzo stesse usando un preservativo? Si era rotto?

Gli scenari vorticavano nella sua testa come avevano fatto per ognuno degli ultimi trent'anni. I suoi genitori adottivi non gliel'avevano mai nascosto; si erano assicurati di far sapere a lui e a Kyle che erano stati scelti specialmente per chi erano. Rassicurazioni, Bryan lo riconosceva, da genitori amorevoli a figli insicuri.

Lo sapeva già. Conosceva tutte quelle sciocchezze psicoanalitiche, ma il fatto rimaneva che non conosceva nessuno al mondo con cui avesse un legame biologico.

Fino a Trevor.

Non c'era modo che se ne andasse adesso.

«Abbiamo qualcos'altro di cui parlare, Jenna.»

Jenna scattò in piedi, si strinse le braccia attorno alla vita – dove aveva portato il loro bambino – e si avvicinò alla finestra principale. «Bryan, io... non posso. Non ora. Ho bisogno di un po' di tempo.»

«Hai avuto abbastanza tempo, Jenna. Ora tocca a me.» Mise i soldi dentro il suo borsone, poi le si avvicinò e le mise le mani sulle spalle. «Vorrei trascorrere del tempo con mio figlio.»

Capitolo Tredici

Suo figlio.

Trevor era *suo* figlio. Suo!

«Jenna, so che Trevor è mio.»

Bryan non se ne sarebbe andato più di quanto avrebbe fatto lei. E, onestamente, per il bene di Trevor, dovrebbe esserne felice.

Sfortunatamente, *felice* non era ciò che stava provando in quel momento.

Deglutì e lo guardò nel riflesso della finestra. Decisamente non felice.

«Capisco perché non me l'hai detto prima. Non ci eravamo esattamente scambiati i numeri di telefono.»

Vero. Fluidi corporei, sì; semplici mezzi di comunicazione? Apparentemente no.

Ma era stata *Mindy* a scambiare fluidi con Bryan. Era importante ricordarlo - e non lasciarlo mai trapelare.

«Ma adesso... lo so. E tu lo sai. Se non lo sapevi prima, hai dovuto saperlo nel momento in cui hai visto i miei occhi.»

Lei li guardò ora. Viola con un luccichio di blu intorno alla pupilla. Proprio come quelli che aveva guardato ogni giorno negli ultimi tre anni e mezzo.

«Sì.» Una parola, un impatto così grande. Non solo su di lei, ma su Bryan *e* Trevor. Tre lettere, tre vite.

Bryan tolse le mani dalle sue spalle per passarsele tra i capelli. «Quindi, la domanda è, cosa facciamo ora?»

Quella *era* la domanda. Si voltò. «Cosa vuoi fare *tu*?»

«Vorrei avere qualche risposta, se non ti dispiace.»

Non avrebbe importanza se le dispiacesse. Lui ne aveva diritto. Ma solo fino a un certo punto. Tutto ciò che riguardava la madre biologica di Trevor avrebbe ricevuto un trattamento speciale.

Si voltò di nuovo verso la finestra. Fuori, tutto era esattamente come era sempre stato. Il signor Heiner stava sistemando il suo marciapiede, la signora Heiner stendeva il bucato. I Tolofson della porta accanto giocavano a baseball con i loro gemelli. Tyler Hepburn andava lentamente da una cassetta postale all'altra consegnando la posta. Una vita alla Rockwell, eppure dentro di lei si sentiva come un Picasso, sconnessa e fuori fase.

«Io...» Fece un respiro profondo. «Non sapevo di chi fosse il bambino.» Sentì il suo rapido inspirare e trasalì insieme a lui. «Una delle ragazze... era gelosa. Ha deciso di vendicarsi facendo dei buchini con uno spillo nella scatola dei preservativi.» Tutto questo, finora, vero. Eccetto che questa era la storia di Mindy da raccontare.

«Non potevi scoprire chi fossi io in qualche modo? Non c'erano registrazioni? Ho assunto personalmente la compagnia di spogliar... la vostra compagnia per la festa di Brad. Non potevi ripercorrere i tuoi... passi?»

Gli eufemismi per un atto così intimo colpirono Jenna come particolarmente divertenti in una situazione che era tutt'altro che comica.

«C'erano un sacco di... feste.» Anche se Mindy le aveva assicurato che non c'erano stati molti uomini, comunque abbastanza che rintracciarli aveva richiesto molto lavoro, e la maggior parte dei ragazzi non era disposta ad ammettere di aver dormito con una spogliarellista. «Inoltre, immaginavo che avrei ricevuto solo scuse una volta che il ragazzo avesse scoperto perché l'avevo rintracciato. Chi vorrebbe riconoscere un bambino?»

Bryan era così vicino dietro di lei che poteva sentire il suo respiro caldo sul collo. Sentire l'elettricità tra loro. Percepire l'incertezza nella sua voce mentre rispondeva: «L'avrei fatto».

Un dolore, crudo e dai bordi frastagliati, la attraversò. Cavalcò l'onda, e attese la successiva semplicemente perché sarebbe arrivata. Come la marea, sapeva che sarebbe arrivata. «Ma io non lo sapevo. Per quanto ne sapevo, potevi essere un uomo sposato e il bambino sarebbe stato un enorme problema».

«È mio figlio, Jenna». Si trovava proprio dietro di lei e la fissava nel riflesso della finestra. «Voglio far parte della sua vita».

Far parte della sua vita era molto diverso da *è mio e lo voglio.*

«Davvero?»

Lui annuì. «Sono stato adottato. Io e mio fratello. So cosa significa non sapere chi siano i tuoi genitori biologici. Non voglio fare questo a Trevor. *Non posso* fargli questo».

Dovrebbe essere entusiasta. Quest'uomo era il padre di Trevor. Suo figlio poteva finalmente avere il papà che desiderava. Il papà che meritava.

Allora perché voleva prenderlo e portarlo nell'angolo più lontano del mondo e tenerlo tutto per sé?

Jenna tornò al divano e si sedette sul bracciolo. Non poteva farlo, così come non poteva negare a Trevor il *diritto* a suo padre. O a Bryan il diritto a suo figlio.

Forse poteva esserci un compromesso. «O...okay».

«Non hai intenzione di combattermi?»

Si strinse di nuovo le braccia attorno al corpo, i nervi la facevano sentire fredda. «Quale sarebbe il punto? Chiunque può vedere che è tuo».

Il sorriso che illuminò il volto di Bryan lasciò Jenna senza fiato. Sia perché lo rendeva ancora più attraente, sia perché era identico a quello di Trevor.

«Voglio portarlo in campeggio. Andare a pescare. Portarlo a vedere una partita. Ogni tipo di sport. Costruire una casetta sull'albero con lui. Insegnargli a guidare, rispondere alle sue domande sulle ragazze... Tutte le cose che fanno un padre e un figlio. Forse un giorno mi chiamerà persino papà».

Il suo cuore si spezzò per questo, tanto per Bryan quanto per Trevor. L'adozione di Bryan significava che non aveva parenti biologici da nessuna parte tranne Trevor. E nemmeno Trevor. Doveva a entrambi di permettere che questo accadesse.

Ma dove lasciava lei tutto questo? Ora, più che mai, Bryan non doveva sapere di Mindy.

«Come glielo diremo? Come lo diremo a tutti?»

Bryan fece una smorfia. «Temo che entrambi non ne usciremo bene se la verità verrà fuori».

Soprattutto se fosse uscita la verità; lei sarebbe stata etichettata come bugiarda. Incrociò le braccia. «Vero».

«Sono disposto a inventarne una se lo sei anche tu».

«Come? Ho vissuto qui per più di tre anni e tu sei sempre stato qui. Nessuno crederà che non sapevamo che l'altro viveva nella stessa città».

«Perché no? Questa parte è la verità».

«Nessuno ci crederà».

Bryan si sedette accanto a lei. «Importa? Noi conosciamo la verità, chi se ne importa di cosa dicono gli altri?»

«Trevor lo farà quando inizieranno a prenderlo in giro.»

«Nessuno prenderà in giro mio figlio.»

Lei alzò gli occhi al cielo. «Parole da vero padre. Che dimentica com'era la scuola media.»

«Le medie erano fantastiche, di cosa stai parlando?»

Per lui, probabilmente lo erano state. Per il resto dei pre-adolescenti erano stati tre anni di acne, capelli grassi, odore di sudore, tagli di capelli orrendi, apparecchi dentali e tentativi di integrarsi.

Si alzò in piedi. Era il suo turno di camminare avanti e indietro. «Dobbiamo avere una storia, Bryan. Preferibilmente una che non mi faccia sembrare una poco di buono con una morale discutibile. Dopotutto, sono un'insegnante. Ho una reputazione da mantenere per il mio contratto.»

«Mi prenderò io la colpa.»

«Cosa?»

Lui scrollò le spalle, poi si spinse sulle cosce e si alzò. «Dirò che sono stato io. Che sei venuta da me e mi hai parlato del bambino, ma non credevo fosse mio. Abbiamo litigato e non mi hai più rivolto la parola.»

«Ma così sembreresti tu lo stronzo.»

«Mi hanno chiamato di peggio.»

Era un gesto così dolce che lei gli accarezzò il braccio prima ancora di pensarci.

E no, non era stata una buona idea. Le sue dita volevano rimanere lì.

Ritirò quelle piccole dita tentate e le infilò nell'incavo del braccio. «Non che non sia dolce da parte tua, ma Trevor non può crescere con questa storia. Dobbiamo trovarne una che faccia apparire *entrambi* nel miglior modo possibile, date le circostanze. Ricorda, questo è ciò che saprà del suo concepimento e quello che penserà di noi.»

«Allora restiamo il più vicino possibile alla verità.»

Jenna stava per mettere un bel veto su quella proposta. Non avrebbe tirato in ballo Mindy.

Bryan si passò una mano sulla bocca. «Diremo che ci siamo incontrati a una festa, ci siamo divertiti, ma quando hai scoperto di essere incinta, avevamo già chiuso, io ero sparito e tu non sapevi come metterti in contatto con me.»

Lei tornò verso il divano. Tutte queste bugie le stavano facendo venire mal di testa. «Tranne che internet rende facile trovare quasi chiunque.»

«*Quasi* è la parola chiave. Non sono su nessun social network, l'unico sito web che ho è quello del club e non l'avevo all'epoca, e il mio cellulare non è in elenco. Non ti ho mai detto di dove fossi, quindi non avresti potuto rintracciarmi in quel modo.»

«E gli altri alla festa?»

Bryan si lasciò cadere sulla poltrona di fronte a lei. «Eri venuta con un'amica di un'amica e la festa era in una casa in affitto. Nessuna lista ufficiale degli invitati; ci siamo imbucati entrambi e abbiamo finito per metterci insieme.»

«Quindi abbiamo avuto un'avventura di una notte che ha portato a un bambino e non siamo mai riusciti a ritrovarci?» Non era la storia migliore, ma dato il suo passato, una a cui la gente avrebbe creduto.

Purtroppo.

«Non avevamo motivo di ritrovarci.»

«*Tu* non l'avevi. Io mi sono ritrovata con un bambino.»

Bryan volse quegli occhi viola verso di lei ed erano sorprendenti, sia per la loro intensità sia per il fatto che erano identici a quelli di Trevor. «Stiamo *ancora* parlando della nostra storia di copertura, vero? Perché sembri un po' arrabbiata per qualcosa di cui non avevo idea.»

Lei si inumidì le labbra. «No, hai ragione. Mi dispiace. Immagino che avrei potuto continuare a cercare. È solo che è stato un tale shock.»

Tutto questo era vero. La gravidanza di Mindy, cercare di capire cosa fare e come mantenere un'altra bocca da sfamare, poi la diagnosi di cancro, la sua nascita e solo sei mesi prima che Mindy se ne andasse. C'era stato l'avvocato da vedere, il funerale da organizzare, i video dell'ultimo minuto che Mindy aveva voluto fare per suo figlio e che Jenna aveva conservato per quando Trevor sarebbe stato abbastanza grande per vederli... Non c'era stato tempo per rintracciare i ragazzi alle feste e capire quale potesse essere il padre di Trevor.

«Hai mai... cioè, avevi mai considerato di liberartene? Di lui?»

«L'aborto? Non è mai stata un'opzione.» Mindy era stata irremovibile su questo e Jenna ne era stata felice. Non importava quanto comportasse crescerlo da sola, avendo perso un figlio, Jenna era benedetta ad averlo nella sua vita.

«Allora quando lo diciamo a Trevor?»

E ora doveva condividerlo.

Jenna fece un respiro tremante e superficiale. «Dobbiamo farlo? Cioè, proprio subito? Non possiamo lasciare che ti conosca, fare le cose con calma?»

Bryan scosse la testa. «Jenna, Trevor è mio figlio; io sarò nella sua vita. Mi piacerebbe che le cose fossero amichevoli tra te e me, con il suo bene al centro di tutto ciò che facciamo, ma io *sarò* suo padre. Lui *mi* conoscerà.»

Le parole che avrebbe voluto sentire da Carl. Che avrebbe voluto che provasse. Non questo estraneo che improvvisamente aveva rivendicato tutto ciò che le era caro.

E che aveva più diritto a quella rivendicazione di quanto ne avesse lei.

«Va bene. Ma diamoci qualche giorno. Lasciamo che si abitui alla tua presenza, che altre persone si abituino a vederti qui.»

«Quanto pensi che possa durare? Hai sentito quello che ho detto su di te in meno di un'ora. Quanto pensi che ci vorrà perché questa notizia si diffonda in città e arrivi a Trevor? Il suo "amico" Michael *gioirà* nel condividere questo piccolo pettegolezzo.»

Michael era un idiota di quel tipo. Come lo erano i suoi genitori. Il ragazzo lo aveva ereditato naturalmente.

Jenna espirò cercando di calmare le farfalle nello stomaco. Questo era il punto, il passo irrevocabile. Una volta che avesse ceduto, non ci sarebbe stato ritorno.

Ma parte dell'essere genitore era fare ciò che era meglio per tuo figlio, anche se significava qualcosa che non era buono per te. «Va bene, Bryan, glielo diremo quando torna a casa più tardi.»

«Bene. Questo è sistemato.» Tirò fuori i contanti dalla tasca. «Ora, per quanto riguarda i soldi...»

«Te l'ho detto, non li prenderò.»

«Jenna, non sono mai stati per il sesso. Non avrei mai preteso questo da te.»

Tanto per il suggerimento di Cathy.

Jenna era inorridita nello scoprire che era delusa.

«Volevo che li avessi così che tu non dovessi, beh, fare quello che pensavo stessi facendo. Ma ora, voglio che tu li prenda. È il minimo che posso fare per aiutare. Hai avuto quattro anni in cui hai fatto tutto da sola. Non devi più farlo.»

Si rifiutò di toccare il denaro e non aveva nulla a che fare con le sue supposizioni errate. Questo aveva a che fare con lei. Chi era lei. «Mettiamo in chiaro una cosa, Bryan. Posso provvedere a mio figlio.»

«Nostro figlio.»

«Va bene. Nostro figlio. Ma *io* posso farlo. Se vuoi contribuire, metti i soldi da parte per l'università.»

«Bel gesto, ma lo condividiamo, Jenna. Cinquanta e cinquanta. E questo include il costo per crescerlo. Metterò i diecimila in un fondo per l'università, ma d'ora in poi, pagherò la metà di tutto.»

«Non mi sento a mio agio a prendere soldi da te.»

«Jenna-»

«No. Ascolta. Non ti ho cercato per i soldi quando è nato e non ne sto chiedendo adesso. Non ci sposeremo, Bryan, stiamo crescendo nostro figlio.»

«Allora lavora per me. *Guadagna* i soldi. Sicuramente, ti farebbe comodo un po' di denaro extra.»

Un po' di soldi extra sarebbero stati piacevoli, ma... «Vuoi che io *faccia la spogliarellista* per te?»

Meno male che era seduta perché le sue ginocchia diventarono più che un po' tremanti a quell'immagine: lei e Bryan nella sua camera da letto, musica seducente in sottofondo, lei che fa scivolare i pantaloncini lungo le gambe, che si sfila la maglietta dalla testa-

Non sapeva nemmeno come spogliarsi in modo seducente e farlo l'avrebbe smascherata in un minuto. Non sarebbe mai stata assunta da nessuna compagnia di danza da nessuna parte.

«Ballare? No. Ma c'è una montagna di scartoffie nell'ufficio che mi piacerebbe tu mettessi in ordine. Fatture, ordini d'acquisto, documenti per le nuove assunzioni... Io so ballare e so gestire i ballerini e so attirare clienti; quello che non voglio fare è capire numeri di fatture, fatturazione netta, conti di deposito e cose del genere. Ti cederei volentieri tutto questo in modo che tu possa guadagnarti lo stipendio. Lavora in base agli orari di Trevor. Che ne dici?»

«Solo lavoro d'ufficio? Scartoffie e cose del genere?»

«Solo scartoffie.»

«Niente ballo?»

«No.» Nemmeno se avesse voluto. Le ballerine guadagnavano ottime mance, ma lei *non* avrebbe mostrato il suo corpo a nessuno.

Tranne a lui.

Bryan voleva ridere, ma non era divertente. L'unico modo in cui avrebbe potuto vedere il corpo di Jenna era nei suoi sogni.

Se solo potesse ricordare quella notte.

«Perché?» Jenna lo stava fissando con i suoi bellissimi occhi azzurri. Avevano brillato alla luce delle candele la sera precedente e lui era caduto un po' sotto il loro incantesimo. Stava succedendo di nuovo qui.

«Perché?» Distolse lo sguardo dal suo. Doveva mantenere la lucidità in questo momento; quello che avrebbero definito avrebbe influenzato Trevor per chissà quanto tempo. La lussuria momentanea non aveva posto in questa discussione.

E poi lei inspirò e i suoi seni si mossero sotto la maglietta, due morbide colline che ovviamente aveva avuto tra le mani e probabilmente nella bocca quattro anni fa.

Cavolo. Non c'era *nulla* di momentaneo in ciò che provava per lei.

«Sì, perché? Perché sei così determinato a farmi lavorare per te? Non mi conosci nemmeno.»

Ma lui l'aveva fatto: nel senso biblico. Non importava se non se lo ricordava; Trevor ne era la prova. Questo non era ciò che si aspettava quando era venuto qui questa mattina. Al massimo era preoccupato di dover cambiare la sua mansione lavorativa. Ora, doveva convincerla ad accettare il lavoro legittimo che le stava offrendo. «Sei una madre single. Io sono stato dato in adozione dalla mia madre biologica; mi sono sempre chiesto se avesse avuto un aiuto, se mi avrebbe tenuto. Tu hai bisogno di aiuto, io posso offrirti sostegno. È una situazione vantaggiosa per entrambi.»

«Per tutti e tre, vuoi dire.»

Sì, tutti *e tre* loro.

Capitolo Quattordici

«Sei sicuro che il bambino sia tuo, giusto?» Gage indicò una delle luci sul palco che era stata spostata.

«È mio.» Bryan controllò il cablaggio e regolò la luce. Qualche cliente aveva sempre bevuto un po' troppo e si sporgeva su di essa per afferrare i ballerini. Maschi, femmine, non importava; gli ubriachi erano molestatori senza distinzioni di genere. Avrebbe dovuto ripensare al design dell'illuminazione prima che qualcuno si facesse male, o per essere stato trascinato giù dal palco o per essere stato ridotto a un carboncino toccando la lampadina.

«Come puoi esserne sicuro? Voglio dire, non ricordi nemmeno com'era lei. Sei sicuro che non sia dietro ai tuoi soldi? A questo posto?»

Sì, Gage aveva il diritto di essere preoccupato. Il suo futuro era legato a BeefCake, Inc. tanto quanto quello di Bryan.

«Quando incontrerai Trevor, capirai. Non ci sono dubbi. Ma cosa ci fai qui? Pensavo che l'intervento di Connor fosse oggi?»

Gage fece una smorfia, un'espressione che Bryan conosceva fin troppo bene sul volto del suo socio. L'incidente con omissione di soccorso che aveva ferito Connor aveva messo in ginocchio tutta la sua famiglia e la pressione gravava tutta sulle spalle di Gage. Bryan non era mai stato così felice per il suo amico come quando aveva trovato Lara. Per la prima volta dopo tanto tempo, aveva visto Gage veramente felice.

«Si è svegliato con un'infezione sinusale. Non vogliono metterlo sotto anestesia finché non guarisce, quindi abbiamo dovuto rimandare.»

«Ah, amico, mi dispiace. So quanto volevi che fosse finita.»

«Sì, sette fatti, due da fare. Vogliamo solo che siano finiti.»

Bryan poteva capirlo a un livello diverso. No, non stava affrontando interventi chirurgici per Trevor - almeno non che sapesse; avrebbe dovuto ricordarsi di chiedere a Jenna più tardi - ma la preoccupazione, l'amore e i pensieri su come sarebbe stato il futuro del bambino... Bryan improvvisamente aveva compreso tutto questo. I sentimenti paterni si erano insinuati in lui sin da quando aveva lasciato la casa di Jenna. Cosa stava facendo suo figlio in quel momento? Con chi stava giocando? O stava disegnando? Facendo un pisolino? Michael gli stava dicendo un sacco di cose inappropriate... La maggior parte delle persone ha nove mesi per adattarsi; lui ne aveva avuti circa nove ore.

«Sanno quando?»

Gage scrollò le spalle e sistemò il centrotavola. «Ha almeno due settimane di antibiotici. Vogliono assicurarsi che l'infezione sia completamente sparita prima che torniamo.»

«Ha senso. Non aiuta il tuo livello di stress, ma vuoi il meglio per Connor.»

Gage girò una delle sedie e ci si mise a cavalcioni al tavolo. «Quindi. Un figlio. Hai un figlio.»

Un sorriso sciocco apparve sul volto di Bryan e non riusciva a cancellarlo. Non che volesse farlo. Aveva un figlio. «Lo so, vero? Mi sembra di dover distribuire sigari o qualcosa del genere. Comprare roba blu.»

«Quattro anni sono un po' troppi per questo genere di cose.»

Il sorriso scomparve. «Quattro. Mi sono perso molto.»

«Sei arrabbiato?»

Bryan dovette rifletterci. «No, non posso dire di esserlo. Ha dovuto prendere decisioni difficili e non ho il diritto di metterle in discussione. Non c'ero, non so cosa abbia passato o quale fosse la sua situazione. È stata solo una cosa di una notte e ha ragione; per quanto ne sapeva, avrei potuto essere sposato e il bambino sarebbe stato un problema. Non mi conosceva.»

«E tu non conoscevi lei. Eppure ora vuoi che lavori qui?»

«La pagherò dalla mia parte.»

«Il denaro non è il problema. Sono preoccupato per te. Non sai niente di questa donna.»

«È un'insegnante d'inglese al liceo e vive qui da tre anni. Sarge pensa che sia fantastica, tutti i suoi studenti che ho incontrato l'adorano, e Trevor sembra essere abbastanza equilibrato. Penso che sia degna di fiducia.»

«Ma le circostanze in cui vi siete incontrati—»

«Attento, Gage. Stai parlando della madre di mio figlio». Bryan non aveva realizzato che quell'atteggiamento da uomo primitivo si nascondesse nella sua psiche, ma sì, c'era. Forse quello sarebbe stato il suo costume la prossima volta che avrebbe dovuto sostituire uno dei ballerini invece del suo personaggio da poliziotto. «Di certo quella notte nemmeno io stavo vincendo premi da Cittadino Rispettabile. Ho tante colpe quanto ne ha lei».

Parole che doveva ricordare. Niente doppi standard quando si trattava di sesso occasionale e preservativi rotti.

«Va bene, purché tu sappia quello che stai facendo. Non voglio solo che tu sia accecato dall'immagine della casetta con lo steccato bianco senza vedere le erbacce».

Non c'erano erbacce. Lui era stato l'erbaccia facendo quelle supposizioni su di lei.

«Quindi quando passerai le redini? Abbiamo ricevuto un paio di chiamate da fornitori che cercano i loro pagamenti. So che abbiamo i soldi nei registri, quindi ho pensato fosse solo una questione di scartoffie».

«Sì, mi conosci; preferirei fare qualsiasi cosa piuttosto che gestire documenti. È per questo che sto assumendo Jenna».

Gage si alzò e riposizionò la sedia. «Bene. Ora forse tutte le nostre ballerine smetteranno di sbavare per te».

«Sei solo geloso che non lo facciano per te—cosa che sarebbe successa se le avessimo assunte prima che tu incontrassi Lara».

«Sì, ma dato che le ballerine sono state un'idea di Lara, non sarebbero qui». Gage fece quel sorriso sciocco che Bryan si era abituato a vedere nell'ultimo anno. Un anno e così tante cose erano cambiate per il suo amico. «E comunque, sono perfettamente felice che sia solo Lara a sbavare per me».

Ancora un paio di secondi con quel sorriso sciocco, ma poi Gage divenne serio. Come Bryan sapeva che avrebbe fatto. Erano amici da sempre. Scherzavano, si prendevano in giro, si rompevano le scatole a vicenda, ma c'erano l'uno per l'altro. «Allora, oltre ad assumerla, cos'altro farai riguardo alla madre di Trevor? C'è qualcos'altro tra voi?»

Bryan si stava chiedendo la stessa cosa. Si avvicinò alla finestra e guardò il traffico dell'ora di pranzo. Una giovane madre stava spingendo un passeggino sul marciapiede verso un uomo che la avvolse in un abbraccio. Le diede un dolce bacio sulla guancia prima di prendere un sonaglio dal passeggino e agitarlo per il bambino. Braccia e gambette paffute si agitavano sotto una macchia di rosa.

Jenna aveva portato Trevor a passeggiare? Qualcuno l'aveva abbracciata o aveva giocato con un sonaglio per Trevor?

Avrebbe voluto averlo fatto lui. Voleva farlo adesso.

Forse in futuro...

«Cavolo, Gage. Non ne ho la più pallida idea». Raccolse il libro e le fatture e il resto delle odiate scartoffie. «Devo tornare. Diremo tutto a Trevor quando si sveglierà dal pisolino oggi».

«Non pensi che dovresti chiarire le cose prima di coinvolgerlo?»

«Impossibile. I pettegolezzi in questa città sono dilaganti. Non vogliamo che lo senta da qualcun altro, e dopo che Jenna è uscita furiosa dal Tosco's ieri sera, siamo nel radar dei pettegoli. È meglio se lo sente da noi».

«È una tua decisione, Bry. Spero solo che tu sappia quello che stai facendo».

Sì, sarebbe bello, non è vero?

Capitolo Quindici

Jenna sistemò l'ultima rivista sul tavolo e sprimacciò l'ultimo cuscino sul divano. Era sciocco. A Bryan non importava come apparisse la sua casa. E nemmeno a Trevor. Finché avesse avuto spazio sul tappeto per costruire il suo stadio di football – di nuovo – sarebbe stato felice. Aveva dovuto strapparlo dai blocchi per fargli fare il pisolino, ma il pisolino l'avrebbe fatto. Non c'era mai stato un momento più importante per lui di essere ben riposato perché una volta che gli avessero detto che Bryan era suo padre, Jenna aveva la sensazione che Trevor non avrebbe mai più chiuso gli occhi.

Bryan bussò leggermente sulla vetrata laterale della porta d'ingresso.

Lei non poté fare a meno di sorridere. Si stava già comportando come un genitore, mantenendo il rumore al minimo per non svegliare Trevor.

«Sta ancora dormendo», disse mentre apriva la porta d'ingresso.

«Bene. Ci darà il tempo di esaminare questi». Sollevò un mucchio di carte, ma Jenna non le stava guardando. Stava guardando lui. Quegli occhi che erano l'immagine sputata di quelli di Trevor, il sorriso che attraversava labbra che avrebbe voluto essere stata lei a baciare quattro anni fa, e poi quel petto ampio coperto da quella maglietta sexy da morire che avrebbe voluto essere stata lei a togliere quella notte...

Scosse la testa. L'unico motivo per cui stava desiderando di essere stata lei quella notte era perché i suoi diritti genitoriali non fossero messi in discussione. Se fosse stata veramente la madre biologica di Trevor, non rischierebbe la famiglia, la stabilità e la felicità di suo figlio facendo rientrare suo padre nella sua vita.

Era un paradosso: voleva che Trevor avesse un padre, solo che non voleva che quel padre avesse alcun diritto che potesse scavalcare i suoi.

«Andiamo nel mio ufficio».

Bryan si fermò sulla soglia. «Adesso capisco perché volevi rifiutare i miei soldi». La stanza era circondata da poster simili a tabelle oculistiche con lettere, numeri, strutture grammaticali e diagrammi. Un paio di cronologie della Guerra d'Indipendenza erano allineate sulla parete sul lato opposto. La sua scrivania era coperta di fogli a righe, righelli e matite, e pile di quaderni dove i suoi studenti facevano pratica di scrittura.

«Pensavo ci fosse un letto sontuoso qui dietro. Lenzuola di seta, una cascata, musica sensuale...»

L'immagine stava iniziando a turbarla, così Jenna prese posto dietro la scrivania. Normalmente si sarebbe seduta accanto ai suoi clienti al tavolo per le riunioni che aveva spinto contro il muro per risparmiare spazio, ma con Bryan che inconsapevolmente intesseva seduzioni nella stanza, aveva bisogno di una barriera.

Bryan sparpagliò i documenti e le consegnò il registro.

«Non usate il computer?»

Lui scrollò le spalle. «Non era una priorità in termini di spese all'inizio, dato che dovevamo assumere personale, trovare una sede e sistemarla. Fare tutto manualmente ha funzionato per noi».

Lei indicò la pila di fatture non pagate. «Mm-hmm».

Un ricciolo nero gli cadde sulla fronte quando abbassò la testa. «Beh, ha funzionato per un po'».

«Ok, allora mostrami il tuo sistema. Potrei dover fare alcune modifiche».

«Finché non si tratta di dirottare fondi alle Cayman, fa' pure».

Lei posò la matita. «Senti, Bryan, o ti fidi di me o non ti fidi, ma non ero l'unica persona presente la notte in cui Trevor è stato concepito. Forse pensi che io sia economica e di facili costumi o qualcosa del genere – la maggior parte delle persone lo pensa quando parla di spogliarelliste – ma sono onesta».

Le parole la deridevano. Eccola lì, a dichiarare la sua onestà mentre la più grande bugia al mondo le usciva dalla bocca con tanta facilità.

Ma lo stava facendo per i giusti motivi; questo doveva ricordare. La storia non aveva forse trattato Robin Hood molto meglio di quanto avesse fatto lo Sceriffo di Nottingham? Certo, quello che stava facendo era illegale secondo la lettera della legge, ma nello spirito, Robin Hood stava facendo ciò che era giusto.

Si stava davvero paragonando a una favola?

«Jenna, era uno scherzo. Mi fido di te. Te lo sei guadagnato abbandonando la danza per l'insegnamento, e dal modo eccellente in cui hai cresciuto Trevor. Non volevo insinuare nulla.»

«Oh.» Riprese in mano la matita, diverse fazioni in guerra dentro di lei. Odiava mentire. Odiava davvero tantissimo. Non era mai stata brava a farlo e non aveva mai voluto esserlo. E il fatto che fosse così brava da non suscitare dubbi in lui - e che lui si fidasse di lei - era spaventoso.

È tutto per Trevor.

Giusto. Doveva ricordarselo. «D'accordo, allora fammi vedere la situazione attuale.»

Lavorarono sui libri contabili con Jenna che tirò fuori il suo portatile per caricare un programma di contabilità di base e inserire i dati.

«Non sarà difficile, e non mi ci vorrà molto tempo. Probabilmente riuscirò a finire durante il suo pisolino.»

«Non voglio più fare pisolini.»

Trevor era sulla porta del suo ufficio.

«Ciao Blyan. Possiamo giocare a calcio adesso?»

«Ehi, campione.» Bryan saltò giù dalla sedia e prese Trevor tra le braccia prima che Jenna potesse uscire da dietro la scrivania.

E, sì, era gelosa che Trevor avesse le braccia intorno al collo di Bryan e fosse perfettamente a suo agio tra le sue braccia.

Era gelosa che Trevor fosse tra le sue braccia.

«Trevor, un bambino in crescita ha bisogno dei suoi pisolini. È in quel momento che cresce.»

«No no. Michael ha detto che è una buggia. Non mi piacciono i bugialdi. Ma le sue storie sono fighe.»

Tutto era "figo" ultimamente per Trevor. Tranne Bryan, cioè. Bryan era *fantastico.*

«Che ne dici di questo?» Bryan si sedette e sistemò Trevor sul ginocchio. «Che ne dici se fai un pisolino per la tua mamma, e dopo ti porto a prendere un cupcake? Niente pisolino significa niente cupcake.»

Avrebbe dovuto educare Bryan sui meriti - e sulla mancanza degli stessi - nel contrattare con un bambino. Specialmente con Trev. A volte poteva essere testardo come pochi.

«Va bene.»

Si guardò intorno stupita. Era davvero suo figlio?

«Dico sul serio, però,» disse Bryan. «La tua mamma mi farà un resoconto. Se le dai problemi, niente cupcake.»

«Non lo farò. Amo la mamma e lei vuole solo il meglio per me.»

Jenna avrebbe potuto baciare Cathy in quel momento; quelle parole avevano *Cathy Mayfield* scritto ovunque.

«È vero, la tua mamma vuole il meglio. E sai cosa? Anch'io.»

Trevor diede una pacca sul braccio di Bryan. «Figo. Allora possiamo giocare a calcio adesso? E possiamo prendere anche un cupcake?»

Vedendoli davanti a lei, entrambi di profilo, il cuore di Jenna palpitò forte. Lo stesso naso, lo stesso mento, la stessa espressione felice sui loro volti, gli stessi splendidi occhi. Trevor era una mini versione di Bryan e le mostrava esattamente chi sarebbe diventato suo figlio.

«Che ne dici di un po' più tardi? In questo momento la tua mamma e io abbiamo qualcosa di cui dobbiamo parlarti.»

Le labbra di Trevor avevano quella smorfia attorcigliata che Jenna aveva imparato a conoscere così bene nel corso degli anni. La usava solo quando voleva essere adorabile, e lei non gli aveva mai detto che non importava; per lei era sempre adorabile. Ma non c'era bisogno di rivelare i suoi segnali fisici né la sua comprensione di essi.

E forse quelli di Bryan erano uguali. Chi lo sa? Quella conoscenza potrebbe tornare utile un giorno.

«Perché non puoi pallarmi? Sto molendo di fame per i cupcake.»

Bryan alzò un sopracciglio verso di lei. «È sempre così bravo a negoziare?»

Lei rise. «Sembra che sia un tratto ereditario.»

Bryan rise. «Touché.» Mise Trevor a terra. «Dai, Trev. Andiamo in salotto a fare la nostra chiacchierata.»

«Vieni anche tu, mamma?»

Scaldava il cuore di Jenna sentire quella piccola preoccupazione nella voce di Trevor. Aveva bisogno di lei. «Certo, Trev. Non ti lascio.» Lo disse tanto per il bene di Bryan quanto per quello di Trevor.

Certo, le cose tra loro andavano bene adesso, ma sarebbe stato sempre così? Bryan doveva sapere che lei era in questa situazione per il lungo periodo e se anche lui voleva esserlo, dovevano lavorare insieme.

Sorrise mentre seguiva i suoi ragazzi fuori dalla porta-

I suoi ragazzi.

Si fermò. Dio, se solo fosse vero. Se solo Trevor fosse davvero suo e se l'avesse concepito con Bryan.

Deglutì. Inutile piangere su cose che non potevano essere. La situazione era quella che era e se voleva mantenerla, era meglio che entrasse. Trevor poteva volere un padre, ma lei non aveva idea di cosa sarebbe successo quando ne avrebbe effettivamente avuto uno.

Bryan lanciò un'occhiata a Jenna. Perché ci metteva tanto a percorrere quei quattro metri fino al salotto nel pomeriggio più importante della sua vita?

«Hai visto il mio stadio, Bwyan?» Trevor accarezzò il blocco in cima. «È per il football.»

«Sì, Trev. Hai fatto un ottimo lavoro.» Bryan sorrise appena abbastanza per nasconderci dietro la sua risata. Trevor aveva lo stesso accento di Boston che lui aveva da bambino - e nessuno dei due veniva da Boston. La madre di Bryan diceva che era la cosa più carina, tutte le sue *r* mancanti e le *ah* aggiunte alla fine delle parole che erano scomparse quando aveva iniziato l'asilo. Ora Trevor ce l'aveva. Forse significava che anche *il suo* padre biologico aveva avuto lo stesso tratto.

Strano come il senso di vuoto che normalmente avrebbe evocato un pensiero su suo padre fosse attenuato dal vedere la stessa cosa in suo figlio.

Bryan si sedette sul divano e diede un colpetto al cuscino accanto a lui. «Salta su qui, Trev, e aspettiamo che tua mamma ci raggiunga.»

Jenna alzò lo sguardo a quelle parole, sembrava sorpresa, e finalmente entrò nella stanza. «Scusate.»

«Nessun problema.»

Si sedette dall'altro lato di Trevor, mordendosi il labbro.

Dio, quanto lo colpiva. *Lui* voleva morderle il labbro.

I suoi jeans diventarono abbastanza stretti da fargli piegare in avanti e appoggiare il braccio sul cavallo. «Dunque, Trev.» Guardò Jenna. «Io e tua mamma abbiamo qualcosa da dirti. Jenna? Vuoi farlo tu?»

La vide deglutire. Doveva essere difficile per lei. Aveva avuto Trevor tutto per sé per così tanto tempo e, in realtà, non lo conosceva. Condividere suo figlio con un quasi perfetto sconosciuto doveva essere una delle cose più difficili per lei. Fortunatamente, lui era un uomo d'onore. Si sarebbe preso cura di Trevor e di lei, se glielo avesse permesso. Voleva fare ciò che era giusto per tutti loro.

«Trev, tesoro. So quanto desideri un padre e, beh...» Guardò verso di lui. «Cosa diresti se Bryan fosse tuo padre?»

Bryan non era sicuro che gli piacesse tutta quell'incertezza e quei *se* nel modo in cui lei l'aveva detto a Trevor, ma il sorriso che illuminò il viso di suo figlio spazzò via ogni dubbio.

«Davvelo?»

Per la prima volta nella vita di Bryan, vide la bellezza in quegli occhi viola. La gola gli si chiuse per lo stupore e la felicità contenuti in quella singola parola pronunciata male.

Si schiarì la voce. «Sì, Trev. Sono tuo padre.»

Trevor rivolse quello stesso sguardo verso sua madre. «Perché piangi, mamma?»

Lei passò una mano tremante sui riccioli di Trevor. «Perché sono così felice per te, Trevor. Ogni bambino dovrebbe avere due genitori, e ora ce li hai.»

Le ultime parole erano rivolte più a lui che a Trevor. Bryan chiuse la sua mano su quella di lei e insieme accarezzarono i capelli del loro figlio.

«Questo è forte!» Trevor saltò in piedi. «Possiamo giocale a palla adesso? Voglio giocale con mio papà.» Tirò la mano di Bryan. «Dai, papà. Andiamo!»

Papà.

A suo figlio erano bastati meno di dieci secondi per accettarlo e chiamarlo papà.

Questo era il giorno più bello della vita di Bryan.

Che fu, naturalmente, seguito dalla peggiore notte della sua vita.

Capitolo Sedici

Bryan fissava l'incubo davanti a lui.

Gage aveva uno spettacolo fuori sede; uno di loro accompagnava sempre i ballerini nel caso succedesse qualcosa, cosa che, più spesso che no, accadeva, così potevano intervenire e ballare se necessario, oppure prendere decisioni finanziarie o chiamare un carro attrezzi... insomma. Cose del genere erano prevedibili quando si viaggiava per uno spettacolo.

Ma *qui*? Al club? Qui le cose dovevano funzionare come un orologio.

Ballerini che cadevano a destra e a manca *non era* proprio un meccanismo perfetto.

«Cosa c'era in quella maledetta pizza?» urlò a Tanner mentre questo si dirigeva in bagno per liberarsi della cena che il personale di stasera aveva ordinato fuori.

Non capiva; avevano una cucina perfettamente funzionante che serviva cibo eccellente; perché lo staff aveva ordinato da un altro posto? Diamine, gli faceva persino uno sconto.

«E come cazzo faccio a saperlo? Di certo non l'ho ordinata io». Tanner sbatté la porta, ma non abbastanza velocemente da impedire a Bryan di vedere cosa stava succedendo all'interno.

Poveretto. Era brutto essere sgridati mentre le tue viscere si ribellavano.

Tamra gli corse davanti entrando in un altro bagno, con le piume da show-girl di Las Vegas che gli sferzavano il viso.

Dovevano prevedere più bagni nell'area di espansione.

Melanie gli passò davanti zoppicando. «Non credo di poter continuare, capo».

Considerando che la sua pelle era più pallida delle ali d'angelo che indossava, Bryan dovette concordare.

Markus uscì con un aspetto altrettanto pallido. E lui era nero.

«Markus, vai a casa. O meglio, vai a stenderti nella sala relax. Probabilmente non dovresti guidare».

«Di sicuro non dovrei stare lontano da un bagno», mormorò, dirigendosi verso la sala relax sul retro.

Bryan e Gage avevano fatto in modo che ci fossero molti divani lì nel caso in cui qualche cliente avesse bisogno di smaltire qualche drink e non volesse lasciare la propria auto.

Aveva la sensazione che *quello* non sarebbe successo stasera. Niente spettacolo significava pochissimo alcol.

Tirò fuori il cellulare e iniziò a chiamare i ballerini che stasera erano di riposo. Sperava che ne sarebbero venuti abbastanza da poter fare comunque uno spettacolo.

Guardò l'ora. Uno spettacolo molto più tardi del normale, ma avrebbe offerto a tutti un paio di drink. Meglio perdere un po' di entrate che l'incasso di un'intera serata se avesse dovuto chiudere.

Tre dei ballerini di riserva erano in grado di venire. Di solito, ne avevano il doppio, quindi questi tre avrebbero ballato da matti. Letteralmente. Ma aveva ancora bisogno di altri.

«Io me ne vado, Bry». Steve sporse la faccia dalla porta dell'ufficio. La sua faccia verde. «Non abito troppo lontano».

«Portati un secchio o qualcosa. Non hai un bell'aspetto».

«Non me lo dire». Afferrò il cestino vicino alla porta di Bryan. «Grazie. Lo riporterò domani».

«Tienilo pure. Non lo rivoglio indietro».

Il sorriso di Steve era smunto, o per la pizza avariata o per la pessima battuta.

Bryan fece l'ultima chiamata. Dominic doveva rispondere.

«Hai raggiunto Dom. Non sono disponibile. Lascia un messaggio.»

Di solito Dom era sempre attaccato al cellulare. Il fatto che non avesse risposto non era un buon segno per Bryan.

Merda. Sarebbe dovuto salire sul palco.

Guardò di nuovo l'ora. Il gruppo di sostituti sarebbe arrivato nella prossima mezz'ora. Dom abitava a ben quarantacinque minuti di distanza. Se non avesse richiamato nei prossimi dieci minuti, Bryan avrebbe dovuto tirar fuori il proprio costume dalla naftalina.

Prese la scatola della pizza nociva e la gettò nella spazzatura. Probabilmente avrebbe dovuto farla analizzare e poi denunciare la pizzeria per tentato omicidio per avvelenamento.

Guardò il numero di telefono sulla parte frontale e chiamò il locale, sperando di salvare altre persone dallo stesso incubo.

Non lo fece sentire meglio sapere che altre persone stavano chiamando con lo stesso reclamo; i suoi ballerini erano ancora fuori combattimento.

«Tamra, vai sul retro e riposati. Ti sentirai meglio domattina.»

Sembrava una showgirl che aveva visto fin troppo della vita notturna di Las Vegas. Persino le sue piume della coda erano cadenti.

«Non riesco a togliermi questa dannata coda. Ti dispiacerebbe, Bry?» Si girò di spalle.

Era passato molto tempo da quando aveva dovuto slacciare il costume di una showgirl, e i gancetti erano nascosti in una nuvola di piume. Probabilmente non era un gran bello spettacolo avere le mani sul sedere di Tamra in mezzo al corridoio di servizio, ma lei stava così male che *niente* sarebbe successo tra loro e, a meno che qualcuno non avesse aperto la porta verso la sala da pranzo principale, nessuno li avrebbe visti comunque.

Il che, ovviamente, fu esattamente ciò che accadde. E chi era in piedi dall'altro lato di quella porta?

Jenna.

Addio alla fiducia in Bryan.

Jenna lo fissò. Aveva le mani sul sedere di quella ragazza. Proprio lì. Nel corridoio. Dove chiunque poteva vederli.

Lei inclusa.

E lei si era preoccupata di rovinare la *sua* reputazione? Bryan l'avrebbe rovinata per lei.

«Jenna.»

Sì, era meglio che sembrasse colpevole. Perché lo era. Il serpente.

«Jen, quello è...?» Cathy sbirciò da sopra la sua spalla.

«Sì. È lui.» Spinse Cathy indietro per la strada da cui erano venute. «Andiamo. Usciamo di qui.»

«Ehi, aspetta un attimo. Voglio vedere lo spettacolo. Pensavo che lo volessi vedere anche tu.»

«Ho già visto abbastanza spettacolo là dietro, graziemille.»

«Hmmm, sembra che qualcuno sia gelosa.»

Questo la fece fermare. «Non sono gelosa.»

«Allora perché ce ne andiamo? Se non sei gelosa, non dovrebbe importarti che Bryan stia palpeggiando una ragazza.»

Tipico di Cathy metterla nei termini più crudi. Ma sì, palpeggiare una ballerina in mezzo a un corridoio dove chiunque poteva vedere era piuttosto volgare.

Molto volgare.

«Dai, Jen, calmati. Sono sicura che c'era una spiegazione logica per quello che stava facendo.»

Jenna inarcò un sopracciglio verso la sua amica. «Pensavo avessi detto che sapevi esattamente come sei finita nella posizione in cui ti trovi?»

«Non stavano facendo sesso là dietro. A meno che lui non sia uno di quei tipi furry.»

Okay, questa la fece ridere. L'idea di Bryan che faceva sesso con una mascotte...

Non che ci fosse qualcosa di sbagliato se era quello che gli piaceva. È solo che a lei non piaceva e, bleah, l'idea la disgustava un po'.

Il che potrebbe essere una cosa positiva, in realtà. Si era ritrovata a pensare a Bryan troppo spesso dopo il pomeriggio che avevano trascorso insieme.

Ecco perché era qui stasera. Cathy aveva organizzato una babysitter per Bobby, visto che suo marito era fuori città, e aveva deciso che lei e Jenna avevano bisogno di una serata tra ragazze. E il posto perfetto dove andare era BeefCake, Inc.

Jenna stava riconsiderando quella decisione. Soprattutto quando Bryan uscì precipitosamente dal retro.

«Jenna, aspetta.» Le afferrò il braccio e, sì, avrebbe aspettato. Quell'uomo sapeva esattamente come toccarla.

Aveva anche toccato Mindy.

Gelosa, eh?

Sì. Lo era. Ed ecco. L'aveva ammesso. Era gelosa. Voleva che lui la toccasse. Che la desiderasse. Che facesse l'amore con lei come aveva fatto con sua sorella.

Beh, in realtà no, non voleva che facesse l'amore con lei come aveva fatto con Mindy. Si augurava che, se lei e Bryan fossero mai arrivati a quel punto, non ci sarebbero stati goffi tentativi da ubriaco o nomi dimenticati.

Al solo pensiero il suo corpo si scaldò. Era passato troppo tempo da quando aveva dormito con qualcuno, e con Bryan così attraente... i suoi feromoni erano puntati su di lui come missili a ricerca di calore.

Ecco *qui* un'immagine interessante.

«Jenna, non era quello che pensi.»

«Ah no?»

«Sì, Tamra. Lei ed io non stavamo, beh, aveva bisogno che l'aiutassi a togliersi il costume.»

«Non stai migliorando la tua situazione.»

«Oh. Giusto. Senti, si è sentita male. Tutte loro. Le ballerine. Hanno ordinato una pizza e il formaggio era andato a male o qualcosa del genere. Stanno male da un'ora. Ho detto a Tamra di andare a riposare, ma non riusciva a togliersi la coda.»

C'era qualcosa di vagamente sessuale in quella affermazione, ma Jenna era disposta a lasciar correre perché gli credeva. Nonostante l'evidenza dei suoi occhi, la sua storia era abbastanza strana da essere vera.

«Lo giuro. Era solo questo. Sono stato in giro a cercare ballerine sostitute, a tenere i bagni liberi per loro e a gestire il caos generale che normalmente accompagna uno spettacolo. Stavo solo cercando di aiutarla. Tutto qui.»

Lei gli mise una mano sul braccio. Involontariamente – ok, forse non così involontariamente – le sue dita si flettevano sui forti muscoli sotto la sua pelle. «Va bene, Bryan. Capisco. Hai avuto fortuna? C'è qualcosa che posso fare?»

«Oh mio Dio, sì.» Fu il suo turno di afferrarle le braccia. «Odio chiedertelo, e non lo farei se non fossi in condizioni così disperate, ma sì, c'è qualcosa che puoi fare. Sai ballare? So che è passato un po' di tempo, ma è come andare in bicicletta. I movimenti torneranno. Ballerò anch'io. Dopotutto, lo spettacolo deve continuare.»

«Ba... ballare?» Jenna stava per svenire. Voleva che ballasse? Sul palco? Davanti alla gente?

E che si spogliasse?

«Puoi tenere tutte le mance.»

Per soldi?

Oddio...

«Ehm, Bryan?» Cathy infilò la testa tra di loro. «Non credo sia una buona idea. Jenna è fuori allenamento. Probabilmente anche fuori forma.»

Jenna guardò Cathy. Fuori forma? Lei *non era* fuori forma.

«Inoltre, c'è il suo lavoro. Ha una clausola morale e sono abbastanza sicura che spogliarsi rientri nella lista delle cose che non dovrebbe fare.»

«Abbiamo parrucche. Trucco teatrale. Nessuno saprà mai che è lei. Nemmeno le altre ballerine. Sarà il nostro segreto.» La guardò. «Per favore. Ho ingaggiato quella compagnia per cui lavoravi una volta in base alle raccomandazioni, quindi so che sei brava. Mi daresti davvero una mano.»

Non poteva. Certo che non poteva. Non sapeva ballare. Non come una spogliarellista, comunque. «Non conosco le coreografie.»

«Improvviseremo la maggior parte, visto che solo alcune di queste ballerine hanno lavorato insieme. Ho solo bisogno di mettere dei corpi su quel palco che sappiano come muoversi. Per favore?»

Corpi. Questo è tutto ciò che era, solo un altro corpo.

Diceva molto sulla notte in cui Trevor era stato concepito.

Il cellulare di Bryan squillò. Rispose alla chiamata. «Connie? No, per favore, non dirmi questo. Sei sicura? Non puoi trovare qualcuno che ti accompagni?» Espirò e si strinse il ponte del naso. «No. Hai ragione. Capisco. Sì, grazie per avermelo fatto sapere.»

Imprecò mentre premeva il pulsante per terminare la chiamata. «Mi mancano due ragazze. Per favore, Jenna. Ti sto implorando. Devo dare ai nostri ospiti quello che vogliono o ci costerà caro a tutti. A me, a Gage, alle ballerine che stanno arrivando, a quelle che stanno vomitando l'anima, ai camerieri... Per favore, dimmi che mi aiuterai.»

Ma lei *non poteva* aiutare. Voleva urlarglielo a squarciagola. *Non sapeva* come fare.

Cathy le diede un colpetto alla spalla. «Vai, Jen. Puoi farcela.»

Oh grazie. Supporto dalla galleria dei burloni che probabilmente se la sarebbe risa mentre Jenna si sarebbe resa ridicola dimenando il suo di sedere.

«Ricorda, ha parrucche e roba varia. Nessuno saprà che sei tu. Puoi essere chi vuoi. Tira fuori la Marilyn che è in te.»

Era stato uno scherzo tra loro quando erano adolescenti. Stavano nelle rispettive camere con i loro spazzolini-microfoni, cantando a squarciagola l'ultima canzone pop, atteggiandosi in modo seducente nel modo in cui solo le sedicenni pensano sia seducente, imitando la famosa posa di Marilyn Monroe sulla grata dell'aria.

«Ehi, abbiamo un costume da Marilyn,» disse Bryan, sembrando fin troppo entusiasta all'idea.

Cathy sorrise. «Vedi? È destino.»

«Il tuo nome non è destino,» mormorò Jenna mentre seguiva Bryan. «La vendetta è un piatto che si serve freddo.»

Cathy sollevò le sopracciglia. «Il mio nome non è neanche Vendetta.»

«Molto divertente.»

«Oh, non saprei. Penso che riderò parecchio questa sera.»

Capitolo Diciassette

Jenna stava per sentirsi male come il resto delle ballerine, e non aveva nemmeno mangiato la pizza.

Non poteva farlo. Continuava a ripeterlo, ma nessuno la ascoltava.

Il fatto che lo dicesse solo nella sua testa poteva avere qualcosa a che fare con questo, ma comunque... non poteva spogliarsi davanti alla gente fino a rimanere con i nappini che una ragazza di nome Desiree le aveva incollato sui capezzoli e con quel minuscolo perizoma che copriva a malapena la striscia di peli che, fortunatamente, si era lasciata convincere da Cathy a farsi fare quando la pancia di Cathy aveva iniziato a sporgere. Cathy voleva sentirsi sexy e voleva che anche Jenna si sentisse così.

Jenna non si sentiva affatto sexy ora. Non sapeva se si sarebbe mai più sentita sexy. I tacchi minacciavano di spezzarle le caviglie, la parrucca le stava dando un mal di testa, il cerone pesava come cinque chili sulla sua pelle e le tirava giù il viso, e il vestito aveva bisogno solo di un colpetto del dito per volar via grazie alla ventola appositamente progettata sopra la quale doveva stare alla fine del numero.

Non poteva assolutamente farlo.

«In bocca al lupo, Marlee.» Desiree usò il nome che Bryan le aveva dato mentre arrivava la chiamata per andare sul palco.

Purtroppo, avrebbe potuto davvero rompersi qualcosa mentre barcollava su per le scale.

Bryan le afferrò il braccio. «Davvero, Jenna, non so come ringraziarti abbastanza. Lo apprezzo molto.»

Non l'avrebbe apprezzato quando lei si sarebbe completamente ridicolizzata.

E poi avrebbe capito che lei non era Mindy.

Oh, Dio. Non ci aveva pensato. Mindy saprebbe come farlo. Mindy sarebbe stata bravissima. Mindy *adorerebbe* il momento sotto i riflettori.

Ok, forse Jenna non doveva adorarlo, ma doveva mettere su uno spettacolo. Doveva convincere non solo i clienti, ma *Bryan* che era una spogliarellista, altrimenti lui avrebbe iniziato a chiedersi come diavolo avesse lavorato a quella festa di addio al celibato.

La musica iniziò e i ragazzi entrarono in scena uno per uno. "It's Raining Men". Sul serio? C'era una canzone più banale per un locale di spogliarello? Pensava che Bryan avesse detto che questo era un posto di classe.

E poi fu il turno di Bryan.

Oh mio.

Jenna si dimenticò completamente della banalità. Si dimenticò completamente della musica perché la vera musica era il ritmo nel suo corpo mentre ondulava e scuoteva e svoltava e fletteva e faceva ogni sorta di movimenti che potevano essere banali ma, su di lui, non lo erano affatto.

I suoi fianchi rotolavano a tempo con il ritmo e il suo gilet veniva tolto in modo così suggestivo che sapeva che ogni donna nel pubblico stava passando la lingua sulle labbra immaginando quale sapore avesse quel petto duro, liscio e scolpito.

Ritirò la lingua nella bocca.

Lui stuzzicava il pubblico abbassando il gilet a metà, poi tirandolo su di nuovo, guardando oltre la spalla mentre lo faceva, scuotendo il sedere perfettamente a tempo con il ritmo, i suoi pantaloni neri che lo avvolgevano come le sue mani erano impazienti di fare.

Arricciò le dita in un pugno.

Poi fu il turno del ragazzo successivo. Jenna lo guardò per un po', ma non poteva ignorare Bryan sul fondo del palco, il piede sinistro che batteva a tempo, le mani sui fianchi, il petto ampio, il gilet che le offriva scorci fugaci di pelle lucente.

I ragazzi successivi seguirono, ognuno di loro talentuoso, ma nessuno le faceva quello che le aveva fatto Bryan. Lavoravano sul palco, i muscoli che si flettevano, i sederi che tendevano i pantaloni stretti, anche altre parti in tensione... Dio, mettevano su un bello spettacolo. Era contenta che Cathy avesse suggerito di venire stasera, beh, lo sarebbe stata quando tutto questo fosse finito.

E poi fu il turno delle donne.

Oh, Dio.

Desiree fu la prima. Quella donna sapeva davvero come muovere il sedere.

Il cuore di Jenna le precipitò fino ai piedi. Non poteva farlo. Al massimo avrebbe ottenuto un tremolìo di cellulite.

Per fortuna, il vestito alla Marilyn avrebbe nascosto tutto fino alla fine, ma le avevano assicurato che le luci si sarebbero abbassate tre secondi dopo che il suo abito fosse volato via. Poteva restare esposta per così poco tempo.

Forse.

Keisha fu la prossima sul palco, tutta agghindata in un costume da Jessica Rabbit. Lei non doveva scuotere il sedere; non ne aveva bisogno. Il suo ondeggiava a ritmo di musica come un serpente, elegante, sexy e sensuale. Alzò le braccia sopra la testa, intrecciandole come una danzatrice dell'harem, gettando la testa all'indietro così che i suoi lunghi capelli neri – completamente finti, ma era una bella parrucca – sfioravano il pavimento, e gli stessi movimenti che faceva con il corpo si propagavano attraverso i capelli.

Ecco, *quello* era talento.

E poi fu il turno di Jenna.

Si rifiutò di guardare Bryan. Non poteva farlo o sarebbe crollata – cosa che non poteva permettersi. *Doveva* essere convincente. Doveva fargli credere che sapesse cosa stava facendo.

Jenna fece un respiro profondo e spinse in avanti il fianco sinistro mentre faceva scorrere le mani lungo le cosce. Aveva visto abbastanza film di Marilyn Monroe per aver imparato alla perfezione quella camminata. Aggiungendo un paio di movimenti di spalle, qualche passaggio di dita-lungo-un-braccio e abbastanza *energia* nei fianchi da stendere un cavallo, ce l'avrebbe fatta.

E poi *stava* davvero facendolo. Il calore delle luci la colpì, oscurando il pubblico, e la musica aumentò fino a diventare tutto ciò che poteva sentire, ogni battuta, ogni vibrazione, pulsando attraverso il suo corpo come una corrente elettrica.

Oh, *ecco* perché usavano quella canzone. Era *fatta* per spogliarsi. Era fatta per il sesso. Dimenticando le parole, era tutto nel basso e nel ritmo che le accompagnava.

Jenna si mise all'opera. Ondeggiò i fianchi. Gettò indietro la testa, aprendo la bocca come aveva visto fare a Marilyn, con quella piccola spinta del sedere piegando le ginocchia. Si scosse i capelli, grata che la parrucca fosse così stretta da *permetterle* di muovere la testa, poi lentamente si girò e guardò il pubblico, facendo l'occhiolino al momento giusto.

Poi le luci si spensero e il resto dei ballerini le sfilò accanto.

Bryan le strinse il braccio. «Ottimo lavoro», le sussurrò mentre passava.

Ora doveva solo superare quell'ultima folata d'aria.

Assorbendo ogni grammo di sensualità che aveva provato lì sotto quelle luci facendo quei movimenti, Jenna si immedesimò ancora una volta in Marilyn e ancheggiò verso lo sfiato, ogni mossa un passo misurato con la giusta quantità di ondeggiamento e movimento del fianco – e un attento posizionamento dei piedi per non cadere faccia a terra.

I ballerini si stavano togliendo i vestiti ora, e sì, capì cosa intendeva Bryan quando diceva che era elegante. L'abito di Keisha scivolò via e se non fosse stato per il tessuto verde che cedeva il posto alla pelle marrone, nessuno l'avrebbe notato perché era stato così naturale e sensuale. Dove finiva l'abito, iniziava la sua pelle, ed era un unico lungo movimento continuo.

Keisha poi fece scivolare il vestito lungo la gamba e lo catturò nell'incavo del ginocchio prima di lanciarlo fuori scena con un gesto puramente da camera da letto che era pura arte.

Jenna poteva sentire metà del pubblico sospirare.

L'altra metà stava ruggendo.

La versione estesa della canzone stava volgendo al termine mentre Desiree eseguiva il suo numero, e Jenna salì sulla griglia di ventilazione.

Le luci non la illuminavano e c'era una tenda nera davanti a lei così che nessuno sapesse dove fosse andata. Ascoltò le parole, sapeva che la fine stava arrivando.

Come doveva mettersi in posa? Nessuno le aveva dato indicazioni. Come sarebbe uscita esattamente dal vestito? Doveva tenere le braccia alzate? Allargate? O doveva posare con le mani giunte su un ginocchio piegato?

No, in quel caso il vestito non avrebbe potuto fare ciò che doveva fare.

«Pronti in tre,» disse il macchinista dietro di lei.

Cavolo. Doveva decidere adesso.

E poi la tenda cadde a terra, l'esplosione d'aria la investì, e Jenna non dovette decidere. L'aria andò dritta verso l'alto, le sue braccia andarono dritte verso l'alto, e il vestito andò dritto verso l'alto.

E lì stava "Ms. C." in tutto il suo splendore di nappine e perizoma.

Capitolo Diciotto

Il resto dello spettacolo era stato molto più facile da affrontare. Avevano fatto un rapido cambio di costume e lei aveva scelto un altro outfit di Marilyn, sapendo che questa volta doveva solo far scivolare l'abito lungo la schiena e uscire trascinandoselo dietro come un boa di piume. Poteva fare tutti quei piccoli ancheggiamenti, i broncetti e quei brevi movimenti di spalle presi direttamente da *Diamonds Are A Girl's Best Friend*.

«È più la suggestione della sessualità che la nudità vera e propria», le aveva detto Bryan quando le aveva consegnato il primo costume prima dello spettacolo, quindi aveva seguito quel consiglio.

Certo, il suo sedere si era sentito esposto là fuori in quel pezzo di filo interdentale che chiamavano perizoma, e forse si era coperta un po' di più di quanto avrebbe fatto Desiree con l'abito mentre usciva dal palco, ma tutto sommato, non se l'era cavata male. Non abbastanza da far insospettire Bryan, almeno.

«Santo cielo, ragazza!» Cathy l'afferrò nel backstage quando uscì dal numero finale. «Seriamente, credo che tu abbia sbagliato vocazione nella vita. È stato *bollente*.»

Ora l'imbarazzo stava iniziando a farsi sentire. Non ne aveva provato una volta superato lo shock iniziale di ciò che stava facendo, ma ora, tornata alla vita reale, avrebbe dovuto affrontare le persone. Grazie a Dio solo Cathy e Bryan sapevano chi fosse veramente.

Bryan.

Oh, Dio, come avrebbe fatto ad affrontarlo? Certo, aveva fatto quella performance per proteggere Trevor, ma Bryan l'aveva guardata. Stava pensando alla loro presunta notte insieme? Si stava chiedendo se avesse toccato tutte le parti che lei aveva rivelato? E quelle che non aveva mostrato?

O sapeva che non l'aveva mai fatto?

«Non devi mai più menzionarlo, Cathy Mayfield. Mi hai sentito?»

Cathy sorrise maliziosamente. «Sarà il nostro piccolo segreto. Anche se, accidenti ragazza, non sapevo che avessi un paio di tette così. Niente di piccolo in quelle.»

Jenna alzò gli occhi al cielo. «Torna al tuo posto e aspettami lì. Non posso gestire te adesso.»

«Ma mi gestirai dopo.»

«Su questo puoi scommetterci.»

Jenna si diresse verso il camerino. Voleva prendere le sue cose e andarsene prima che qualcuno la riconoscesse.

«Bene, signore e signori, ce l'abbiamo fatta.» Bryan diede il cinque a tutti mentre entravano nel camerino. «Non posso dirvi quanto apprezzi ciascuno di voi per essere venuto quando non era necessario e aver fatto un lavoro così fantastico senza prove. Siete dei veri professionisti. E come segno del mio apprezzamento, ci sarà un bonus nel vostro assegno questa settimana.»

Applausi, altri cinque, l'atmosfera era festosa mentre le persone iniziavano a cambiarsi e a indossare i loro abiti normali.

Oh no. Era un camerino comune; non poteva togliersi il trucco e la parrucca davanti a tutti. E non poteva lasciare il club conciata così. Sarebbe stata smascherata immediatamente appena salita in macchina.

«Ehm, Bryan?» gli sussurrò nell'orecchio. «C'è un posto dove potrei, sai...» Indicò con un gesto l'abito e poi annuì verso il resto dei ballerini.

«Oh, sì, certo.» Tirò fuori un mazzo di chiavi dalla tasca. «Ecco. Abbiamo un appartamento al piano di sopra per quando io o Gage dobbiamo restare fino a tardi. C'è anche una doccia. Sentiti libera di usarla.»

Salì le scale il più velocemente possibile con quei tacchi a piattaforma infernali.

In realtà, a metà strada si fermò e se li tolse, mentre gli archi dei suoi piedi protestavano per la piattezza del pavimento sotto di lei.

Ignorò il dolore. Se i suoi capezzoli erano stati in grado di sopportare i copricapezzoli appiccicati su di loro, e il suo sedere aveva sopportato il filo interdentale, i suoi piedi non avevano motivo di lamentarsi.

L'appartamento era minimale, nel migliore dei casi. Un divano, una tv, due sedie, un tostapane e un microonde nella cucina a corridoio, e nemmeno un quadro appeso alle pareti. Però *avevano* speso un po' di soldi per la camera da letto; il piumone sembrava soffice e accogliente e lo schermo piatto ad alta definizione sulla parete urlava *scapolo*.

Per fortuna, avevano portato lo stesso senso di lusso anche nel bagno con asciugamani spessi, un paio di shampoo e saponi tra cui scegliere, e acqua bella calda da un soffione pulsante con la perfetta quantità di pressione. Jenna non poteva lavare via lo spettacolo - e i nastrini - abbastanza velocemente.

Tuttavia, doveva ammettere che era stato divertente. Recitare lassù, sapendo che la gente guardava, vedendola come una fantasia, sapendo che niente di tutto ciò era reale, era effettivamente eccitante.

Fece scorrere il sapone lungo il suo corpo, ogni terminazione nervosa in piedi e attenta. Era passato molto tempo da quando si era sentita sexy. Molto tempo da quando qualcuno l'aveva guardata in quel modo.

Si sciacquò i capelli e spense la doccia, avvolgendosi in uno degli spessi asciugamani, poi frugò nell'armadietto sotto il lavandino in cerca di un asciugacapelli.

Mezza dozzina di scatole di preservativi, ma nessun asciugacapelli in vista.

Per cosa, esattamente, Bryan e Gage restavano fino a tardi?

Mezza dozzina di scatole. Beh, almeno erano prudenti. Anche se questo non aveva aiutato Bryan quattro anni fa.

Scacciò dalla testa il pensiero di quei preservativi - e di Bryan e Mindy che li usavano - e strofinò l'asciugamano nei capelli. Stava solo per tornare a casa; non aveva bisogno di apparire tutta agghindata.

Tuttavia... Guardò l'armadietto dei medicinali. Forse avevano un prodotto lì dentro che poteva mettere nei capelli-

Bryan? Prodotti per capelli? Era quanto di più mascolino si potesse immaginare; non riusciva a vederlo usare prodotti per capelli.

Ma comunque, a situazioni disperate, misure disperate...

O una scusa per curiosare.

Zittì la sua coscienza e aprì l'armadietto dei medicinali.

Nessun prodotto. Solo del filo interdentale, schiuma da barba, dentifricio e spazzolini - un paio ancora incartati.

Jenna chiuse l'armadietto. Non voleva pensare a chi avrebbe usato quegli spazzolini incartati. Non erano affari suoi.

Tranne che lo erano. Se lui doveva far parte della vita di Trevor, *lui* era affar suo.

E cosa sapeva realmente di lui a parte che quell'uomo faceva bellissimi bambini e sapeva baciare?

Alzò gli occhi al cielo. *Sul serio, Jenna, pensa alla situazione attuale e a tutte le sue possibili ramificazioni, non a chiederti cosa facesse con i preservativi. Imposta gli ormoni su* OFF.

Ripassò mentalmente l'elenco di ciò che sapeva di lui. Non era molto. Possedeva questo posto, lavorava come elettricista e gli piaceva saltare alle conclusioni. E le spogliarelliste. Gli piaceva saltare le spogliarelliste.

Ed era di nuovo a quei maledetti preservativi.

Si vestì rapidamente e appese l'asciugamano al portasciugamani per farlo asciugare. Non importava chi facesse cosa con Bryan. Lui aveva la sua vita; lei aveva la propria.

Ma entrambi avevano quella di Trevor.

La sua mano si fermò sulla maniglia della porta. Doveva considerare cosa facesse Bryan della sua vita. E se si sposasse e poi volesse la custodia completa? E se a Jenna non piacesse la persona che sposerà? E se la donna cercasse di rubarle l'affetto di Trevor?

Jenna si lasciò cadere sul coperchio del water. Oh, Dio, e se Trevor volesse andare a vivere con Bryan e sua moglie? E se Bryan avesse dei figli? Trevor adorerebbe avere fratelli e sorelle.

Cominciò a tremare. Cosa avrebbe fatto? Cosa poteva fare?

«Jenna?» Bryan era proprio fuori dalla porta del bagno. «Tutto bene?»

No, non stava bene. Ed era tutta colpa sua.

Letteralmente.

Tutto quanto. L'esistenza di Trevor e questa incredibile preoccupazione che stesse per perdere tutto.

«Jenna?»

«Tut...» Si schiarì la gola. «Tutto bene. Ehm, arrivo subito.»

Con le gambe tremanti e lo stomaco sottosopra. Se i ballerini che avevano mangiato la pizza prima si erano sentiti così, poteva capire perché non fossero stati in grado di esibirsi. Eppure lei doveva farlo.

Aprì la porta. Maledizione. Era proprio lì.

«Stai bene?»

La sua voce profonda le risuonò dentro, toccando ogni punto sensibile del suo corpo. Proprio come il ritmo quando era stata sul palco.

«Sì, sto bene.» Si mise una ciocca di capelli dietro l'orecchio.

Non rimase a posto. Non rimaneva mai. Non sapeva perché lo facesse.

Bryan allungò la mano e gliela sistemò.

Questa volta rimase a posto.

«Volevo davvero ringraziarti per stasera. Sei stata fantastica.»

Lei fece scorrere le dita verso l'alto e spostò di nuovo quella ciocca. Le piaceva avere i capelli che le cadevano sul viso quando lui la guardava così intensamente. «Beh, come hai detto tu, è come andare in bicicletta.»

Lo erano anche alcune altre cose, una delle quali non faceva da più di tre anni, e il fatto che lui fosse così vicino le stava ricordando questo fatto con campane, fischietti e grandi, fragorosi piatti.

«Quindi, ehm, grazie per avermi fatto usare la tua doccia.» Gli passò accanto stringendosi, sperando che tutte le parti del corpo e i peli ribelli delle braccia stessero alla larga. Lui non si era fatto la doccia e le sue narici ne erano ben consapevoli, mentre il resto dei suoi sensi le diceva che era una cosa positiva.

«Ce l'hai ancora, Jenna.»

Oh sì, ce l'aveva eccome. Una brutta cotta per il padre di Trevor. Con cui *non* aveva dormito. E per cui non aveva ballato.

«Hai mai pensato di tornare a questo tipo di lavoro?»

Ora ricevette una bella doccia fredda di realtà. Lei? Spogliarsi?

Aveva fatto due passi nella stanza – la sua *camera da letto* – poi si era girata, tanto per evitare di guardare il suo *letto*, quanto per ricordargli un fatto davvero importante. «Sono un'insegnante, Bryan. Se ballassi per te, potrei perdere il lavoro.»

Se avesse ballato *con* lui, avrebbe potuto perdere molto di più. La sua sanità mentale, le sue inibizioni, ogni senso di decoro –

La sua solitudine. Il suo celibato non auto-imposto...

Quest'ultimo aveva molti vantaggi. Ma se – oh Dio – se lui stesse suggerendo questo proprio perché lei *perdesse* il lavoro? *Dovrebbe* lavorare per lui, allora. Sarebbe in debito con lui e sarebbe facile da conquistare se lui volesse mai la piena custodia di Trevor.

«Giusto. Me n'ero dimenticato.» Si alzò da dove era stato appoggiato allo stipite della porta in quella posa tipica da ragazzo sexy appoggiato alla porta che le fece chiedere se ci fosse un fotografo da qualche parte nei paraggi, prima di entrare nella camera da letto.

Perché il bagno non poteva portare al *corridoio* invece che all'unica stanza di questo posto in cui *non* voleva stare con lui?

Perché la sua fortuna era andata in vacanza sin da quella gita improvvisata al supermercato che ora desiderava non aver mai fatto.

Il letto la chiamava mentre ci passava accanto. Soprattutto perché Bryan stava proprio lì vicino per lasciarla passare. Tutto ciò che doveva fare era buttarsi tra le sue braccia, facendoli cadere su quel letto, e la Natura avrebbe fatto il resto.

Era così tentante che praticamente volò fuori dalla porta.

E inciampò nelle sue stupide scarpe con la piattaforma.

Per fortuna, Bryan la prese prima che colpisse il pavimento.

Non le impedì, tuttavia, di sbattere contro il suo petto duro come un muro.

Con i palmi delle mani.

Completamente piatti contro di esso.

Madonna mia, che sensazione fantastica.

Soprattutto quando le sue mani si strinsero sui suoi fianchi e lei si ritrovò un po' più avvinghiata a lui.

Non c'era *niente* di piccolo in Bryan Lassiter.

«Jenna...»

Non era una domanda. Non era un sospiro. Non era niente che avesse mai sentito prima, quindi naturalmente, dovette guardare in alto. Dovette guardare la sua bocca. Le sue labbra...

Che stavano scendendo verso le sue.

Doveva baciarla. Solo una volta.

Uno diventò due, raddoppiò a quattro, e dopo, Bryan perse il conto.

Santo cielo, questo era più bollente dell'altro. Come era stato il loro primo bacio? E il secondo? Il terzo?

E cosa dire di quando era venuto dentro di lei...

Cristo, il suo membro si indurì così velocemente che gli tolse il respiro. O forse era stata Jenna. Ma come diavolo poteva non ricordarsi che sapore avesse la notte in cui si erano incontrati? Persino nella sua nebbia alcolica doveva aver notato, doveva essersi reso conto di quanto fosse incredibilmente calda e dolce e sexy e buona e deliziosa e lussuriosa e... stava finendo le parole, il che coincideva con l'esaurimento del fiato che lei gli rubava con tutto il fuoco che aveva in quel corpo agile e sexy che aveva ancheggiato sul palco quella sera con tanta sicurezza.

Non se l'aspettava. Con quello che faceva adesso per vivere, pensava che sarebbe stata timida. Pudica. Una personalità da scolaretta su cui alcuni uomini fantasticano. Ma non Jenna. Aveva superato Marilyn in sensualità ed era stato tutto quello che aveva potuto fare per non raccoglierla da quel palco e portarla su, al diavolo lo spettacolo e i clienti.

Se solo potesse ricordare quanto fosse stato bello tra loro. Perché *era* stato bello, di questo Bryan non aveva dubbi. Ma voleva scoprire *quanto* bello.

La spinse verso il letto.

Lei lo seguì volentieri, aggrappandosi ai bordi della sua camicia così strettamente che ebbe la sensazione che avrebbe fatto saltare qualche bottone.

Conosceva alcuni bottoni che avrebbe voluto premere su di lei.

Quei maledetti nappini lo avevano preso in giro per tutto il tempo in cui lei era rimasta lì quasi nuda, e sapeva che ogni uomo stava divorando quei seni con gli occhi, mentre lui aveva avuto la possibilità di farlo con la bocca e la lingua e le mani e perché *diavolo* non riusciva a ricordare?

La adagiò sul letto.

«Bryan?» Staccò le labbra dalle sue, i suoi occhi azzurri spalancati con - osava sperarlo - desiderio?

«Ti desidero, Jenna.» Era vero. Non poteva nasconderlo e, diamine, l'avevano già fatto una volta. Non era certo una novità.

Ma per lui sarebbe stato come rivivere la prima volta e a Bryan piaceva questa idea. Aveva la sensazione che *ogni* volta con Jenna sarebbe stata un'esperienza nuova.

«Bryan, io...»

Trattenne il respiro. Trattenne anche il suo, dentro di sé, assaporandolo, volendone di più.

Gli occhi di lei scrutavano i suoi, cercando... qualcosa. Lui aveva molto da offrire e pregava Dio di poterle dare ciò che voleva. Ciò di cui aveva bisogno.

Poi lei distese le dita contro il suo petto e vi premette i palmi.

Bryan espirò i loro respiri mescolati, ne inspirò un altro e la baciò di nuovo.

Dio, aveva un sapore buonissimo. Incredibile. Fresco e dolce con un pizzico di spezia, come se avesse mangiato una torta di mele prima di venire qui stasera - o uno dei loro appletini. Avrebbe dovuto offrigliene uno la prossima volta che sarebbero stati di sotto.

Dio volendo, non sarebbe successo prima di molte ore ancora.

Le accarezzò ancora la lingua, spingendosi contro di essa, il suo membro che faceva lo stesso contro il suo monte di Venere. Quello che era stato a malapena coperto da quel perizoma dorato con le paillettes... aveva brillato sotto le luci del palco, quasi ammiccando verso di lui.

E poi c'era il suo sedere, santo cielo quel sedere, che ondeggiava con la giusta quantità di movimento per una donna, tutto sodo e morbido e proprio lì, della dimensione, forma, contorno e levigatezza perfetti per le sue mani-

Fece scivolare una mano sul suo fianco, desiderando afferrarla. Indossava ancora il perizoma?

Bryan gemette nella sua bocca e strinse. Voleva scoprirlo. Poi voleva sfilarglielo. Con i denti.

«Bryan.»

Gli ci vollero alcuni secondi per rendersi conto che lei aveva strappato le labbra dalle sue, aveva pronunciato il suo nome così dolcemente. O forse era a causa del sangue che gli pulsava nelle orecchie.

«Jenna?» La sua voce era ruvida. Roca. Rauca. Come ogni terminazione nervosa del suo corpo. La desiderava. Disperatamente.

«Io...» Si leccò le labbra.

Sarebbe stato a posto se lei non si fosse leccata le labbra. Si sarebbe fermato. Davvero. Lo avrebbe fatto. Ma quelle labbra e quella lingua e quello sguardo nei suoi occhi...

Non voleva davvero che lui si fermasse, vero?

La baciò, senza schiacciarla contro di sé come avrebbe voluto, ma dandole una via d'uscita.

Una via che lei non prese.

Invece, sospirò nella sua bocca e poi, per Dio, ogni scommessa era annullata.

Si girò, tirandosela sopra, e affondò una mano in quel groviglio ribelle di riccioli che esigevano attenzione, urlando capelli-sexy-arruffati-da-amplesso ogni singola volta che la guardava.

L'altra mano finalmente riuscì ad afferrarle il sedere, massaggiandolo, riempiendosi il palmo della sua morbidezza, e il suo membro divenne pietra. Doveva averla. Qui. Ora. E poi di nuovo.

Preservativo. Doveva prendere un preservativo. Il pensiero lo beffeggiava dato che avevano già un figlio insieme, oltre al fatto che non voleva muoversi per prenderne uno.

Fece scorrere le labbra lungo la sua mascella, scendendo fino alla gola dove il polso batteva veloce e forte proprio come il suo. Anche lei lo desiderava.

Le aprì il colletto a V della camicetta e le leccò la gola. Aveva usato lo scrub alla cannella e mela; ecco cosa aveva assaporato. Il miglior investimento che lui e Gage avessero mai fatto era stato comprare quei saponi aromatizzati commestibili.

Jenna era stata la prima a scegliere cannella e mela e ora lui stava ritirando quel profumo da qualsiasi altra donna.

Non voleva che nessun'altra donna usasse più i suoi saponi.

Questo bastò a farlo fermare.

«Bryan?» *Adesso* c'era una domanda nella sua voce, e per Dio, c'era una domanda nella sua testa.

Non voleva nessun'altra donna? Era impazzito? Solo perché lui e Jenna avevano fatto un bambino non significava che avessero preso un impegno. Questo non era un "e vissero felici e contenti". Non erano nemmeno una famiglia. Uno di loro, o entrambi, avrebbero potuto sposare qualcun altro in futuro.

Qualcun altro...

Jenna avrebbe potuto sposare qualcun altro e *quell'*uomo avrebbe cresciuto suo figlio?

Bryan la guardò.

«Jenna, sposami.»

<h1 style="text-align:center">Capitolo Diciannove</h1>

Le parole gli erano semplicemente uscite di bocca. Non ci aveva pensato prima di dirle, ma sì, certo. Perché no? Aveva senso. Non potevano tenere le mani lontane l'uno dall'altra e avevano Trevor. In questo modo non avrebbero dovuto condividerlo con nessuno e sarebbero potuti essere una famiglia.

«Cosa?» Lei lasciò andare la sua camicia e si spinse sul suo petto. «Cosa hai detto?»

Lui si leccò le labbra, il suo membro ebbe un sussulto quando lo sguardo di lei scattò verso la sua bocca. «Ho detto, 'sposami'.»

Ora lei si allontanò da lui in fretta. «Non puoi essere serio.»

Lui si girò su un fianco e si appoggiò sul gomito. Le passò la mano lungo il braccio. «Non sono mai stato più serio.»

«Ma non ha senso. Ci conosciamo appena.»

Oh, si conoscevano *molto bene*.

«Ma abbiamo Trevor.»

Ora lei si precipitò giù dal letto. «Ma questo non significa che dobbiamo *sposarci*. E se non avessimo niente in comune *eccetto* Trevor?»

Lui alzò le sopracciglia - e il suo membro si mise sull'attenti. «Abbiamo più di Trevor in comune, Jenna.»

Lei sapeva di cosa stava parlando e il suo sguardo si spostò direttamente verso il suo inguine.

Lui vide la fiamma di interesse nei suoi occhi.

«Quello è solo sesso, Bryan, e se ricordi bene, è proprio così che ci siamo cacciati in questo pasticcio.»

Lui sospirò. Lei non sarebbe tornata a letto. Non con quel tono nella voce.

Si mise seduto. «Prima di tutto, non considero Trevor un pasticcio. Sì, non è l'ideale creare un bambino con qualcuno che non conosci - e con cui non puoi metterti in contatto - ma noi *ce l'abbiamo*, quindi è un punto discutibile. Saremo nella vita l'uno dell'altra per almeno i prossimi quattordici anni, se non di più. E poi ci sono i nipoti.»

Oh, Dio, non aveva pensato ai nipoti. Un giorno sarebbe stato nonno.

«Nipoti?» Si appoggiò al comò cercandolo con la mano.

Sembrava che nemmeno lei ci avesse pensato.

«Beh, sì. Dopotutto, abbiamo appena dato ai nostri genitori un nipote.» Sua *mamma*. Doveva dire a sua mamma di Trevor. Sarebbe stata estatica.

«I tuoi genitori sono ancora vivi?» chiese Jenna.

«Mia madre sì. Mio padre è morto quando ero più giovane. E i tuoi?»

«Mio padre è morto quando ero al liceo. Io e mia madre... non andiamo proprio d'accordo.»

«Ho sentito dire che è così tra le ragazze e le loro madri. Meno male che Trev è un maschio, eh?»

Lei incrociò le braccia e fece una risposta vaga.

Bryan espirò. «Guarda, so che è poco ortodosso. Tutta questa situazione lo è, ma l'ho detto sul serio. Penso che dovresti sposarmi. È la cosa migliore per Trevor.»

Ma era la cosa migliore per lei?

Jenna sciolse le braccia e si alzò. Si mise i capelli dietro entrambe le orecchie. Di nuovo.

Non rimasero al loro posto. Di nuovo.

«Bryan, questa è una follia». Iniziò a camminare avanti e indietro. «Non ci conosciamo nemmeno. Non sapevo nemmeno il tuo cognome fino a ieri. E adesso vuoi sposarmi?» Scosse la testa. Eccolo lì, che diceva tutte le cose giuste, tutte le cose che avrebbe voluto sentire dire da Carl, eppure lei esitava.

Perché avrebbe dovuto mentirgli ogni giorno per il resto della sua vita.

Non sapeva se poteva farlo. Una volta che Trevor avesse compiuto diciotto anni, non avrebbe importato se Bryan avesse saputo la verità - *se* non fossero stati sposati. Ma se lo fossero stati, lo avrebbe distrutto. Avrebbe distrutto il loro matrimonio. Lui si sarebbe chiesto su cos'altro lei avesse mentito.

Bryan le afferrò la mano. «Abbiamo molto più in comune di tante altre persone».

Un calore le percorse tutto il braccio. «La chimica non fa un buon matrimonio, Bryan».

«Non lo rende nemmeno cattivo. Ma parlavo del volere il meglio per Trevor. Voglio dire, è ovvio che tu lo vuoi perché non hai negato che io fossi suo padre e non mi hai fatto passare attraverso test di paternità. Tu vuoi il meglio per lui; io anche, e lui adorerebbe vederci insieme. Siamo entrambi single, giusto?»

«Tu lo sei?»

Lui scosse la testa. «Beh, sì. Non ti avrei corteggiata se non lo fossi stato».

«Oh, giusto. Scusa».

Lui esalò. «Immagino di meritarmelo, visto di cosa ti ho accusato».

«Non lo facevo per ritorsione».

«Lo so».

«Come?» Allargò le braccia. Era ridicolo. Non poteva semplicemente chiederle di sposarlo e aspettarsi che lei saltasse di gioia per la gratitudine. «*Come* fai a saperlo? Non sai davvero niente di me».

Lui si strofinò il collo. Era un gesto molto sexy su di lui. «So che sei una madre premurosa. Amorevole. Una gran lavoratrice. Hai ispirato l'amore e la lealtà dei tuoi studenti. Trevor è un ragazzo felice, sano, divertente, estroverso. Il capo della polizia ti stima. Hai un lavoro stabile, una bella casa, e sei stata abbastanza generosa da concedermi un ruolo nella vita di mio figlio. E tutto questo senza considerare l'aspetto esteriore e la chimica pazzesca tra noi. Molte persone hanno molto meno quando si sposano».

«Ma almeno loro si conoscono».

«Va bene. Allora impariamo a conoscerci».

«Eh?» Si staccò dal comò e iniziò a camminare avanti e indietro, sia per avere qualcosa da fare *che per* smaltire un po' dell'adrenalina che le era venuta dal suo piccolo numero di danza di prima.

E quel bacio -

«Impariamo a conoscerci, Jenna. Usciamo insieme. Giochiamo con nostro figlio».

«Pensavo che lo stessimo già facendo».

«Lo stavamo facendo - con Trevor - ma intendo *noi*. Come coppia. Frequentarci».

«Vuoi frequentarmi?»

«È al contrario, lo so, ma sì, mi piacerebbe frequentarti».

Dannazione se questo non le causò un piccolo fremito allo stomaco. Certo, quello stomaco non sapeva cosa significasse avere le smagliature per aver portato suo figlio, quindi non aveva davvero voce in capitolo. «Non voglio sposarmi solo per il bene di mio figlio, Bryan. Il matrimonio dovrebbe essere tra due persone che si amano, perché una volta che Trevor uscirà di casa, saremo solo noi due».

«Non necessariamente».

«Eh?»

«E se avessimo altri figli?»

«Altri?» Era a metà del suo secondo giro mentre camminava avanti e indietro quando quel commento la fece cadere seduta sul letto di lui. Fare *altri* figli con Bryan? Beh, i suoi *altri*, il *primo* di lei.

E come diavolo avrebbe potuto nasconderglielo? Si supponeva che lei avesse già partorito. Andare al corso di Lamaze di Mindy era ben diverso dal dare alla luce un bambino. Aveva respirato attraverso le contrazioni per sua sorella come spettatrice, non come protagonista, e Mindy non era stata abbastanza lucida da entrare nei dettagli dell'esperienza. Faceva male e questo era tutto ciò che Jenna aveva avuto bisogno di sapere all'epoca.

«Vuoi altri figli, vero? Trevor non può rimanere figlio unico.»

Si strofinò la testa. Le faceva male. Per un sacco di motivi, non ultimo l'immagine di un altro bambino dai capelli neri e ricci coccolato tra le sue braccia.

«Io... credo di sì.» *Voleva* davvero altri figli. Ma non aveva esattamente pianificato che Bryan fosse il loro padre e non era pronta ad affrontare questo argomento.

Ad avvicinarsi a tutto questo. Perché con il segreto che portava con sé, c'era una possibilità molto grande, molto reale che tutto le esplodesse in faccia.

Ma, come avrebbe potuto convincerlo che questa era una cattiva idea senza dirgli la verità?

«Bryan, mi dispiace, ma non posso sposarti. »

Capitolo Venti

Era la prima volta che veniva rifiutato ed era successo proprio quando contava di più.

Bryan gettò via le coperte dal letto nell'appartamento. Era rimasto lì la notte scorsa dopo averla vista allontanarsi furiosa scendendo le scale verso il retro del locale. Avrebbe voluto seguirla, ma lei aveva insistito che non aveva bisogno di lui perché stava crescendo Trevor da sola da quasi quattro anni e aveva fatto un ottimo lavoro senza il suo aiuto, *moltegrazie,* e lui poteva prendere la sua idea di matrimonio e andare a trovare un'altra donna che aveva bisogno di un uomo per completare la sua vita.

C'era molto di non detto in quella invettiva che avrebbe voluto esplorare, ma considerato il livello di sconvolgimento che il suo suggerimento aveva provocato, pensò che sarebbe stato meglio aspettare che si fosse calmata e avesse avuto una notte per rifletterci.

Così aveva dormito lì. Almeno, quella era stata la teoria.

Aveva cambiato canale dopo canale nel tentativo di distrarsi, ma non aveva funzionato. Così alla fine si era arreso, era sceso a chiudere il locale, poi era tornato a sdraiarsi al buio, cercando di non pensare a quello che aveva appena fatto.

A quello che aveva *proposto* di fare.

Non si era mai nemmeno avvicinato all'idea del matrimonio. Non aveva mai pensato che l'avrebbe fatto.

Certo, non aveva mai pensato neanche che sarebbe diventato padre, quindi questo dimostrava quanto ne sapesse.

Si strofinò il viso. Aveva bisogno di una doccia. Non aveva voluto farla la notte prima dopo che lei era stata lì perché era sicuro che il suo profumo indugiasse ancora. Come minimo, ci sarebbe stato quel dannato sapone alla cannella e mela.

L'avrebbe buttato via.

Si alzò dal letto. Hmm, aveva dormito con i boxer. Una decisione consapevole che aveva dimenticato dato che di solito dormiva nudo, ma poiché non aveva voluto cedere alla tentazione di *occuparsi della faccenda* con l'immagine di Jenna con i suoi nastrini e perizoma e nient'altro, aveva creato una barriera per scoraggiarsi. Non sembrava giusto masturbarsi con il ricordo del corpo sexy della madre di suo figlio.

Avrebbe dovuto fare l'amore *con il corpo sexy della madre di suo figlio.*

Il suo membro si animò immediatamente.

Bryan scosse la testa e si diresse in bagno. Era una battaglia persa; semplicemente non riusciva a togliersi Jenna dalla testa.

E quando sentì l'odore di quel maledetto sapone, si rese conto che non poteva togliersela di dosso nemmeno. Lei lo aveva avvolto come in un grande abbraccio quando gli aveva dato accesso a suo figlio.

Sperava di non averla appena spaventata.

Accese il soffione della doccia e ci si mise sotto. Bene. L'acqua fredda non solo lo svegliò, ma calmò anche il suo membro.

Allungò la mano verso il sapone, con la piena intenzione di gettarlo nel cestino, ma la cannella non era qualcosa che chiunque potesse ignorare.

Aveva l'odore di Jenna.

O meglio, lei aveva quel profumo.

Oh cavolo, non sapeva chi profumasse di cosa e importava davvero? Fu trasportato direttamente alla notte precedente, a quel bacio e alla sua proposta miseramente fallita.

Lei aveva ragione, naturalmente. Non si conoscevano; sposarsi probabilmente non era l'idea più intelligente. Almeno, non ancora. Ma perché *non potevano* uscire insieme? Perché *non potevano* conoscersi meglio? Avevano buone probabilità come chiunque altro in una nuova relazione di piacersi a vicenda.

Bryan si massaggiò la nuca dove stava iniziando un mal di testa, e alzò un po' la temperatura dell'acqua. Stare lì a pensarci non li avrebbe fatti conoscere. Solo una cosa l'avrebbe fatto: stare effettivamente insieme. E lui *aveva* promesso a Trevor di giocare a football.

Bryan passò il sapone sul suo corpo. Era setoso. Liscio. Proprio come lei. Lo annusò, ricordando la stessa fragranza di cannella quando le aveva mordicchiato il collo. Come l'aveva assaggiata.

Alzò gli occhi al cielo e lo posò, allungandosi ora verso il suo shampoo. Qualcosa di forte e maschile. Avrebbe tenuto il sapone nella speranza di riuscire a convincerla a conoscerlo e magari, un giorno, lei avrebbe fatto di nuovo la doccia lì.

Bryan sbuffò. Sì, era un'ipotesi remota. Ma, comunque, non si era mai arreso in una partita in vita sua, nemmeno nell'ultima con la gamba ridotta a un pasticcio. Era stato l'allenatore a dire ai paramedici di legarlo alla barella e portarlo in ospedale, quindi non si sarebbe certo arreso ora anche se lei l'aveva già respinto.

La sua unica consolazione era che nessuno tranne lui e Jenna lo sapeva.

«Ti ha chiesto di sposarlo?»

Cathy aveva continuato a ripeterlo per tutto il viaggio di ritorno la notte scorsa ed era la prima cosa che aveva detto quando si era presentata a casa di Jenna quella mattina.

«La mia risposta non è cambiata da ieri sera.»

«La tua risposta a me o la tua risposta a lui? Perché, seriamente, Jen, potresti davvero volerci ripensare. Voglio dire, quell'uomo è un dio nell'aspetto, *vuole* far parte della vita di suo figlio - sai quanto è raro tra i padri dei bambini? - *e* è piuttosto benestante. Potresti trovare di molto peggio.»

«Possiamo non parlarne adesso? Trevor scenderà da un momento all'altro.»

«No, non lo farà. Bobby ha portato il suo nuovo libro sui T-rex. Non li vedremo per ore.»

Jenna sospirò. Cathy aveva ragione. Le uniche cose più affascinanti del football per Trevor erano i T-rex.

«Non mi stupirei se avessi comprato quel libro mentre venivi qui.» Porse a Cathy una tazza di succo di mela con una noce di panna montata che galleggiava sopra e spolverata di cannella. Da quando Cathy aveva rinunciato ai suoi soliti latte per la durata della gravidanza, lei e Jenna erano diventate creative con i succhi di frutta.

Cathy alzò il bicchiere. «Pensi davvero che sia così subdola, Jen?»

Jenna inarcò un sopracciglio. «Uh, non era tuo marito quello che voleva un solo figlio eppure eccoti qui col numero due in arrivo, previsto esattamente quattro anni dopo il primo nello stesso propizio periodo di pianificazione-per-la-retta-universitaria di cui abbiamo discusso *ad nauseum* quando eravamo al liceo?»

Cathy portò il bicchiere alle labbra. «È risaputo che i preservativi si possono rompere. Dovresti saperlo.»

«Rompersi è una cosa. Sabotarli deliberatamente è un'altra.»

Cathy prese un sorso e abbassò il bicchiere. Un baffo di panna montata le si arricciava sopra le labbra come quello di Snidely Whiplash. «Non li ho sabotati deliberatamente. Ho solo dimenticato di portare la scatola dall'auto.»

«Per un intero anno mentre attraversavano quattro stagioni di temperature estreme nel vano della ruota di scorta?»

Cathy fece roteare il bicchiere. «Non sai che fossero lì.»

«Ora lo so.»

Lei gli fece la linguaccia. «Non puoi provare nulla. E comunque, Mark è entusiasta del bambino.»

Sì, lo era. Continuava a chiamare questo nuovo arrivo il loro bambino miracoloso perché non aveva mai messo incinta nessuna usando quella fidata marca di preservativi dai tempi del college.

Jenna non riusciva mai a guardare Cathy ogni volta che quel discorso veniva fuori.

«Sai...» Cathy si avvicinò ancheggiando al frigorifero, mettendo nove mesi di dondolio da gravidanza in un corpo di quattro mesi. «Se dicessi di sì, voi due potreste iniziare a lavorare a un fratellino per Trevor, e tu e io potremmo avere bambini insieme.» Tirò fuori la bomboletta di panna montata e spruzzò un altro po' - o tre - nel suo bicchiere. «Pensa a quanto sarebbe divertente.»

Jenna stava cercando *di non* pensare a quanto sarebbe stato divertente *fare* un bambino con Bryan.

«Sei pazza.»

«Ehi, non prendere in giro la donna incinta. Si sa che piangiamo per un nonnulla.»

«Si sa anche che piangi quando cade una carta di credito anche quando non sei incinta, quindi non ci casco.»

Cathy aprì la bocca per dire qualcosa poi la richiuse. Tirò fuori una delle sedie cromate e diede dei colpetti sul tovagliolo sul tavolo accanto a lei. «Qui, Jen. Siediti.»

«Non posso. Devo, uhm...»

«Giusto. Non devi niente. Dai. Riposati un attimo e discutiamo del perché sei così categorica nel non sposare Bryan.»

Jenna prese posto con riluttanza. Sapeva esattamente perché era riluttante e Cathy avrebbe dovuto essere in grado di capirlo anche lei.

«Non posso mentirgli, Cath.»

«Tesoro, lo stai già facendo. E normalmente, non sono una grande sostenitrice delle bugie.»

Jenna alzò le sopracciglia e guardò il pancione di Cathy.

«Bugie cattive, intendo. Sapevo che Mark sarebbe stato entusiasta. Ma non stiamo parlando di me-»

«Comodo,» mormorò Jenna.»

«Stiamo parlando di te. E di Bryan. E di Trevor. E di Tabitha.»

«Tabitha?»

«Sì. La tua bambina.»

«La chiamerò Tabitha?»

«Sì. Lo farai. Perché io chiamerò questa Samantha.»

Jenna alzò gli occhi al cielo. Cathy amava un po' troppo le repliche di TVLand.

«Comunque, pensa solo a quanto sarebbe bello per Trevor avere non solo la sua mamma, ma anche il suo papà *e* una sorellina tutti sotto lo stesso tetto.»

«Ma zia Cathy sta dimenticando un piccolo dettaglio. Non sono la mamma di Trevor. Sono la sostituta.»

«C'è nessuno?»

La voce maschile alla porta sul retro fece congelare Jenna come se il mondo intero fosse stato avvolto dal ghiaccio.

Se quello era Bryan, sperava davvero che lo fosse stato.

Quanto aveva sentito?

Cathy deglutì.

Non era mai un buon segno quando Cathy deglutiva.

«Jenna?»

O Dio, *era* Bryan.

Ora toccava a lei deglutire.

«Signore? Va tutto bene?»

Agitò la zanzariera e l'unico motivo per cui non poteva entrare era perché Jenna solitamente la chiudeva a chiave per evitare che Trevor vagasse in cortile senza che lei lo sapesse. Perché oggi non aveva chiuso tutto? Messo il chiavistello? E le catene?

Un sigillo ermetico?

E tenuto la sua boccaccia chiusa?

«Jenna?» Agitò la porta un po' più forte.

«Uh, sì. Okay. Um, tutto bene.» Si sforzò di mettere un po' di fermezza nelle gambe molli come gelatina e si alzò in piedi.

Cathy le strinse la mano.

Cercando di cancellare l'espressione malata che era certa di avere in faccia, a giudicare da quella di Cathy, Jenna tentò di appiccicarci sopra un sorriso altrettanto *non*-malaticcio. «Io, ehm, non ti aspettavo.»

«Ovviamente.» Si tolse uno zaino dalla spalla e lo tenne con entrambe le mani davanti a sé mentre aspettava che lei aprisse la porta.

Uno zaino? Lei aveva rifiutato di sposarlo e lui aveva interpretato questo come un invito a presentarsi e trasferirsi?

Oh, Dio. E se volesse farlo? E se lo *pretendesse*?

Jenna ci mise un po' ad arrivare alla porta, in parte perché doveva ricordare a ciascun gruppo di muscoli delle gambe di muoversi, ma anche per capire cosa diavolo avrebbe dovuto fare.

Quanto aveva sentito? Quell'*ovviamente* era relativo al fatto che lei non lo stava aspettando e quindi non avrebbe parlato così liberamente della paternità di Trevor? Lui sapeva?

Espirò mentre allungava la mano verso il chiavistello.

«È bello vederti,» disse Bryan con quel tono morbido-cioccolatoso-cremoso nella voce - *non* quello che si sarebbe aspettata di sentire da lui se avesse saputo. Aveva schivato un proiettile?

Il suo cuore sembrava averne ricevuto uno.

Capitolo Ventuno

«Io, ehm, devo andare.» Cathy si alzò dalla sedia con un'esagerata postura da donna incinta, piegandosi all'indietro, con i piedi divaricati e una mano sulla sedia e sul tavolo.

Jenna alzò gli occhi al cielo.

«Oh, ehi, lascia che ti aiuti.» Bryan la superò, lasciò cadere il borsone sulla credenza vicino alla porta e corse al fianco di Cathy, sostenendo quella finta schiena dolorante con una delle sue grandi mani.

Aveva davvero delle belle mani.

«Grazie, Bryan. Sei proprio un gentiluomo.» Cathy fece una strana smorfia con annuito sopra la spalla di lui verso Jenna. «Non riesco a credere che qualche donna non ti abbia ancora accalappiato.»

Ora era il turno di Jenna di fare una strana smorfia, ma era più per trattenere la colazione che minacciava di rifarsi viva.

«Grazie, Cathy, ma non sono mai stato sul mercato.»

«Non è quello che ho sentito...» Il suo dolce fascino sudista - e Jenna sapeva per certo che l'unica volta che Cathy era stata a sud della linea Mason Dixon era stata durante la gita di classe dell'ultimo anno a Orlando - scomparve in un istante.

Bryan guardò entrambe. Era un rossore quello che stava invadendo le sue guance? «Gliel'hai detto.»

Non stava chiedendo, quindi Jenna non doveva veramente rispondere, giusto?

«Oh, doveva essere un segreto?» Cathy fece persino il gesto di portarsi le dita al petto. Le mancava solo un ventaglio e sarebbe potuta essere Rossella con i fratelli Tarleton, ma se avesse detto "fiddle dee dee" Jenna le avrebbe spruzzato tutta la panna montata addosso.

«È la mia migliore amica, Bryan. Condividiamo tutto.» Lanciò un'occhiataccia a Cathy per farle tenere chiusa quella sua grossa e falsa trappola.

Lui grugnì. «Sì, immagino. Voglio dire, Gage è il mio migliore amico, ma non gliel'ho detto.»

Jenna andò al tavolo e prese il drink di Cathy. «Ma Gage era a casa tua stamattina a un'ora ridicolmente presto per ottenere tutti i dettagli piccanti?»

«Ehi, me ne risento.»

Jenna le spinse il bicchiere. «Grazie per essere passata, Cath. Ci vediamo domani.»

Cathy bevve un sorso abbondante. «Bene.» Posò il bicchiere. «Vado a raccogliere i ragazzi così voi due potete parlare.»

«Se non ti dispiace, puoi lasciare qui Trev?» chiese Bryan. «Non ho avuto la possibilità di vederlo ieri e, beh, gli avevo promesso che gli avrei lanciato qualche passaggio.»

Ah, ecco cos'era lo zaino. Portava i suoi palloni-

Jenna cercò di non ridacchiare. Ci provò. Davvero.

«Jen? Per te va bene?»

Jenna si morse il labbro. Giusto. Trev. Qui.

Ehi, non poteva chiamarlo Trev. Era il *suo* soprannome per lui. «Uh, sì, certo. Va bene. Voglio dire, so che a Trev*or*-» enfatizzò quell'ultima sillaba «-piacerebbe.»

«Ok. Bene. Fate come volete.» Cathy uscì dalla stanza ancheggiando come un'anatra.

«Era così anche per te?» Bryan la fece sussultare con una mano sul gomito.

«Cosa?»

Annuì verso la porta da cui Cathy era appena uscita. «Quello. Camminare. Sembra che le faccia male.»

Cathy era un'attrice brava quanto Jenna era una spogliarellista. Cosa diceva questo di loro?

Jenna non voleva saperlo. «Cathy è, um, più bassa di me. La gravidanza è più difficile per lei.» Tecnicamente, non gli aveva mentito, anche se perché si sentisse costretta a fare questa distinzione quando gli stava raccontando la bugia più grande di tutte era al di là della sua comprensione.

«Bwwwwyyyyaaannn!»

Trevor tuonò giù per le scale e si aggrappò allo stipite della porta per la sua cara vita mentre scivolava intorno all'angolo. «Sei qui!»

Si lanciò contro le gambe di Bryan, avvolgendole con le braccia come se *loro* fossero la sua vita.

Come se *Bryan* fosse la sua vita.

Jenna tirò fuori una delle sedie e si sedette. Questa situazione sarebbe diventata sempre più complicata.

«Ehi, Trev.» Bryan staccò le piccole braccia dalle sue gambe, ma non lo lasciò andare, accovacciandosi invece per essere al suo livello. «Ho portato il mio pallone da football. Vuoi lanciare qualche passaggio?»

«Ci puoi scommettere!»

Poi Trevor fece l'unica cosa destinata a fare a pezzi il cuore di Jenna.

Abbracciò Bryan, un grande, stretto abbraccio attorno al collo, e Jenna dovette distogliere lo sguardo prima di scoppiare in lacrime.

Ma non prima di aver visto gli occhi di Bryan inumidirsi.

«Ehi.» Bryan si schiarì la gola. «Ehi, Trev, grazie.»

Jenna guardò di nuovo. Le grandi mani di Bryan erano appiattite sulla piccola schiena di Trevor come se non avesse mai voluto lasciarlo andare.

Non l'avrebbe fatto. Lo capì. Bryan sarebbe rimasto nella vita di Trevor per sempre.

Il che significava che sarebbe rimasto anche nella sua vita altrettanto a lungo.

* * *

Bryan e Trevor avevano lanciato qualche passaggio in giardino mentre Jenna aveva cercato disperatamente di ricomporsi. Era una cosa positiva. Trevor aveva bisogno di una figura paterna e Bryan voleva esserlo. Cathy aveva ragione; c'erano molti "papà di bambini" che non volevano avere niente a che fare con i figli che avevano creato. Dovrebbe essere entusiasta che Bryan volesse essere coinvolto.

E lo era. Davvero.

Era solo preoccupata come l'inferno di commettere un errore. Di fargli scoprire qualcosa su Mindy.

E ovviamente non poteva nascondere l'esistenza di Mindy. La sua sorellastra era cresciuta in questa città, e quando Bryan avesse finalmente incontrato sua madre, Mindy e la "sgualdrina" di sua madre, come Ellen North la chiamava, sarebbero state sicuramente menzionate - erano sempre argomento di conversazione.

Sua madre. Oh, Dio. Sua madre avrebbe incontrato Bryan e se c'era una cosa sulla quale la donna non taceva era il passato "vergognoso" di Jenna. Soprattutto perché pensava che Jenna avesse fatto lo stesso tutto di nuovo.

«Ehi, mamma!» Quindici chili di bambino entrarono di corsa dalla porta. «Bwyan vuole portarci a una fiera! Possiamo andarci? Per favowe? Per favowe?»

Bryan alzò le spalle mentre seguiva Trevor in cucina. «È a beneficio del reparto pediatrico del Community General e la BeefCake, Inc. sta sponsorizzando uno stand. Ho detto che sarei passato ad aiutare. Quindi se non stai facendo niente e sei interessata, ho pensato che sarebbe stato divertente.»

L'aveva pagata per non fare nulla.

In realtà, no. E anche se lo avesse fatto, sarebbe stato troppo presto per cancellare qualsiasi dei suoi studenti. Quindi era una buona cosa che non ne avesse nessuno in programma oggi.

Una parte di lei voleva dire di no a Bryan. Oltre al fatto che non avrebbe dovuto menzionarlo a Trevor senza consultarla prima - facendola sembrare la cattiva se avesse dovuto dire di no - non avrebbe dovuto passare così tanto tempo con loro figlio, insinuandosi nella sua vita come se ci fosse sempre stato.

L'altra parte di lei, tuttavia, non poteva dirgli di no. Non era giusto per Trevor. Le circostanze della sua nascita non erano colpa sua - non erano nemmeno di Jenna. *Erano* di Bryan, ma non è che lui ne sapesse nulla. Di certo non l'aveva pianificato, data la selezione di preservativi in quell'appartamento.

«Certo, Trev. Possiamo andare alla fiera.» Aveva comunque pianificato di portarcelo.

Bryan le strinse il braccio e mimò "grazie" sopra la testa di Trevor.

Una di queste azioni - o entrambe - le causarono scintille che le *sfrecciarono* dentro.

Oh per amor del cielo, superalo. Supera questa cosa. Poteva essere bello quanto voleva, ma ciò non cambiava il fatto che doveva tenere le distanze. Le aveva già fatto la proposta, cos'altro voleva?

La favola.

Questo pensiero la perseguitò per il resto della giornata.

Soprattutto quando vide lo stand dove Bryan doveva lavorare.

Capitolo Ventidue

Ma *certo* che lo stand di BeefCake sarebbe stato uno stand dei baci. Si era chiesta come un locale di spogliarellisti potesse sponsorizzare uno stand a un evento familiare, ma bei ragazzi in abito che vendevano casti baci sulla guancia erano la copertura perfetta.

Era anche un perfetto modo per fare soldi. Le donne erano in fila su due file per la loro possibilità di avvicinarsi al fusto del giorno.

Di cui Bryan sarebbe ora diventato uno.

Indossò una giacca che uno dei ragazzi gli porse, sistemò un papillon intorno al collo e fissò con il velcro i pantaloni staccabili sopra i suoi shorts, apparendo devastantemente attraente. Come al solito.

«Ehi, Trev. Perché tu e la tua mamma non andate a vedere i giri sui pony mentre io lavoro un po'? Poi vi raggiungo quando ho finito.»

«Tu *lavori* qui? Che figata!»

No, in realtà, era bollente.

«*Posso* andare sul pony, mamma?»

Un'altra cosa di cui lei e Bryan avrebbero dovuto parlare. Lui doveva chiedere a lei prima di offrire cose a Trevor.

Baciò la cima dei riccioli di Trevor e guardò suo padre. «Certo che puoi, tesoro».

«Va tutto bene?» chiese Bryan, facendo scorrere le dita lungo il suo braccio.

Bryan era uno che toccava; lo aveva capito. Aveva anche capito che alla sua pelle piaceva quando lui la toccava.

Era un'altra cosa di cui avrebbero dovuto discutere.

«Quanto tempo ci metterai?» chiese, non volendo entrare nella discussione sui diritti genitoriali davanti a metà della città. La metà *femminile*. «Vorrà iniziare a fare giri sulle giostre e giocare e tutte quelle cose divertenti appena finisce il giro sul pony».

«Un'ora al massimo». Tirò fuori il suo cellulare. «Qual è il tuo numero? Ti chiamerò quando ho finito e vi raggiungerò».

Il suo numero. Ora avrebbe avuto accesso a lei, a Trevor, ventiquattro ore su ventiquattro, sette giorni su sette.

Jenna fece un respiro profondo e glielo diede. Non è che potesse negarglielo ora. «Aspetterò tue notizie».

Si girò per andarsene, ma Bryan le afferrò di nuovo il braccio. «Non stai dimenticando qualcosa?» I suoi occhi viola penetrarono nei suoi.

Le *piacerebbe* dimenticare qualcosa... «Non credo».

«Non hai intenzione, sai, di sostenere la beneficenza?» Annuì alla sua sinistra. Verso lo stand.

Poi la tirò vicino a sé. «Ti lascerò anche saltare la fila».

Aveva un buon profumo. Davvero buono. Si sentiva ancora meglio, specialmente quel petto duro e scolpito contro cui era appoggiata la sua spalla, contro cui *lei* si era stretta.

«Dai, Jenna. È per una buona causa. Farò persino io la donazione per te».

Non avrebbe dovuto guardarlo. Non quando erano così vicini. Non quando aveva sognato di fare l'amore con lui per tutta la notte. Non quando il suo corpo ricordava ogni parte di quel sogno e richiedeva una rievocazione reale.

Ma lo fece.

E lui la baciò.

Di nuovo.

Oh, questa volta era diverso. Adatto a tutti. Beh, forse *con* la supervisione di un adulto. Ma era comunque bollente e lei rispose ancora e lo voleva ancora. Voleva questo.

«Bleah, che schifo!»

Ci voleva Trevor per mettere la situazione in prospettiva.

Si separarono, ridendo, anche se lo sguardo di Bryan cercava il suo. Lei si sottrasse. Non poteva guardarlo. Non voleva guardarlo. Non voleva che lui la guardasse perché aveva visto il desiderio lì. Difficile non notarlo dato che era stata così vicina e personale con esso in quell'appartamento, in quel letto, e poteva ricordare ogni sfumatura di quei pochi minuti tra le sue braccia.

«Andiamo, mamma! Voglio andare sul pony!»

Lei voleva cavalcare qualcos'altro.

«Va bene, Trev. Andiamo».

Si allontanò da Bryan tanto per il proprio bene quanto per quello di Trev.

Fu una delle mezz'ore più lunghe della sua vita.

Ora.

Un'ora e quindici minuti.

Jenna continuava a controllare il telefono. Sia per l'ora che per assicurarsi di non aver perso la sua chiamata.

Quante donne stava baciando comunque?

Cercò di non pensarci. Cercò di non chiedersi cosa provassero quelle altre donne quando Bryan posava le labbra sulla loro guancia. Quando si avvicinavano abbastanza da sentire il suo calore. Si sarebbero chieste com'era fare l'amore con lui? Lo avrebbero fantasticato stasera nei *loro* sogni?

Qualcuna di loro si sarebbe chiesta chi fosse lei?

Gliene sarebbe importato?

A *lui*?

Salutò Trevor mentre faceva il suo quinto giro sul pony. C'erano solo cinque pony in questa attrazione quindi Bryan farebbe meglio a sbrigarsi perché quando questo giro intorno alla pista fosse finito, Trevor avrebbe cercato qualcosa di nuovo da fare.

«Ti sono mancato?» sussurrò qualcuno alto, scuro e bellissimo nel suo orecchio, inviando brividi lungo la sua spina dorsale.

«A Trevor sì». Jenna era molto orgogliosa di se stessa per aver risposto in modo coerente e non farfugliato in una pozza di feromoni.

«E tu? Ti sono mancato?»

Era un po' difficile non guardarlo quando lui mise il dito sotto il suo mento e girò il suo viso verso il suo.

Le sue labbra erano proprio lì. Abbastanza vicine da baciare.

«Quanto hai raccolto per la causa?» Doveva chiedere. Doveva distogliere la mente dalle sue labbra.

Naturalmente le osservò mentre formulavano la risposta. «Circa mille».

A due dollari a pezzo, a bacio, lui aveva...

«Hai baciato cinquecento donne?»

«Gelosa?» Alzò le sopracciglia in modo ammiccante.

Sì. «Certo che no. È... è solo... sono preoccupata. Per i germi». Ok, era una scusa debole, ma era il meglio che potesse inventare. «Voglio dire, potresti prendere qualcosa. E stando con Trevor, gliela potresti passare. Lui non ha bisogno di ammalarsi».

«E poi ci sei anche tu». Bryan le girò intorno come un predatore che osserva la sua preda, e sì, lei si sentiva un po' cacciata.

«Io?»

«Sì. Tu. Se sono malato, non posso continuare a baciarti, vero?»

Ok, dovevano affrontare questa discussione ora. «Bryan, non credo sia una buona idea che tu continui a baciarmi».

«Va bene, allora puoi baciarmi tu. Non sono uno che lascia che la cavalleria ostacoli i baci di una donna».

«Non è questo che intendevo».

«Ah no? Allora cosa intendevi perché non puoi certo dirmi che non vuoi baciarmi».

«Io non-»

«Non provarci nemmeno. Io c'ero, ricordi? Nell'appartamento e quando noi...» Fece un cenno verso Trevor. «Allora. Ovviamente ci siamo baciati. Abbiamo fatto molto di più, anche se non credo siamo ancora pronti per questo».

Forse *lui* non lo era, ma i suoi ormoni stavano già facendo la danza della felicità solo al pensiero.

«Non credo sia una buona idea baciarci davanti a Trevor. Potrebbe farsi un'idea sbagliata».

«Sono perfettamente felice di baciarti lontano da Trevor. Quando e dove? Ci sarò».

Sembrava così maledettamente carino con quell'espressione speranzosa sul volto che non poté fare a meno di ridere. «Ti funziona davvero questa cosa?»

Lui si strinse nelle spalle. «Non lo so. Perché non me lo dici tu?»

Sì, funzionava. E no, non glielo avrebbe detto.

«Senti, Bryan. Ovviamente c'è chimica tra noi». Una chimica esplosiva, letale, del tipo che illumina il cielo, ma aveva troppo da perdere per qualche notte di passione sfrenata.

Anche se la passione sfrenata aveva molto da offrire.

«Ma dobbiamo guardare la situazione in prospettiva a lungo termine. Trevor non ha nemmeno quattro anni. Abbiamo almeno quattordici anni, se non di più, in cui dovremo avere a che fare l'uno con l'altra. Non è una buona idea iniziare qualcosa che potrebbe causare problemi in futuro. Dobbiamo rimanere amici. Co-genitori. Lavorare insieme. Senza complicazioni aggiuntive».

«Ci hai pensato molto, vero?»

«Tu no?»

Lui sorrise e una fossetta apparve sulla sua guancia. Proprio come quella che aveva Trevor.

Dio, era davvero nei guai.

No, vuoi *essere nei guai.*

Il suo subconscio *non* stava aiutando la situazione.

«Io *ci* ho pensato, Jenna. Da quando ho blaterato quella proposta di matrimonio».

La donna dietro di lui si voltò a guardare.

Cavolo, l'aveva detto troppo forte. Jenna lo trascinò lontano da orecchie indiscrete. «Bryan, per favore. Abbassa la voce. Non abbiamo bisogno di altri pettegolezzi in giro».

«Perché, qualcuno ti ha detto qualcosa sulla storia della prostituzione? Chi è stato? Andrò a chiarire le cose».

Non era mai stata una fan delle tattiche da uomo delle caverne, ma doveva ammettere che le piaceva il fatto che fosse indignato per lei e volesse risolvere il problema al posto suo. Per così tanto tempo aveva dovuto risolvere i propri problemi da sola.

«No, niente del genere. Ma Trevor non ha bisogno che circolino voci sui suoi genitori. Sarà già abbastanza difficile quando si saprà che tu sei suo padre».

«Chi *pensano* le persone che sia suo padre?»

Ecco, questa non era un'area in cui avrebbe voluto entrare con lui. «Non l'ho mai davvero detto. Ho semplicemente cambiato argomento ogni volta che veniva fuori».

«Come hai cercato di fare con me».

«Um, sì».

«Dobbiamo assolutamente inventare una storia per spiegare la mia presenza, Jenna. Qualcosa che le persone crederanno». La tirò più vicino. «E per aiutare a far partire la palla, penso che *dovrei* baciarti. Lasciare che le persone vedano che stiamo insieme. Ammorbidirà il colpo quando la verità verrà fuori».

Niente avrebbe ammorbidito *quel* colpo, ma lui non stava parlando della verità di *lei*. Che ironia che avrebbero mentito sul coinvolgimento di *lui* nella genitorialità di Trevor quando la vera bugia era la sua.

«Allora, sei con me?»

«Con te?» Non aveva idea di cosa stesse parlando, la sua mente stava vorticando con tutte le implicazioni di questa situazione.

E poi la sua mente stava vorticando per qualcos'altro completamente diverso.

Lui la baciò. Di nuovo.

Per fortuna si mantenne nei limiti del PG. Le mise le braccia intorno, le sue labbra trovarono le sue e fece scivolare la lingua all'interno con la giusta quantità di scivolamento in modo che nessuno potesse sapere dove fosse la sua lingua tranne lei.

E lei lo sapeva. Oh sì, lo sapeva eccome. Le sue terminazioni nervose si accesero come se avesse premuto un interruttore, il suo battito cardiaco andò in modalità rumba e i suoi ormoni stavano ancora una volta danzando di gioia.

«Mamma? Perché Bwyan ti sta baciando?»

Esattamente la domanda che voleva fare lei.

Si staccò dall'abbraccio di Bryan, si sistemò i capelli dietro le orecchie e dovette trattenersi dal leccarsi le labbra perché lui aveva un sapore *così* buono.

«La stavo ringraziando, Trev». Bryan, maledetto lui, suonava tutto calmo e composto mentre lei era un fascio di nervi iperattivi.

«Per cosa?»

Sollevò Trevor dal pony e se lo mise sulla spalla. «Per avermi permesso di essere il tuo nuovo amico».

«Oh. Va bene». Trevor diede una pacca sulla testa di Bryan. «Posso state quassù in alto sempre?»

«Beh, non so se sempre, ma puoi starci per ora».

«Figo!»

Bryan alzò un sopracciglio verso di lei. «Figo? Da dove gli è venuto?»

Jenna alzò gli occhi al cielo e quella leggerezza era esattamente ciò di cui aveva bisogno per tenere sotto controllo i suoi ormoni. «L'onnisciente Michael».

«Ah».

«Sì, ah».

«Posso giocare a un gioco? Voglio vincere un orsacchiotto. Anche il Signor Scimmia vuole un nuovo amico».

«Dove vedi un orsacchiotto?» chiese Bryan.

«Laggiù». Trevor indicò una fila di giochi da luna park. «È blu. Il Signor Scimmia adora il blu».

«È perché è caduto in un bicchiere di punch», sussurrò Jenna a Bryan. Aveva dovuto pensare velocemente per evitare che Trevor piangesse per il suo amico "rovinato". Ma quando aveva saputo che il Signor Scimmia "adorava il punch", era diventata anche la sua bevanda preferita. Sperava che il Signor Scimmia facesse presto la transizione al succo d'arancia. Non lasciava quel baffo che lasciava il punch, così non avrebbe dovuto lottare tanto per strofinarlo via.

Ci vollero a Bryan oltre sessanta dollari in biglietti - e assortiti altri premi che aveva vinto nel frattempo - per vincere finalmente l'orsacchiotto delle dimensioni di Trevor, ma ne valse ogni centesimo per vedere il sorriso sul viso del loro figlio e l'adorazione nei suoi occhi. Bryan sembrava non poter fare nulla di sbagliato.

Poi Bryan si chinò per raccogliere una spada laser che gli era caduta e... sì, praticamente tutto di Bryan *era* dannatamente perfetto.

Jenna espirò e si guardò intorno. Ovunque tranne che verso quel magnifico paio di glutei che tendevano degli shorts in nylon.

Qualcos'altro era un po' teso...

«Posso andare sulla giostwella adesso? Voglio cavalcale una tigwe.» Trevor dondolò le gambe e saltellò sulla spalla di Bryan.

Bryan fece una smorfia e afferrò i piedi di Trev. «Sì, ma non dovresti dargli calci come hai appena fatto con me. Fa male.»

«Oh. Scusami.»

«Lo so. Allora quale animale dovrei cavalcare io?»

«L'elefante. È gwande come te.»

Jenna arrossì al solo pensiero di quanto Bryan fosse "grande". Madre e figlio erano su due lunghezze d'onda completamente diverse.

Bryan, però, era sulla sua stessa frequenza e il suo sorrisetto lo confermava. «Un elefante, eh? È per via della mia lunga proboscide?»

Di certo non stava guardando Trevor quando l'ha detto.

E lei *assolutamente* non avrebbe guardato lui.

«E *tu* cosa vorresti cavalcare, Jenna?» Bryan ricominciò con quella cosa dei tocchi, le punte delle dita che scivolavano lungo il suo braccio in quello che avrebbe potuto essere considerato un tocco innocuo ma non lo era.

Lei *non* avrebbe dato dignità a quella domanda con una risposta. Principalmente perché dubitava che sarebbe stata molto dignitosa nel rispondergli.

«La mamma può cavalcale il barboncino. Ti piacciono i barboncini, vero, mamma?»

«Um, sì. Mi piacciono. I barboncini sono carini.» Allungò la mano per arruffare i capelli di Trevor. Erano ricci come quelli di un barboncino.

Come quelli di suo padre tra cui aveva intrecciato le dita.

Grazie a Dio la giostra era proprio davanti. Un paio di giri su un barboncino immobile sarebbe stata proprio la cosa giusta per tenere sotto controllo la sua libido e la sua immaginazione.

E così fu il chiacchiericcio di Trevor mentre camminavano sotto i mini triangolini rossi, bianchi e blu che si estendevano su corde legate tra le giostre e gli stand in un miscuglio festoso simile a un pergolato, dal mare di famiglie, agli stand di gioco, alle postazioni di truccabimbi, indovini, lettori di tarocchi, trampolieri, giocolieri e clown, Trevor doveva commentare su ciascuno. Doveva anche assaggiare ogni prodotto alimentare tra lì e la giostra e Jenna poteva solo immaginare un mal di pancia a tarda notte.

Ma non era riuscita a dire di no più di quanto avesse fatto Bryan.

Trevor mantenne un dialogo continuo su quali animali fossero cosa sulla giostra, cosa mangiassero, dove vivessero, sorprendendola per quanto avesse assimilato dai video sugli animali che gli aveva comprato a Natale, dato che non li guardava da mesi ormai che i camion dei pompieri, il calcio e i T-rex erano i suoi preferiti.

«Mi piacciono i barboncini, ma i boxer sono meglio.» Consegnò a Bryan la granita mangiata a metà così da poter correre verso la recinzione che circondava la giostra, Bryan era il deposito di tutte le cose di Trevor oggi e

Jenna cercò di non dispiacersi. Trevor aveva voluto un padre e ora ne aveva uno.

Che le aveva chiesto di sposarlo.

«Una monetina per i tuoi pensieri.» Bryan le diede una spallata con l'enorme orsacchiotto.

Non aveva idea di dove avrebbe messo quella cosa a casa sua. La camera da letto di Trevor non era abbastanza grande per la collezione che già aveva, figuriamoci per un altro.

«Mi chiedevo dove metteremo l'orsacchiotto.»

«Potrei tenerlo a casa mia se vuoi.»

«Quell'appartamento? Con tutti quei preservativi?»

Un sorrisetto gli attraversò il viso. «Li hai visti, eh?»

Lei alzò gli occhi al cielo. «Non scherzare. Non metterai il giocattolo di mio figlio in quella... quella... quella tana d'iniquità.»

Bryan la fissò per circa un secondo prima di iniziare a ridere. E rise ancora di più. Rise così forte che dovette piegarsi per riprendere fiato e l'orsacchiotto ora aveva una grande macchia blu bagnata sul naso per essere caduto proprio dove qualche bambino aveva rovesciato il suo cono di ghiaccio.

Proprio come il signor Scimmia. Quei due sarebbero andati d'accordo alla grande.

«Cosa c'è di così divertente?» chiese Trevor con aria così innocente mentre tornava di corsa dalla recinzione.

«Niente.» Gli girò la testa di nuovo verso la giostra. Forse se avessero ignorato Bryan, se ne sarebbe andato. Come faceva quell'uomo a farla sentire accaldata, disturbata e semplicemente infastidita allo stesso tempo?

«Allora perché Bwyan sta ridendo?» Sembrava persino suo padre quando aveva la fronte tutta corrugata.

«La tua mamma ha detto qualcosa di divertente,» disse Bryan, riuscendo a controllare la sua risata.

«Oh. Era sulla storia del lattaio e della ballerina?»

«Cosa?» Lo dissero nello stesso momento.

«Dove hai sentito parlare di una ballerina?» Guardò Bryan in preda al panico. Qualcuno sapeva della notte scorsa? Qualcuno l'aveva riconosciuta? Avrebbe perso il lavoro?

Non poteva perdere il lavoro. Non poteva. Ok, aveva dei risparmi, ma non abbastanza per affrontare la disoccupazione.

Non avrebbe mai dovuto ballare la notte scorsa. Avrebbe dovuto dirgli di no. Dirgli che non poteva. Spiegargli *perché* non poteva.

Oh sì, come se quella fosse la soluzione. Allora, invece di stare qui a una fiera con lo zucchero filato appiccicato alla canottiera e troppi biglietti per le giostre nelle tasche, potrebbe trovarsi davanti a un giudice, a spiegare perché aveva nascosto la verità a Bryan, e a implorare per i diritti di visita.

Era nei guai. E non in senso positivo.

«Trevor.» Bryan si accovacciò al livello di Trevor e a Jenna non importava se l'intera faccia dell'orsacchiotto fosse coperta di acqua zuccherata blu. «Dove hai sentito quella battuta?»

«Me l'ha raccontata Michael.»

Ovviamente era stato lui. Michael era ora anche il fornitore di porcherie dell'asilo, oltre che un bullo, un teppistello e un problema disciplinare.

«Cosa ti ha detto esattamente Michael?»

«Sei arrabbiata?»

Il cuore di Jenna si strinse vedendo quello sguardo spaventato sul volto di Trevor. «No tesoro, non siamo arrabbiati. Siamo solo curiosi. Non abbiamo mai sentito quella battuta quindi volevamo sapere come l'hai sentita tu.»

«Beh, non è davvelo divertente.»

«Non è davvero divertente?» Tradusse per Bryan che l'aveva guardata confuso. Essendo stata presente ogni giorno da quando Trevor aveva detto la sua prima parola all'età di due anni, lo capiva.

Trev scosse la testa, i suoi riccioli neri che rimbalzavano. «No. Mi ha solo fatto venire sete perché l'uomo voleva bere il latte.»

Jenna chiuse gli occhi. Doveva avere una seria conversazione con i suoi insegnanti. E con i genitori di Michael.

«Tu ti occupi della scuola e io del padre?» Bryan l'aiutò ad alzarsi.

«Affare fatto.» Tese la mano per stringere la sua. Era bello essere sulla stessa lunghezza d'onda su questo. Era bello avere qualcuno con cui condividere queste cose.

Era bello avere *Bryan* con cui condividerle.

Capitolo Ventitré

La giostra scatenò un torrente di commenti da parte di Trevor, specialmente riguardo al San Bernardo di legno su cui stava cavalcando e allo spettacolo canino nella corsia accanto.

Si diressero lì una volta che la giostra aveva perso il suo fascino - dopo tre giri - e videro cani che saltavano attraverso cerchi, camminavano sulle zampe posteriori, su quelle *anteriori*, alcuni che saltellavano e altri che saltavano la corda. Uno di loro riusciva persino a fare capriole all'indietro.

«Il signore ha detto che ha addestato i cuccioli quando erano piccoli.» Trevor li guardava da dove era aggrappato al recinto di plastica che l'addestratore aveva sistemato intorno ai cani che si esibivano. «Ha detto che devi fallo quando sono pwopwio piccoli o non capiscono.» Indicò uno dei cani, un vecchio incrocio di pastore la cui mansione principale, a quanto pareva, era quella di mordere i più piccoli che correvano troppo vicino al recinto. Un cane da guardia per cani. «Quello ha twedici anni. L'ha detto il signore. Anch'io awò twedici anni un giorno? Posso avere un cucciolo per il mio compleanno? Voglio faccigli fare quello che fanno loro. Posso dagli da mangiare e amallo e può domire nel mio letto. Vero mamma?»

Quegli occhi viola si voltarono verso di lei con abbastanza fervore da farle sciogliere il cuore. Proprio come suo padre-

Jenna scosse la testa. No, non stava pensando a nulla che si sciogliesse quando si trattava di Bryan.

«Dai, per favole mamma? Me ne penderò cura, te lo prometto!»

«Trev, questo non è proprio il mo-»

«Io e la tua mamma ne parleremo, ok, Trev? Perché non vai a guardare quel cucciolo che cammina sulla palla?»

«Oh, forte!»

Bryan, ancora una volta, correva in soccorso. Stava diventando piuttosto fastidioso.

Voleva dirgli che era perfettamente in grado di rispondere da sola al suo bambino, ma l'ultima cosa di cui avevano bisogno - l'ultima cosa di cui *lei* aveva bisogno - era che loro fossero fazioni in guerra davanti a Trevor. Conosceva molte persone che avevano messo i propri coniugi l'uno contro l'altro durante un divorzio, compresa sua madre. E questo aveva reso Jenna ancora più determinata a non farlo con Trevor.

«Stai imparando velocemente questo mestiere di genitore. Era il modo perfetto per farlo smettere di parlarne.» Doveva dare a Bryan i meriti quando i meriti erano dovuti.

«Grazie. È gentile da parte tua dirlo.»

Quello era un momento di calore che non aveva bisogno che accadesse tra loro. *Non* poteva abbassare la guardia con Bryan; sarebbe stato troppo facile farlo, e poi chissà cosa gli avrebbe detto?

«Ma non avrà comunque un cucciolo.»

«Perché no? Lui ne vuole uno.»

«Ma *io* no.»

«Dai, su. Cosa hai contro i cuccioli? Non ti piacciono i piccoli animali pelosi?» Le accarezzò la guancia con il grande muso dell'orsacchiotto coperto di granita.

Si pulì via i residui appiccicosi dalla guancia. «Adoro i piccoli animali pelosi. Di qualcun altro. La scuola inizierà presto. I cuccioli richiedono tempo e lavoro. Devono essere addestrati e portati a passeggio, e ululano di notte, e poi c'è la ronda per la cacca in giardino e-»

«Hai detto cacca.»

Lei lo guardò. «Cosa?»

Lui le rivolse quel sorriso che le trasformava le viscere in poltiglia di granita. «Hai detto cacca.»

«Beh, ovvio. Come altro dovrei chiamarla? È quello che fanno i cuccioli. Fanno la cacca. Dappertutto. E ho appena messo la moquette nuova nella sala.»

«Non sono mai uscito con qualcuna che dicesse cacca prima.»

«Davvero? *Evacuavano* invece? O non lo facevano proprio?»

Lui rise. «Non so cosa facessero. Non è mai venuto fuori nella conversazione.»

Poteva fare sesso con loro, scambiare fluidi corporei con loro, ma nessuno aveva mai tirato fuori *quella* particolare funzione corporea? Aveva frequentato ex-mogli Stepford o cosa?

Ok, non voleva pensare a chi avesse frequentato. Non voleva pensare a niente di tutto ciò. Compresa la cacca. «Niente cucciolo.»

«Guastafeste.»

«Sì, beh, se vuoi venire a pulire il giardino - e le scarpe di Trevor quando ci mette il piede, per non parlare delle uscite a mezzanotte per fare i bisogni, e delle tonnellate di pelo da pulire. I cuccioli sembrano fantastici in teoria, ma l'unico momento in cui qualcuno dovrebbe regalare un cucciolo a un bambino è per insegnargli la responsabilità. In questo modo il genitore non deve fare tutto, e Trevor non è pronto per quella responsabilità.»

«Accidenti, chi è morto e ti ha nominato Scrooge?»

Mindy, ecco chi.

Il pensiero colpì Jenna allo stomaco. Questa dovrebbe essere una conversazione tra *Mindy* e Bryan, non sua, anche se probabilmente Mindy avrebbe detto sì a un cucciolo perché non le era mai stato permesso di averne uno.

«Jenna? Stai bene?» Bryan le scostò alcuni riccioli dal viso, con un'espressione tutta preoccupata e seria.

Non poteva permetterselo. Non poteva permettergli di chiedersi a cosa stesse pensando - a *chi* stesse pensando. «Sì, sto bene. Ma possiamo cancellare l'idea del cucciolo davanti a Trevor, per favore? Non voglio dover fare il poliziotto cattivo.»

«Ah, tesoro, abbiamo anni davanti a noi prima di arrivare alla fase del poliziotto buono/poliziotto cattivo.»

«Davvero? Mi sembra di ricordare di averla raggiunta piuttosto presto.»

«Tu? Non posso credere che tu sia mai stata in quella fase. Pensavo fossi la brava bambina. La figlia perfetta.»

Fino a quando aveva diciassette anni e aveva portato a casa un piccolo *regalo* da quella vacanza al mare dove sua madre le aveva finalmente permesso di andare con la famiglia di Dave.

Sua madre non aveva più parlato con la madre di Dave da allora. E vivevano proprio una dietro l'altra.

«Solo... niente cucciolo, ok? È troppo lavoro in questo momento. Forse quando sarà più grande. Allora potrai essere l'eroe.»

Lui le lanciò uno sguardo strano e aprì la bocca per dire qualcosa quando Trevor corse via.

Lontano da loro. «Oh, guada! Pesciolini!»

Jenna entrò in modalità panico totale. Odiava quando lui si eccitava così tanto da correre via all'improvviso.

Lei e Bryan lo inseguirono. Incredibile quanto velocemente potessero andare le gambette di un bambino di tre anni e mezzo.

«Ehi, Trev.» Bryan lo raggiunse per primo, sollevandolo da sotto le braccia con la mano libera. «Amico, *non* puoi correre via così. Hai spaventato me e la tua mamma.»

Trev la guardò, con gli occhi spalancati e lacrimosi. «Mi dispiace, mamma.»

Lei gli prese il viso tra le mani e gli baciò il naso, respirando quel dolce profumo che si era impresso nella sua memoria dal primo momento in cui lo aveva tenuto in ospedale dopo che Mindy lo aveva dato alla luce. *Non* poteva perderlo.

«Lo so, tesoro. Ma ricordi cosa ti ho detto al supermercato? Non puoi correre così. Non voglio che qualcuno ti porti via.»

Bryan trasalì quando lei disse questo e mise giù Trev. «Forse è meglio non dirglielo così? Renderlo un po' meno spaventoso?» sussurrò.

Lei sussurrò di rimando. «*Voglio* che si spaventi. *Voglio* che sia terrorizzato dal fatto che qualcuno possa prenderlo così non continuerà a farlo. E se fosse corso in strada? Preferisco che sia spaventato e vivo piuttosto che senza paura e morto.» Stava tremando tanto da essere... arrabbiata? Spaventata? Entrambe le cose?

«Posso andare a vedere i pesciolini adesso?» Trevor alzò quegli occhioni pieni di speranza verso di loro.

Jenna era completamente cotta. «Sì, Trev, puoi. E io e Bryan saremo proprio qui.» A due passi dietro di lui. Senza nessuno davanti a loro. In una perfetta e ininterrotta linea di vista.

«Immagino che non avrei dovuto dargli lo zucchero filato, eh?» disse Bryan quando il loro respiro era tornato normale.

Jenna non era sicura che il suo battito cardiaco sarebbe mai tornato normale. «O il hot dog, o il gelato al cioccolato caldo, o il cono di neve. Ma è una fiera. Almeno stanotte dormirà bene.»

Lei, d'altra parte, probabilmente no. Proprio come la scorsa notte, ma per motivi completamente diversi.

«Mamma! Papà!» Trev si girò e agitò la mano verso di loro. «Venite qui!»

Papà. Aveva chiamato Bryan *Papà.* Questa situazione stava diventando sempre più complicata ogni minuto che Bryan restava con loro.

Bryan non la guardò, ma lei lo osservò attentamente. Lui deglutì. Lentamente.

«Ah.» Si schiarì la gola e si avvicinò a Trev, poi toccò la visiera del cappello che Bryan aveva vinto per lui. «Che succede?»

«Se non posso avere un cucciolo, voglio un pesce rosso.» Trevor indicò le centinaia di piccole bocce con pesciolini rossi sulla piattaforma dietro il bancone. «Puoi lanciare la pallina in una di quelle visto che sei il miglior lanciatore del mondo?» L'adorazione brillava nei suoi occhi.

Le lacrime brillavano in quelli di Bryan.

Il che le fece spuntare anche nei suoi. Jenna dovette distogliere lo sguardo.

«Ehm, sì, Trev. Certo.» La voce di Bryan era un po' roca - no, *molto* roca. Si schiarì di nuovo la gola. «Dov'è la pallina?»

«Eccola.» Trevor sollevò una pallina da ping-pong che aveva preso dal bancone, poi sorrise a Jenna con il suo grande sorriso solare. «Guarda, mamma. Papà mi prenderà un pesce.»

Bryan le consegnò l'orsacchiotto, la spada laser, la paperella di gomma e la scatola di popcorn mangiata a metà con il cartoccio dello zucchero filato al centro, i suoi occhi umidi dicevano tutto ciò che non poteva esprimere a parole.

Lei gli fece cenno di sì con il capo, la gola troppo stretta per poter parlare.

Ma poi lui assunse la sua espressione da giocatore, prese la pallina e la lanciò.

La pallina rimbalzò su una serie di bordi come in un flipper, poi finì nella canaletta.

«Oh no!» Trevor batté sul bancone. «Voglio un pesce!»

Jenna sistemò i premi tra le braccia per liberare una mano e scompigliare i suoi ricci. «Trev, questi giochi non sono fatti per essere vinti. Sono più progettati per prendere i soldi delle-»

«Jenna? Se non ti dispiace?» Bryan la interruppe mentre faceva cenno all'addetto del banco di avvicinarsi.

«Ehi, signora C.» Era Rocco, il suo ripetente di Inglese 101 che non sarebbe stata sorpresa di avere come cliente la prossima estate. Se non prima. Rocco diede un leggero colpetto al mento di Trevor. «Ciao, amico.»

Normalmente, questo avrebbe fatto illuminare Trev come un albero di Natale, ma non ora che i suoi sogni di possedere un pesce stavano andando a rotoli – dove il pesce sarebbe finito comunque prima o poi.

Bryan staccò una banconota da dieci dal portafoglio. «Dammi tutte le palline che posso comprare con questi.»

Rocco la prese, alzò le sopracciglia e si strinse nelle spalle. «Sono soldi tuoi, amico.» Poi mise sul bancone un secchiello da slot machine pieno di palline da ping-pong. «Buona fortuna.»

«Dai, papà, so che puoi farcela. Mi vincerai un pesce.»

Vide il pomo d'Adamo di Bryan vibrare di nuovo. Tutta questa pressione. Il miglior lanciatore, *Papà...* Trevor aveva molte aspettative per Bryan, e Bryan le sentiva tutte.

Le prime cinque finirono come la precedente nella canaletta. La successiva, tuttavia, oscillò un po' più vicino a una boccia, e se ci fossero state altre due file, probabilmente sarebbe riuscito a metterla in una.

La successiva non andò così bene, rimanendo incastrata *tra* le bocce.

«Uff, accidenti! Voglio un pesce!»

Ora Bryan si tirò su delle maniche immaginarie, fece un movimento da lanciatore di baseball, e scagliò la pallina.

Fece un solo rimbalzo su un bordo e se ne andò a vela verso il tramonto.

Trevor batté di nuovo sul bancone. «Dai, papà, puoi farcela!»

Bryan sentiva la pressione. Altre tre palline scomparvero nella canaletta.

Non ne dovevano essere rimaste molte.

«Che ne dici se lasciamo provare la mamma, Trev?» Bryan porse una pallina. Era rosa.

«Il grande duro non può lanciare una pallina rosa?» lo prese in giro lei, sistemando l'orsacchiotto sotto il braccio, pronta per la sfida.

«Il grande duro *può* lanciare una pallina rosa. Ma se non atterra dove dovrebbe, non se lo scrollerà di dosso mai più.»

Lei prese la pallina. «Non capirò mai gli uomini.»

«Dai, siamo semplici. Calcio, auto, cibo e se... ehm, donne. Non c'è molto altro in noi.»

Il problema era che si sbagliava. C'era molto di più in Bryan Lassiter e lo aveva appena dimostrato dandole la possibilità di essere l'eroina agli occhi di loro figlio.

Lanciò la pallina.

«Oh, mamma!»

Capitolo Ventiquattro

La pallina di Jenna atterrò nella ciotola centrale con un tonfo e Trevor impazzì, urlando e saltando su e giù, battendo i pugni sul bancone. «Ho vinto un pesciolino! Ho vinto un pesciolino!»

Rocco rideva mentre raccoglieva la pallina rosa dalla ciotola, poi versò il loro nuovo animale domestico in un sacchetto di plastica per il viaggio verso casa. «Vuoi la pallina, Trevor? Al tuo pesce potrebbe piacere averla come souvenir.»

«Cos'è un souvenir?»

«È qualcosa che ti aiuta a ricordare un evento speciale.»

«Oh, come il mio nuovo orsacchiotto? Lo chiamerò Bwyan.»

Bryan iniziò a tossire e dovette girarsi. Tossiva così tanto che le spalle iniziarono a tremare. Tossiva così tanto da avere lacrime agli angoli degli occhi.

«Allora, come chiamerai il pesce, Trev?» Jenna ebbe pietà di Bryan e fece concentrare Trevor sul pesce. Si sarebbe preoccupata dell'orsacchiotto più tardi.

Si sarebbe preoccupata anche di Bryan più tardi.

«Il mio pesciolino si chiama Wocco.»

Jenna rise e si mise l'orsacchiotto incriminato sotto il braccio. «Sono sicura che Rocco ne sarà onorato.»

Bryan tossì ancora una volta poi riprese i premi. «Dovresti chiamare il pesce come tua madre visto che è stata lei a vincerlo per te.»

«È sciocco. Non puoi chiamare un pesce Mamma.» Trevor abbassò il braccio e trascinò il sacchetto dietro di sé.

«Ehi, Campione, lascia che lo porti io per te.» Bryan tese la mano libera prima che finissero con un pesce disidratato nel sacchetto. «Penso che dobbiamo procurargli una boccia e del cibo abbastanza velocemente. Forse dovremmo pensare di tornare a casa.»

«Oh, ma io voglio un cupcake. Hai detto che potevamo prenderne uno e a Wocco piacerà un cupcake.»

Bryan fece un po' di abile giocoleria con i premi e il sacchetto con il povero pesce che sarebbe stato fortunato a sopravvivere i prossimi venti minuti, figuriamoci l'ora o giù di lì che gli sarebbe servita per comprare la sua boccia, il suo cibo, e soddisfare la voglia di cupcake.

«Gliel'hai promesso, Bryan,» disse lei, ridacchiando. «Ti ho sentito.»

«Beh, allora è una fortuna che io sappia esattamente dove andare, no?»

«Ci sono quelli alla fwagola?»

«Credo di sì. Ne hanno di molti tipi diversi.»

«E le snozzbacche? Ce le hanno?»

Bryan la guardò con un'espressione da cervo abbagliato dai fari. «Mi puoi aiutare qui, Jenna?»

«Sul serio? Non conosci le snozzbacche?»

«Mai sentito parlare.»

«Davvero? Charlie e la fabbrica di cioccolato? Uno *dei* film classici?»

«No...»

«Trev? Vuoi raccontare a Bryan del film?» Era uno dei suoi preferiti, soprattutto quando lei recitava i dialoghi insieme ai personaggi. Trevor l'aveva guardata come se fosse la persona più intelligente del mondo e Jenna era stata più che disposta a lasciarglielo credere. Gli anni dell'adolescenza sarebbero arrivati fin troppo presto.

Avevano finito per vedere il film più volte di seguito finché lui non conosceva alcune battute, e lo guardavano ancora almeno una volta al mese insieme, la loro piccola "cosa".

«Guardami, Bwyan! Sono un *oompa loompa*!»

Trev conosceva alla perfezione sia la canzone che l'andatura. L'andatura non era difficile dato che camminava nello stesso modo quando portava i pannolini; doveva solo richiamare quei giorni.

«Dovresti guardarlo con noi qualche volta. I papà guardano i film con i loro bambini, vero, Mamma?»

Dalla bocca dei bambini...

«Se lui vuole, Trev.»

«Certo che voglio. Quale papà non vorrebbe?»

«Evviva!» Trevor girò come un *oompa loompa*, che assomigliava molto a Charlie Chaplin con i pantaloni che gli penzolavano intorno alle ginocchia. «Allora, ce li hanno? I cupcake alle snozzbacche?»

«Beh, Trev, non lo so davvero. Credo che dovremo scoprirlo. Sei pronto ad andare?»

«Sono sempre pwonto per i cupcake.»

* * *

Bryan lanciò un'occhiata sul sedile posteriore mentre Jenna stringeva la cintura di sicurezza attorno al seggiolino di Trevor. L'enorme orsacchiotto-Bryan era legato accanto a lui. Trevor aveva insistito, e Jenna, la fantastica madre che era, aveva acconsentito. Bryan avrebbe voluto averne vinto un altro per poterlo legare *da questo* lato della cabina, i perfetti airbag in caso di incidente.

Incredibile come le sue priorità fossero cambiate nelle ventiquattro ore da quando era ufficialmente diventato padre. Tre anni e mezzo troppo tardi, ma non era stata colpa di nessuno. Ciò che sarebbe stato colpa sua era se avesse permesso che altro tempo andasse perso.

Sfortunatamente, doveva tornare al lavoro che stava facendo. I Viston sarebbero tornati dalle loro vacanze tra due settimane e lui aveva promesso di avere l'aggiunta cablata e pronta per i cartongessisti entro il prossimo fine settimana. Prendersi del tempo libero per stare con Trevor avrebbe reso il programma stretto. Inoltre, aveva alcuni turni da coprire per Gage questa settimana al club, il che avrebbe reso ancora più difficile ritagliarsi del tempo per Trevor.

Era una fortuna che Jenna avesse rifiutato la sua proposta improvvisata. Non aveva tempo per corteggiarla, conoscerla, innamorarsi di lei. Il lavoro doveva essere il suo obiettivo così poteva mantenere suo figlio.

Entrò nel parcheggio della pasticceria della fidanzata di Gage. Nell'anno in cui Gage e Lara erano stati insieme, l'attività di Lara e sua cugina Cara, Cavallo's Cups & Cakes, era cresciuta così tanto che Gage aveva passato tutto *il suo* tempo libero a costruire un'aggiunta alla cucina e ad ampliare la parte anteriore dell'edificio per includere un negozio dove le persone potevano acquistare i prodotti che facevano sul posto. Gli affari erano decollati dopo il picnic comunitario del Quattro Luglio dell'anno scorso e Gage si lamentava di non avere più tempo libero. Dato che ne aveva appena avuto prima, questo diceva qual-cosa, ed era il motivo per cui Bryan lo aveva aiutato a coprire i suoi turni quando possibile. Con l'operazione di suo nipote, Gage aveva molte cose da gestire e Bryan era stato in grado di aiutarlo.

Ma ora, con il desiderio di avere tutto *il suo* tempo libero impegnato con Trevor - e la madre di Trevor - le cose sarebbero diventate strette su tutta la linea.

Il suo cuore si stringeva per il tempo che aveva già perso con suo figlio. Per ciò che aveva perso. Per non sapere come Trevor si sentiva tra le sue braccia da bambino. Come odorava. Come piangeva e tubava e quando aveva iniziato a dormire tutta la notte. Se c'erano cibi a cui era allergico, o qualcosa di cui aveva paura o cosa gli piaceva mangiare... Tutto. Voleva sapere tutto di Trevor e voleva essere parte di ogni momento della sua vita da qui in avanti.

Dovrebbe chiedere la custodia?

Bryan fermò bruscamente l'auto. *Custodia.* La parola gli era appena saltata in testa, ma ora che era lì, non poteva non pensarci. Era un suo diritto, dopotutto.

Ma *era* giusto per Trevor?

Scese dalla cabina e aprì la portiera posteriore per slacciare la cintura di Trevor. Le cose andavano bene con Jenna. Una discussione sulla custodia avrebbe turbato questo equilibrio? Era saggio rischiare? Supponiamo che lei dicesse di no e assumesse un avvocato? Lei era la madre di Trevor e una brava madre; nessun giudice avrebbe tolto un bambino da lei e avrebbe potuto limitare *il suo* accesso a lui.

Bryan aiutò Trev a scendere. No, avrebbe aspettato. Per ora comunque.

«Che cupcake prenderai, Bwyan?» Trev saltellava ancora su e giù.

«Non lo so ancora. Che ne dici se scegli tu una volta che vediamo che tipi hanno?»

«Va bene.» Si chinò e guardò sotto la macchina. «Sbwigati, Mamma! Ti sfido a una corsa!»

Bryan dovette fare un rapido balzo per afferrare il bambino prima che corresse attraverso il parcheggio. Jenna aveva ragione. Meglio spaventare a morte il bambino che farselo investire. Gage e la sua famiglia stavano già vivendo quell'incubo.

«Trevor, se scappi via, niente cupcake.»

Questo fermò il piccolo mostro che si dimenava. «Niente cupcake?»

«Tua madre ha ragione. Scappare è pericoloso. Sei in un parcheggio. Le persone non possono vederti dalle loro auto. Potrebbero investirti.»

«E schiacciarmi come un insetto?»

Bryan trasalì all'immagine. Probabilmente veniva da quel bambino Michael, ma in questo caso, Bryan era felice per la condivisione eccessiva di Michael.

«Sì, e poi non avresti mai più un cupcake.»

«Oh.» Trev si mise il pollice in bocca e si attorcigliò i capelli con l'altra mano. «Va bene. Posso tenerti la mano?»

Bryan poté solo annuire.

Lara, la fidanzata di Gage, era dietro il bancone quando entrarono.

«Ehi, Lar.»

«Ciao, Bryan. E chi abbiamo qui?» Lara guardò Jenna con un sorriso, ma fu Trevor a ricevere tutta la sua attenzione.

«Io sono Twevor. Avete cupcake alle snozzbacche?»

Lara si toccò il labbro. «Sai, credo di aver appena venduto l'ultima snozz-backa. Ti piace qualche altro tipo?

Trevor corrugò il viso. «Oh. E i dinosauri? Mi piacciono i T-wex.»

«Ho alcuni dinosauri.» Indicò la vetrina di vetro. «Perché non dai un'occhiata in giro e io controllerò nel retro per vedere se c'è qualche snozzbacka di riserva. Ti sembra una buona idea?»

«Sì, pew favowe.»

Lara alzò le sopracciglia verso Jenna e Bryan. «Educato. Molto bello.»

Lo *era* davvero. Come lo era la piccola fitta al cuore di Bryan per il complimento fatto a suo figlio, anche se sapeva di non poterlo rivendicare dato che le capacità genitoriali di Jenna avevano fatto di Trevor il bambino che era oggi.

Ok, quindi non avrebbe sollevato la questione della custodia. Non ancora comunque. Lei stava facendo un buon lavoro e lui non voleva rovinare tutto.

· · ·

«Guadda, mamma! Ha un T-wex! E un diplodoco.»

«Vedo, Trev. Ne vuoi uno?»

«Non so.» Strisciò i palmi appiccicosi sul vetro mentre guardava il resto dei cupcake.

«Non sa dire T-rex ma sa dire diplodoco?» sussurrò Bryan a Jenna prima di passare dietro al bancone per prendere della carta assorbente.

Lei fece spallucce. «Niente *r* o *tr*. Dovresti sentirlo dire *truck*. È piuttosto imbarazzante.»

Ci mise qualche secondo, ma poi capì. Ridacchiò mentre si dirigeva davanti alla vetrina con lo spruzzino all'aceto di Lara e puliva le impronte di Trevor.

«Oh, guadda, mamma! Hanno un camion dei pompie-»

«*Riccone*. Hanno un camion dei pompieri *riccone*. Sì, lo vedo, Trevor.» Sollevò le sopracciglia verso Bryan.

Già, decisamente imbarazzante.

«Ehi, guardate cosa ho trovato!» esclamò Lara, uscendo dal retro con un sorriso e un cupcake in mano.

Un cupcake rosso. Con sopra una fragola dalla forma strana.

«Cos'è?» chiese Bryan.

«Una baccalampona,» risposero Jenna e Lara all'unisono. Si guardarono e scoppiarono a ridere.

«Hai twovato una baccalampona? Davvewo?» Gli occhi di Trevor si illuminarono e la sua voce salì di un'ottava.

Ah. Il segreto per essere un genitore di successo. Mentire al bambino. A Bryan piaceva.

«Sì, Trevor. Questo è l'ultimo cupcake alla baccalampona di tutto il negozio e, dato che le baccalampone sono fuori stagione, probabilmente non ne arriveranno altre per un po'. Ma puoi avere questo, se lo vuoi.»

Trevor tese le sue braccine paffute. «Sì, pe' favowe. Ho sempe voluto assaggiawe una baccalampona.»

Trevor scartò il pirottino del cupcake come se stesse aprendo un regalo, con tutta la meraviglia, lo stupore e la felicità che un bambino potesse raccogliere.

«Allora, che ne pensi?» Jenna gli passò una mano tra i ricci. Lo faceva spesso. Come se *avesse bisogno* di toccarlo.

Bryan lo capiva perfettamente. Questa faccenda della genitorialità era...

«Fantastico!»

Sì, quello riassumeva tutto.

«Allora Bryan, come stanno tutti? Gage mi ha raccontato cos'è successo. Meno male che quegli altri ballerini hanno potuto sostituirli.»

«Ehi, Trev,» disse Jenna. «Perché non andiamo a guardare di nuovo i dinosauri? Magari possiamo prenderne uno da portare a casa per dopo.» Jenna guidò Trevor verso l'estremità opposta del bancone, indicando l'altra parte con un cenno del capo.

Bryan colse il suggerimento e si diresse da quella parte, seguito da Lara. «Ho parlato con tutti. Sentono ancora qualche dolore residuo allo stomaco per via dei crampi, ma stanno bene. La cosa migliore che abbiamo mai fatto è stata prendere una squadra più grande e fare delle rotazioni. Certo, la squadra di stasera sarà al suo secondo giorno consecutivo, ma dubito che molti clienti vengano per due sere di fila.»

«Ho sentito che c'è una ballerina nuova. Ha fatto il numero di Marilyn Monroe.»

Bryan si strofinò la nuca. Odiava le situazioni spinose e quella stava per diventare più appiccicosa della glassa al burro di lei.

«Ehm, sì. Si stava candidando per il posto e, visto che era lì, ho pensato che sarebbe stata l'audizione perfetta.»

«Hai avuto un bel coraggio. E se fosse stata terribile?»

Lui resistette all'impulso di guardare Jenna. «Me lo sentivo che non lo sarebbe stata.»

«Te lo sentivi? E io che passo il tempo a guardare fogli di calcolo, inventario e fabbisogno di personale, quando per prendere decisioni aziendali basta una *sensazione*?» Lara si portò il dorso della mano alla fronte. «Oh, cielo. Ho sbagliato tutto finora.»

«Okay, okay, ho capito. Comunque non ha importanza, ha deciso di non voler lavorare al club. Ma ci ha dato una mano e l'ha fatto bene.»

«Wow. Mi sembra... controproducente. E anche volubile.» Lara gli accarezzò il braccio. «Meno male che non l'hai assunta. Hai avuto già abbastanza donne volubili nella tua vita.»

Vero. E la maggior parte delle volte era a causa del suo lavoro notturno. Anche Gage aveva avuto lo stesso problema. Per un po', alle donne piaceva l'idea che lui conoscesse quelle mosse sensuali. Il sesso non era mai stato un problema nelle sue relazioni. La gelosia, d'altra parte... Ci voleva una donna sicura e fiduciosa per stare con un ballerino.

«Allora, qual è la sua storia?» Lara fece un cenno verso il punto in cui Jenna e Trevor erano rannicchiati, intenti a fissare gli articoli nella vetrina. «È lei quella giusta?»

«Te l'ha detto Gage.»

Lei annuì, anche se non era una sorpresa. Notizie come quella non sarebbero rimaste segrete a lungo, sebbene non si fosse aspettato che Gage glielo nascondesse.

«Allora sai che è mio figlio.»

«Lo so. Come stai?» Gli accarezzò il braccio.

«Bene. È stato uno shock, ovviamente.»

Le sue dita si strinsero. «Avrebbe dovuto dirtelo.»

Lui le coprì la mano con la sua e la tolse delicatamente. «Non sapeva come contattarmi. Colpa mia.» Non era colpa di nessuno, ma la società era fatta così e per Jenna sarebbe stato meglio se lui si fosse preso la colpa. Non gli importava. «Ma a lei va bene che io faccia parte della sua vita. Sta andando tutto bene.»

«Per ora. Le chiederai un accordo formale per l'affidamento?»

Fu il suo turno di mettere la *sua* mano sul braccio di *lei*. Le diede una stretta. «Grazie per l'interessamento, Lara, ma per ora la cosa funziona. Affronterò il problema quando sarà il momento.»

«Voglio solo che tu non soffra, Bry.»

«Non succederà. Non in questa situazione. Trevor è fantastico, e lo è anche Jenna. Si sistemerà tutto. Vedrai.»

«Ehi, Bwyan!» Trevor gli si scagliò di nuovo contro le gambe. «Prendo un sacco di cupcake. Ne vuoi un po'?»

«Certo, Trev. Quali prendi?»

Jenna si avvicinò a loro. «Ha deciso per due dinosauri, un camion dei pompieri e tre palloni da football.» Guardò Bryan. «Uno per ciascuno di noi come dessert. Dopo cena stasera. Se ti va, ovviamente.»

Lui lanciò un'occhiata a Lara. A dimostrazione di quanto le cose stessero andando bene.

«Pe' favole, Blayan! Pe' favole, cena da noi. La mamma fa i paghetti. Io adolo i paghetti.»

Bryan rise. Anche lui li chiamava così. «Certo che vengo, Trev. Anch'io adoro gli spaghetti.»

Diavolo, avrebbe mangiato qualsiasi cosa pur di condividerla con suo figlio.

E con la madre di suo figlio.

Capitolo Venticinque

«A Wocco piase la sua nuova casetta.» Trevor fissava la boccia di vetro che aveva *insistito* per portare a tavola con loro. Aveva persino apparecchiato un posto per il pesce, così Rocco non si sarebbe sentito escluso.

«Adesso ha una vea famiglia anche lui!» disse, facendo sciogliere il cuore di Bryan. Era evidente che gli fosse mancata una famiglia «vera», e Bryan era felice di potergliene dare una. Che lui *e Jenna* potessero dargliela.

Sparecchiò i piatti della cena mentre Jenna preparava il gelato per dessert. «Grazie per essere venuta, oggi» disse lui mentre gettava nella spazzatura il resto degli «spachetti» di Trevor e metteva il piatto in ammollo nel lavandino. «Mi sono divertito molto e credo anche Trevor.»

«Grazie a *Lei* per averlo proposto.» Lei tirò fuori una pallina di gelato alla vaniglia e cioccolato dalla vaschetta. «Volevo davvero portarcelo, quest'anno. L'anno scorso i pagliacci l'hanno spaventato prima ancora di superare la biglietteria. Temevo che ne sarebbe rimasto traumatizzato a vita.» Lasciò cadere la pallina nella ciotola di Trevor.

Bryan scartò il cupcake a forma di pallone da football che Trevor aveva reclamato. «Neanche a me sono mai piaciuti i pagliacci. Ho sempre pensato che le loro grosse scarpe rosse fossero spaventose.»

Lei ridacchiò e mise un po' di gelato in un'altra ciotola. «Ha detto la stessa cosa. La genetica è una cosa incredibile.»

«Lo so.» Scartò un altro cupcake, quello rosa che secondo Trevor era di Jenna. «Mi piacerebbe vedere le sue foto da piccolo, prima o poi. Per confrontarle con le mie.»

Il porzionatore del gelato cadde con un rumore metallico sul bancone e Jenna si agitò tutta, cercando di afferrare il gelato prima che cadesse sul pavimento.

Bryan posò l'ultimo cupcake scartato e aprì il rubinetto quando lei lasciò cadere la palla di gelato nel lavandino, poi le porse uno strofinaccio quando ebbe finito di lavarsi le mani.

«Le sue foto da piccolo.» Lei si asciugò le mani vigorosamente e assunse un'espressione strana. «Io, эм... ho il suo album di quando era piccolo di sopra. Le dita appiccicose dei bambini, sa com'è. Non volevo che sporcasse le foto. Posso mostrargliele un'altra volta?»

«Certo, nessun problema. Ma avrà qualche foto in giro, da qualche parte? Appesa o qualcosa del genere?»

«Эм, sì. Certo. Ne prenderò qualcuna quando avremo finito il dessert, se per Lei va bene.» Agitò le dita. «Anche gli adulti possono avere le dita appiccicose.»

«Perfetto.» Prese due delle ciotole e tornò a tavola. «Ecco a te, piccolo. Il pallone da football blu e bianco, proprio come volevi.»

Gli occhi di Trevor si illuminarono. Bryan non si sarebbe mai abituato alla sensazione di far sorridere suo figlio. Era così preziosa. Così dolce.

«Gazie, Bwyan. Cioè, papà. Mi piase avere un papà.»

Anche a Bryan piaceva che ne avesse uno.

«Il papà di Michael vive con lui. Tu viei a vivee con me?»

Il cucchiaio di Jenna cadde rumorosamente sul tavolo e lei assunse un'espressione strana, ma non in senso divertente. «Trevor-»

«Ho una casa tutta mia, Trev.» Bryan intervenne, perché valeva tanto per Jenna quanto per Trevor. Era appena piombato nelle loro vite e, per quanto Jenna si stesse dimostrando fantastica, doveva essere terrorizzata all'idea di dover condividere loro figlio. Doveva chiedersi dove sarebbero andati a finire. Se lo chiedeva anche Bryan, ma doveva tranquillizzarla. Per quanto desiderasse far parte della vita di Trevor, dovevano procedere con calma. Che non tutto poteva cambiare all'improvviso. «A dire il vero, Trev, ho già una casa.»

«Davveo?»

«Sì. E sei il benvenuto quando vuoi. Possiamo anche preparare una stanza per te, se ti va.»

Lo sguardo di Jenna saettò verso di lui e non sembrava più sollevata di quando Trevor gli aveva chiesto se sarebbe andato a vivere lì. Forse avrebbe dovuto consultarsi con lei prima di fare quell'invito.

«Posso avele un'altla camela? Fico! Hai una casa sull'albelo? Michael ce l'ha, ma la mamma dice che nessuno dei nostli albeli è abbastanza folte.»

«Mi dispiace, no, non ho una casa sull'albero. Ma forse potremo costruirne una quando sarai più grande.» Le sue ultime parole erano tanto una domanda per Jenna quanto un modo per prendere tempo con Trevor.

«Faccio quattlo anni plesto, velo, mamma?»

Il sorriso di Jenna non le arrivò agli occhi. «Esatto, Trev. Tra qualche mese.»

«Che giorno?» Bryan si rese conto all'improvviso di non saperlo. Il giorno più importante della sua vita e non ne conosceva la data. A inizio anno, più o meno, dato che l'addio al celibato di Brad era stato ad aprile.

«Il tre gennaio.» Le parole erano brevi, secche, e lei teneva gli occhi fissi sul suo cupcake.

Lui avrebbe voluto tenere gli occhi sui *suoi* di dolcetti...

Scosse la testa. Avrebbe dovuto vergognarsi, desiderare la madre di suo figlio...

Anche se si contraddiceva da solo, no? In che altro modo sarebbe diventata la madre di suo figlio se non l'avesse desiderata a un certo punto? E perché era sbagliato farlo ora?

Il punto era che *non* era sbagliato. E apriva anche le porte a un sacco di possibilità. Possibilità che voleva davvero esplorare.

Quella proposta non era spuntata dal nulla. Anche se forse non ci stava pensando *coscientemente*, ovviamente ci stava pensando a livello *in*coscio.

«Posso pottave Wocco nella mia camela, mamma? Mister Scimmia vuole conoscelo.»

«Che ne dici se lo porto su io per te?» Bryan si scostò dal tavolo. Non c'era bisogno di rimanere lì con la tentazione seduta di fronte a lui, assolutamente deliziosa con una macchiolina di glassa sul labbro superiore. Desiderare la madre di suo figlio con il suddetto figlio seduto proprio lì non era l'aspetto della paternità che Bryan voleva che suo figlio vedesse. «Così l'acqua non schizza fuori.»

«Posso pottalo io, Bwyan. Aiuto sempe la mamma in giaddino e potto un sacco di secchi d'acqua. Velo, mamma?»

Jenna alzò lo sguardo. «Sì, esatto. Sei un grandissimo aiutante, Trevor.» Lo aiutò a scendere dal suo rialzo, poi prese la boccia del pesce. «Ma perché non lasci che sia Bryan a portare Rocco e tu puoi mostrargli la tua stanza. Scommetto che anche a Mister Scimmia piacerebbe conoscerlo.»

«Okay.» Trevor si avvicinò a Bryan e gli tirò la mano. «Vuoi vedele la mia camela?»

«Certo.» Prese la boccia del pesce dalle mani di lei. «Scendo tra qualche minuto per aiutare con i piatti.»

«No, non preoccuparti. Goditi Trevor.»

«Sei sicura? Davvero, non mi dispiace dare una mano.»

«Ma a *Trevor* potrebbe dispiacere se te ne vai prima che ti mostri la sua collezione di macchinine. Posso occuparmi io dei lavori forzati in cucina.»

Le sfiorò il mento. «Adesso stai dicendo parolacce.»

Lei gli scacciò la mano con un sorriso, quello che lui aveva cercato di riportare sul suo viso. «Vuoi andare? Il bambino non avrà tre anni e mezzo per sempre. Goditelo finché dura.»

«Signorsì, capitano.» Batté i tacchi e fece il saluto, cosa che scatenò in Trevor una crisi di risatine.

«Si chiama mamma, non capitano, Bwyan!»

«Non esserne così sicuro, Trev,» disse Bryan mentre seguiva suo figlio su per le scale. Di questi tempi, quella donna era decisamente il capitano della nave su cui *lui* si trovava.

Jenna tirò un sospiro di sollievo non appena furono usciti dalla cucina. L'album dei ricordi di Trevor. Doveva fare qualcosa, e in fretta.

Quell'album era pieno di foto di Mindy, motivo per cui non lo lasciava mai in giro. Trevor non sapeva nulla di Mindy e Jenna voleva che le cose restassero così finché lui non fosse stato abbastanza grande da capire. E, come ne aveva discusso con Cathy, per evitare che se lo lasciasse sfuggire nell'improbabile eventualità che suo padre si fosse mai fatto vivo.

E dato che l'improbabile era accaduto, Jenna era contenta di aver mantenuto quel segreto. Ora si trattava di *continuare* a mantenerlo...

Avrebbe dovuto creare un finto album dei ricordi.

Guardò l'orologio rétro rosso e bianco appeso sopra la porta. Troppo tardi per andare in un negozio, quella sera. Avrebbe dovuto comprare un album quando erano fuori prima, ma ciò avrebbe sollevato domande alle quali non era preparata a rispondere.

Finì di sistemare la cucina e iniziò a occuparsi del soggiorno, ascoltando per tutto il tempo il chiacchiericcio proveniente dal piano di sopra. Non riusciva a sentire tutto, solo il basso mormorio delle voci, e sebbene avrebbe dovuto essere felice che stessero legando, avrebbe dovuto sentirsi bene al riguardo, non era così.

Si sentiva esclusa.

Sarebbe stato difficile abituarsi ad avere qualcun altro nella vita di Trevor che fosse importante per lui quanto lo era lei.

Jenna fece un respiro profondo. Poteva farcela. Lei *poteva*. Doveva. E doveva fare in modo che funzionasse, così che Bryan non si insospettisse e iniziasse a indagare in aree che lei preferiva che non toccasse.

Il che rendeva l'album dei ricordi ancora più importante.

Capitolo Ventisei

Tornò a casa per le nove del mattino seguente, dopo aver lasciato Trevor da Cathy mentre completava l'Operazione Finto Album del Bambino.

Fu difficile guardare le foto. Mindy a ogni stadio della gravidanza, le ecografie, la copia del certificato di nascita originale, le impronte dei suoi piedini fatte con l'inchiostro accanto alla sua foto di nascita...

Le mancava sua sorella. Soffriva al pensiero che fosse morta così giovane e si fosse persa la vita di Trevor. Lui era un dono, un dono vero e proprio, che Jenna avrebbe custodito per sempre.

Scannerizzò delle copie delle foto e le incollò sull'album. Aggiunse alcuni degli appunti che Mindy aveva scritto, decorandoli con punti esclamativi e cuoricini, come avrebbe fatto Mindy, per mostrare quanto fosse stata felice mentre lui le cresceva dentro.

Seguivano le stesse informazioni sulla sua nascita, gli stessi commenti sulle nausee mattutine e le preoccupazioni per le smagliature e il parto, seguiti dagli orari delle poppate e da quando si era girato sulla pancia per la prima volta, quando aveva sorriso, tubato e detto la sua prima parola. Fatto il suo primo passo. L'aveva chiamata Mamma.

Quegli ultimi erano stati i *suoi* ricordi, non quelli di Mindy.

Amava quel bambino con tutta se stessa. Non avrebbe potuto amarlo di più nemmeno se *fosse* cresciuto dentro di lei, e lo sapeva perché aveva portato in grembo un bambino. Certo, era stato solo per tre brevi mesi ed era stata terrorizzata per tutto il tempo, ma amava Trevor con la stessa intensità con cui aveva amato quell'altro bambino. E se fosse arrivata a tanto, avrebbe sofferto la sua perdita altrettanto.

Ma non poteva succedere. Trevor era suo e avrebbe fatto qualsiasi cosa per far sì che le cose rimanessero così.

Quando ebbe finito, chiamò Bryan.

«Ehi, Jenna, che si dice? Trevor sta bene?»

Dovette sorridere a quella domanda; sarebbe stata la stessa che gli avrebbe fatto lei se l'avesse chiamata. «Mi chiedevo se fossi libero per pranzo. Ho quelle foto di cui mi avevi chiesto.»

«Fantastico. Possiamo vederci da Mick's Deli tra, diciamo, una mezz'ora? Dovrei riuscire a liberarmi.»

«Certo. A dopo.»

Si controllò il trucco nello specchio dell'ingresso, poi si infilò la maglietta nei pantaloncini e si assicurò di indossare due calzini spaiati. Non che Bryan l'avrebbe notato, ma quando usciva in pubblico cercava sempre di avere un aspetto professionale, nel caso in cui avesse incontrato degli studenti o i loro genitori.

Sperava che nessuno di loro fosse stato nel locale l'altra sera.

Oh, Dio, l'altra sera. A cosa stava pensando? Perché mai aveva accettato? Avrebbe potuto dirgli di no. Essere un'insegnante era una scusa valida, eppure aveva scelto di stare nuda su un palco.

Ok, aveva i copricapezzoli e un perizoma, ma era come se fosse stata nuda.

Non stava pensando. Era tutto lì. Era così preoccupata di perdere Trevor che era stata disposta a fare qualsiasi cosa.

Non era stato così male.

Si fissò. Non era stato *male*? Era impazzita? Avrebbe potuto perdere il lavoro. Il rispetto dei suoi studenti, se mai si fosse venuto a sapere.

Quello di Bryan?

No. Certo che no. Era stato lui a *chiederle* di farlo. Diamine, anche *lui* aveva ballato.

Sì, l'aveva fatto.

E poi l'aveva baciata.

E le aveva chiesto di sposarlo.

Perché mai le aveva fatto la proposta? Da dove gli era saltata fuori un'idea del genere? Si conoscevano a malapena e sposarsi per il bene di un figlio *non* era un motivo per sposarsi, e poteva anche dimenticarsi del sogno della notte scorsa.

Il sogno.

Oh, cavolo. Il sogno. Quello che l'aveva svegliata con una fitta di desiderio tra le cosce e le lenzuola attorcigliate attorno a lei.

In quel sogno lui era cosparso d'olio e tutto muscoli, indossando a malapena ciò che aveva sul palco, con mosse studiate per far schizzare alle stelle la libido di qualsiasi donna, figuriamoci quella di una che non faceva sesso da più di tre anni.

Certo che l'avrebbe sognato. Sarebbe stato materiale da sogni anche se non l'avesse visto ballare al club.

Aveva ballato anche nel suo sogno. Stavolta solo per lei.

E lei aveva fatto lo stesso per lui.

Si sistemò i capelli dietro le orecchie. *Riprenditi, Jenna. Niente scappatelle con il padre biologico di tuo figlio.* Già era abbastanza preoccupata di vuotare il sacco sulla nascita di Trevor, ma cosa sarebbe successo se fosse nato *davvero* qualcosa tra loro solo per poi finire male? Avrebbe aperto un vaso di Pandora che non sarebbe mai più riuscita a chiudere.

Lei e Bryan erano co-genitori. E basta. Dovevano andare d'accordo per il bene di Trevor, ma N.I.E.N.T.E. di più. Mai.

* * *

Sì, era tutto bello in teoria, ma poi arrivò da Mick's, e Bryan la stava aspettando vicino alla porta con i suoi jeans che gli fasciavano il sedere, stivali da lavoro e una maglietta che sembrava dipinta sulla pelle. Il suo sogno emerse come un'onda anomala e si abbatté su di lei, annegandola nel desiderio, nel bisogno e in una solitudine disperata e struggente che non aveva mai veramente ammesso prima. Ma doveva farlo ora perché, con lui lì in piedi, a guardarla in quel modo... si sentiva struggere.

«È un piacere vederti», disse Bryan tenendole la porta.

«Anche per me». Perché lo era davvero.

Non riusciva a togliersi dalla testa quel sogno. O il ricordo di quando lui l'aveva baciata. Con Trevor nei paraggi era stato un po' più facile scacciare pensieri del genere dalla testa, ma quando erano solo loro due... Difficile. Molto difficile.

Tenne gli occhi fissi davanti a sé mentre entrava. Non si sarebbe guardata intorno per vedere qualcosa di... *duro* su di lui.

Il suo bicipite si contrasse mentre gli passava accanto.

Okay, quello poteva guardarlo.

E sbavarci sopra.

Sfoderò un sorriso quando vide Johnny, uno dei suoi studenti, dietro al bancone, sperando di avere un'aria normale. Amichevole. Non frustrata e insoddisfatta.

Non avrebbe davvero dovuto smettere di frequentare uomini. Era solo quello. Solo un accumulo di frustrazione a cui Bryan aveva attinto baciandola. E perché lo faceva così dannatamente bene. E poi c'era il fatto che l'aveva visto praticamente nudo sul palco...

In realtà, il suo sedere *era* nudo.

Si avvicinò alla vetrina e praticamente strappò un biglietto dal distributore mentre guardava il menu appeso al muro che avrebbe potuto essere in greco, per quanto riusciva a vedere chiaramente in quel momento. Sarebbero stati quattordici anni e mezzo molto lunghi, fino al diciottesimo compleanno di Trevor.

Bryan le mise le mani sulle spalle. «Trovato qualcosa che ti piace?»

Sì. L'aveva fatto. E le sue mani erano sulle sue spalle.

«Uh... Roast beef, pane bianco. Maionese. Formaggio svizzero. Lattuga.» Come se le servisse una forchetta per staccare la lingua dal palato.

«Numero ventisette» chiamò Johnny, cambiando il numero sul tabellone elettronico sopra il bancone.

Nessuno si fece avanti.

«Numero ventisette!» ripeté lui a voce un po' più alta.

«Jenna?» Bryan si allungò oltre la sua spalla e le sfilò il biglietto di mano. «Siamo noi.»

Noi. Non *lei*, ma *noi*. Si stava già considerando un tutt'uno con lei in questioni che non riguardavano Trevor.

La cosa non andava bene.

Bryan ritirò l'ordinazione, poi la condusse a un separé. Jenna fu più che felice di accomodarsi, perché le tremavano leggermente le gambe.

«Allora, hai portato qualche foto?» le chiese.

Ora le cominciarono a tremare anche le dita. E lo stomaco.

«Sì.» Chinò il capo, grata per una volta che i capelli non le stessero dietro le orecchie, così da avere qualche secondo per ricomporsi, e tirò fuori dalla borsa l'album del bambino. Era il momento. Una volta fatto, non si poteva più tornare indietro.

Bryan prese l'album come se fosse di vetro, e l'espressione sul suo viso non fece che aumentare il suo senso di colpa.

Pensa al quadro generale.

Giusto. Trevor. L'affidamento.

Bryan aprì la prima pagina. Era l'ecografia.

«Non lo vedo.» Bryan girò l'album verso di lei. «Puoi indicarmelo?»

«Certo.» Cercò di infondere calore nella sua voce. Cercò di tenere fermo il dito mentre indicava i lineamenti di Trevor. Si stava succhiando il pollice persino nell'utero.

«Lo facevo anch'io, sai.» Bryan imitò lo stesso movimento che faceva Trevor.

«Immaginavo che anche tu lo facessi, perché io non mi sono mai succhiata il pollice. Cosa ti ha fatto smettere? Ho pensato di fare qualcosa, ma tutti i libri che ho letto danno pareri discordanti. Alcuni dicono di lasciarlo stare, che smetterà da solo, altri di porre fine alla cosa prima che diventi un'abitudine per tutta la vita.»

«Quanti adulti conosci che si succhiano il pollice?»

«Giusta osservazione. Inoltre, lo aiuta a calmarsi e a volte ho bisogno che lo faccia.»

«Sì, sembra un bambino piuttosto vivace. Con tutti quei salti che fa.»

«È un maschietto. Sai com'è, sono fatti di capricci, dispetti e vispe marachelle.»

«Mi sembra di ricordare qualcosa del genere.» Girò pagina. «Quanti anni aveva qui?»

Jenna inclinò la testa e sorrise. Ricordava quel momento come se fosse ieri. «Circa un'ora.»

«Chi l'ha scattata? Tua madre?»

Oh, cavolo. Ecco che arrivavano le bugie. «No. Mia madre e io... come ho detto, non andiamo d'accordo su molte cose.»

«Ma è suo nipote.»

«Trevor è una di quelle cose.» Jenna si morse il labbro. «Non le ho parlato di lui finché non è nato. Ha un problema con le sue... origini.»

«Intendi come è stato concepito.»

Annuì, ricacciando indietro le lacrime. Non voleva dovergli parlare dell'altro bambino, la ragione dietro la cosiddetta vergogna di sua madre.

Lui lasciò cadere il libro sul tavolo e si appoggiò allo schienale, emettendo un lungo sospiro. «Cristo, Jenna. Hai passato tutto questo da sola? Devi essere stata terrorizzata.»

«Beh, non proprio da sola. Mia sorella... la mia sorellastra era con me.» Quando si mentiva, era sempre meglio attenersi il più possibile alla verità. In questo caso, aveva solo scambiato gli uteri. Uteri? Qual era il plurale di utero?

«...dov'è adesso?»

Giusto. Concentrati sulla conversazione.

Jenna fece un respiro profondo, questa parte della conversazione era tanto difficile quanto l'altra.

«Se n'è... andata. Cancro.»

Un cancro di cui era a conoscenza mentre era incinta e per il quale non aveva fatto nulla, perché non voleva mettere a rischio la salute di suo figlio.

Eppure, la madre di Jenna negava la sua esistenza e ripudiava la propria figlia per averla "disonorata". La biologia non faceva di qualcuno un genitore.

«E poi sei rimasta da sola?»

«È stato allora che sono tornata qui. Mi sono trasferita a casa, sperando che mia madre volesse conoscere suo nipote e riuscisse a sorvolare sulle circostanze della sua nascita, ma non ce l'ha fatta.» Non ce l'aveva ancora fatta.

«Quindi Trevor non conosce sua nonna?»

Jenna scosse la testa. Riguardava le bugie che aveva dovuto dire, ed era il suo unico rimpianto. Ma la verità era che, se avesse detto a sua madre chi fosse *davvero* la madre di Trevor, non solo Ellen non avrebbe mai voluto più avere a che fare con Trevor, ma avrebbe anche sparso più veleno e livore su come la figlia della *sgualdrina* fosse una sgualdrina tanto quanto sua madre. Trevor non aveva bisogno di crescere con quelle voci che giravano su sua madre.

No, era stato meglio per tutti che Trevor fosse suo.

«Beh, *mia* madre ne sarà entusiasta» disse Bryan. «Adora i suoi nipoti.»

Jenna alzò lo sguardo. Non ci aveva pensato. Trovando un padre, Trevor trovava anche dei nonni. E dei cugini. Uno zio.

«Vive qui vicino?»

«Sì, laggiù a Oaks. Non molto lontano. Vorrei farglieli conoscere, se per te non è un problema.»

Non avrebbe importato, anche se lo fosse stato. Trevor meritava una nonna che lo amasse. «Gliel'hai detto?»

«Non ancora. Volevo discuterne con te. È un grande passo e so che sei abituata ad averlo tutto per te. Già solo far entrare me deve essere difficile. Voglio che ti abitui a me prima di piombarti addosso mia madre. Vorrà soffocarlo d'affetto.»

«Se lo merita. È un bambino così buono, con così tanto amore dentro di sé.»

«Un amore che gli hai dato tu, Jenna.» Bryan le prese le mani e intrecciò le dita con le sue. «Ovviamente, questo non è il modo più opportuno per mettere al mondo un figlio e non è proprio quello che avrei scelto, ma sono felice di averlo avuto con te. Sei una madre fantastica, Jenna. Grazie. Per aver amato nostro figlio così tanto e per aver messo i suoi desideri e bisogni al primo posto. Non deve essere stato facile. Ecco perché voglio aiutarti ad alleggerire il peso. Non perché voglio portartelo via, ma perché voglio che lui — e tu — possiate godervi il tempo insieme.»

«Ma noi lo facciamo.»

«Lo so, ma è come con Jason l'altro giorno. Trevor non voleva fare il pisolino, ma ha dovuto perché tu dovevi lavorare. Prendi i diecimila. Usali per rilassarti un po'. Concentrati su Trevor. Passa del tempo con lui. Con me. Con noi, come famiglia. So che non è quella tradizionale, ma d'altronde, cosa lo è più? Entrambi vogliamo ciò che è meglio per lui e, chi lo sa, magari scopriremo che la mia proposta di matrimonio non è stata poi così avventata.»

Perché doveva essere così gentile? Così perfetto? Forse così non si sentirebbe tanto in colpa a mentirgli e *potrebbe* esplorare quello che c'era tra loro.

Forse persino sposarlo.

Per un momento, solo un piccolissimo momento, si permise di immaginarlo. Si vide svegliarsi nel letto accanto a lui ogni giorno. Lo vide entrare nella stanza di Trevor e aiutarlo a vestirsi mentre lei preparava i waffle in cucina.

Vide Bryan mettere Trev nel seggiolino del suo pick-up e accompagnarlo a scuola con lo zaino del T-rex e il cestino del pranzo dei pompieri.

Magari avrebbe anche portato a casa un cucciolo per il compleanno di Trevor.

Gli piacerebbe tantissimo ricevere un cucciolo per il suo compleanno.

«Jenna?»

Il pollice di Bryan le accarezzò la mano, lasciando dietro di sé scintille di desiderio e bisogno, e non solo di tipo sessuale.

Voleva stare con qualcuno. Ne *aveva bisogno*. Erano passati tre anni da Carl, e anche allora Carl non era stato *con* lei come lo era Bryan in quel preciso momento. L'amore che provavano per il figlio li legava.

Era abbastanza? Poteva essere abbastanza?

Lo desiderava abbastanza?

Sì. E il problema era proprio quello. Se lo avesse desiderato tanto da concederlo a sé stessa, e a loro, avrebbe dovuto mentire a Bryan per il resto della vita.

Capitolo Ventisette

Jenna riuscì a sviare il discorso con Bryan riguardo ai soldi, e alla sua proposta, per il resto del pranzo, ma non significava che non ci pensasse.

Ci pensò. E molto.

«Questa foto è carina. Di che si tratta?»

Bryan aveva voluto una spiegazione per ogni foto che lei aveva messo nell'album: quando era stata scattata, quanti anni aveva Trevor, quali erano le circostanze, chi c'era, chi aveva scattato la foto. Quella parte era diventata più facile dopo la morte di Mindy, perché era lei ad aver scattato la maggior parte delle foto di Trevor. Le poche in cui compariva anche lei erano state scattate da Cathy.

«Oh, quello era il suo primo giorno di asilo. Era così emozionato e aveva insistito perché il Signor Scimmia viaggiasse nel suo zainetto. Le maestre avevano detto che andava bene portare i giocattoli preferiti. Che era comune per i bambini avere l'ansia da separazione e che i giocattoli li aiutavano nella transizione. Il Signor Scimmia aveva iniziato a restare a casa dalla seconda settimana, quindi funzionò.»

«Lo adora quel coso brutto, vero?»

«Sì, è vero.» Mindy glielo aveva comprato quando aveva saputo della sua malattia. Voleva che lui avesse qualcosa da parte sua che potesse abbracciare, custodire e portare ovunque con sé. Lei aveva ancora il suo Signor Scimmia di quando era bambina; il loro padre ne aveva regalato uno a ciascuna di loro. Quello di Jenna era riposto nel suo armadio, un ricordo di suo padre che aveva tirato fuori la notte in cui lei e Mindy avevano portato Trevor a casa... e la notte in cui Mindy era morta.

«Tesoro?»

Jenna alzò lo sguardo. Una donna più anziana si stava avvicinando al loro tavolo.

«Mamma? Ciao.» Bryan si alzò in piedi.

La madre di Bryan?

Jenna si bloccò. Quella era la nonna di Trevor.

«Mamma, vorrei presentarti Jenna Corrigan. Jenna, ti presento mia madre, Tabitha Lassiter.»

«Tabitha?» Cathy doveva essere una veggente.

«Un po' antiquato, lo so, anche se andava molto di moda quando davano quella serie negli anni Sessanta.»

«Piacere di conoscerla.»

«Piacere mio. Be', non voglio interrompervi... oh, è un album di un bambino?» La signora Lassiter inclinò la testa. «È adorabile. Ha un viso familiare. Non è che ci siamo già incontrati...?»

Era la foto di scuola di Trevor. Il ritratto.

Con i suoi occhi che rubavano la scena.

«Chi è?» La voce della signora Lassiter divenne roca e appoggiò una mano sul tavolo. «Di chi è questo bambino?» Guardò Bryan, sbiancando in volto.

Proprio come era sicura di aver fatto lei.

Bryan sorresse il braccio di sua madre. «Mamma, siediti.»

Jenna deglutì. Non c'era modo di nascondere quegli occhi.

«Bryan?» Sua madre si appoggiò con i palmi sul tavolo, poi si lasciò cadere sulla sedia. «Cosa sta succedendo?»

Bryan si passò una mano sulla bocca. «Ho una... bella notizia, mamma.»

«Bella?» Guardò prima Bryan e poi Jenna.

Jenna cercò di abbozzare un sorriso. Ci provò perché non aveva idea di cosa avrebbe significato tutto questo per tutti loro.

«Sì, mamma. Bella. Sarà uno shock, ma uno di quelli belli. Vedrai.»

«Bryan, cosa mi stai dicendo?»

Bryan sorrise, poi si morse un labbro, si passò di nuovo una mano sulla bocca e tamburellò con le dita dell'altra mano sul tavolo. «È mio figlio, mamma».

«Oh, santo cielo.» La signora Lassiter si lasciò cadere contro il vinile imbottito. «Come? Quando? Perché?»

Lui le diede una pacca sulla spalla e lanciò un'occhiata a Jenna.

Lei cercò di incoraggiarlo, ma, in realtà, non sapeva cosa dire. Una parte di lei voleva questo per Trevor, l'altra era terrorizzata per se stessa.

«Beh, il *come* è abbastanza ovvio. Voglio dire, sappiamo tutti come nascono i bambini».

«Non fare lo spiritoso con me, Bryan».

«Scusa.» Si schiarì la gola. «Diciamo solo che non era programmato».

Interessante che non avesse detto che Trevor era stato un incidente. Perché non lo era. Non importava che non fosse stato programmato, Jenna non lo avrebbe mai definito un incidente. Una benedizione, un dono, una sorpresa... ma mai un incidente.

«Per quanto riguarda il *quando* e il *perché*... Diciamo che io e Jenna ci siamo conosciuti qualche anno fa e poi ci siamo persi di vista».

La signora Lassiter si ricordò finalmente che c'era qualcun altro al tavolo e si raddrizzò, trafiggendo Jenna con gli occhi socchiusi. «Lei non ha detto a mio figlio che sarebbe diventato padre?»

Jenna trasalì. La cosa non si sarebbe messa bene, indipendentemente da come Bryan avesse cercato di girarla.

«Io...»

«Mamma, senti, non sono fiero di me. Non siamo... stati insieme molto a lungo e non le ho detto come contattarmi. Ci ha provato, ma non è riuscita a trovarmi».

Okay, forse quella versione aveva funzionato, perché la signora Lassiter rivolse la sua incredulità verso il figlio. «Non le hai dato il tuo *numero di telefono*? Il tuo *cognome*? È così che ti abbiamo cresciuto? Vuoi dire che hai lasciato che questa povera ragazza crescesse tuo figlio senza alcun aiuto da parte tua?»

Si voltò di nuovo verso Jenna. «La prego di perdonarmi, mia cara. Mi scuso per il comportamento... sconsiderato di mio figlio. Naturalmente adesso vi aiuteremo. Se ce lo permette. Posso capire se non vuole avere niente a che fare con i Lassiter, ma spero davvero che ci pensi un po'. Un bambino dovrebbe conoscere la sua famiglia». Prese l'album e guardò la fotografia. «Come si chiama? Quanti anni ha? È qui?»

Bryan le coprì la mano con la sua e la strinse. «Si chiama Trevor e ha tre anni e mezzo e, no, non è qui. Io e Jenna abbiamo molto di cui parlare e non ha bisogno di essere coinvolto. È con un suo amico».

«Posso conoscerlo?» Questo lo chiese a Jenna, da donna a donna. Da madre a madre.

«Certo.» Jenna guardò Bryan. «Ma... Le dispiacerebbe aspettare un giorno o due? Si sta appena abituando alla presenza di Bryan nella sua vita e non voglio sopraffarlo con una famiglia che non ha mai conosciuto prima».

«Certo. Capisco.» La signora Lassiter sfiorò la foto con le dita. «Assomiglia proprio a te, Bryan. Ha i tuoi occhi.» I *suoi* occhi si stavano riempiendo di lacrime e lei girò pagina. «Le dispiace se do un'occhiata?»

Jenna scosse la testa, cercando di trattenere le proprie lacrime. Una reazione così diversa da quella di sua madre alla notizia. Quella era stata piena di recriminazioni e di "io, io, io", e le lacrime non erano state di gioia.

Quelle della signora Lassiter le scorrevano sulle guance mentre suo figlio le spiegava ogni fotografia, mentre leggevano il suo programma e le sue prime parole.

«Oh, guarda, Bryan. Anche la sua prima parola è stata *mucca*.»

«Davvero l'ho detto?»

«Sì. Eravamo alla fattoria dei Mackerley. C'eravamo stati molte volte con te e conoscevi tutti i versi degli animali, ma per qualche motivo, nel momento stesso in cui arrivammo quel giorno, ti mettesti a gridare: "Mucca! Mucca!".» Gli diede una pacca sul braccio. «Ovviamente, non abbiamo avuto il coraggio di dirti che era un toro, eri così fiero di te. Dopo quello, non siamo più riusciti a farti stare zitto.»

«Ah. Ma guarda un po'. Chi l'avrebbe mai detto che anche quello fosse genetico?» Bryan si appoggiò allo schienale e si grattò la guancia. «Allora, cosa fa Trevor che facevi anche tu, Jenna?»

«Oh, uhm, be'...» Jenna deglutì, soffocata dalla grossa bugia che stava raccontando. «Mi piaceva, uhm, colorare. Trevor in questo è molto bravo.»

«Oh, e costruisce cose, ma'. Coi cubi.»

«Come facevi tu.»

«Sì. E gli piace lanciare la palla da football.»

Sua madre sorrise e quel sorriso scaldò e allo stesso tempo spezzò il cuore di Jenna. Perché sua madre non era stata altrettanto entusiasta di scoprire di avere un nipote? Poteva già vedere l'amore che la mamma di Bryan provava per Trevor.

«Le andrebbe di venire a cena domani sera, signora Lassiter?»

L'invito le era sfuggito di bocca, ma nell'istante in cui Jenna lo pronunciò, seppe che era la cosa giusta da fare. Trevor non doveva essere privato neanche per un altro giorno di tutto quell'amore.

«È sicura, cara? Non voglio sopraffarlo. E nemmeno lei. Non dev'essere facile per Lei rinunciare al Suo tempo con lui per condividerlo con quelli che devono sembrarLe un branco di estranei.» Diede un pugno sul bicipite a Bryan. «Non ti perdonerò mai per non essere rimasto in contatto con lei. Chissà quanti altri nipoti potrei avere in giro da fidanzate precedenti?»

Bryan fece una smorfia. E faceva bene. Dio, Jenna non ci aveva nemmeno pensato. E se avesse avuto altri figli? I preservativi non erano efficaci al cento per cento, indipendentemente dal fatto che qualcuno ci facesse un buco con uno spillo o meno.

«Contrariamente alla bassa opinione che hai di me, mamma, non ho l'abitudine di lasciare in giro il mio DNA con donne a caso. Jenna era... Be', diciamo solo che quella notte non era la norma per me.»

«Notte?» Le sopracciglia perfettamente arcuate della signora Lassiter quasi le raggiunsero l'attaccatura dei capelli. «Non voglio sapere. Dovete vedervela voi due. Voglio solo essere sicura che abbiate entrambi imparato la lezione e che stiate almeno facendo sesso sicuro. Solo perché avete avuto un bambino insieme non significa che dovreste averne altri. Almeno non finché non sarete sposati. Vi *sposerete*, non è vero?»

«Ma', vacci piano. Un passo alla volta. L'ho saputo di lui solo quattro giorni fa.»

«Bryan mi ha fatto la proposta, signora Lassiter. L'ho rifiutata.» Glielo doveva, come minimo, visto che lui si era preso la colpa per la loro presunta notte di dissolutezze.

«Davvero? E perché, cara? Non dev'essere facile crescere un figlio da sola.»

«Ma', davvero, non credo che...»

«Va tutto bene, Bryan.» Jenna picchiettò sul tavolo di fronte a lui. Con tutte le bugie che avrebbe dovuto raccontare per i prossimi quattordici anni circa, poteva concedergli la verità adesso. «Ho detto di no perché io e Bryan non ci conosciamo molto bene, e dovremmo farlo se vogliamo impegnarci a passare la vita insieme. Per ora, dobbiamo essere amici e concentrarci su ciò che è meglio per Trevor. È già un cambiamento abbastanza grande. Il matrimonio e tutto ciò che comporta non farebbe che intorbidire le acque.»

La signora Lassiter strinse le labbra e guardò dall'uno all'altra. «Ha ragione, ovviamente. Non c'è bisogno di affrettare le cose. L'importante è che ci siate per questo bambino.» Diede un'ultima occhiata alla foto scolastica di Trevor e scosse la testa. «Ha i tuoi occhi. Io sarò...»

Tirò su col naso, poi fece alzare Bryan dal sedile con un gesto. «Vi lascio ai vostri accordi. E grazie, Jenna, mi piacerebbe molto venire a cena domani. Mi farò dare tutti i dettagli da Bryan.» Gli prese il viso tra le mani e gli baciò l'altra guancia. «Ciao, tesoro. Ti voglio bene.»

«Ciao, mamma.»

La guardò allontanarsi, poi la salutò con la mano quando fu davanti alla gastronomia.

«Avete un rapporto fantastico.»

«Sì, è vero. Sapevo che ne sarebbe stata entusiasta. Da quando è morto papà, ha praticamente soffocato le figlie di Kyle.»

«Ora avrà qualcun altro da soffocare.»

«Sei sicura che per te vada bene averla qui domani sera? Non dovevi farlo.»

Jenna diede un morso al suo panino, più per fare qualcosa che per vera fame. Perché non aveva fame. Tutte le implicazioni della situazione stavano iniziando a colpirla. La madre di Bryan sarebbe venuta a cena. Trevor aveva una nonna, una vera, che voleva conoscerlo e che probabilmente avrebbe voluto portarlo alla fattoria dei Mackerley a mostrargli le mucche.

«Prepara dolci?» La mamma di Jenna preparava i migliori biscotti con gocce di cioccolato, fino a quando sua figlia non l'aveva delusa.

«Prepara dolci, cucina, cuce, riesce a organizzare una festa con nient'altro che una padella e una griglia... non chiedere. Mia madre ha sempre amato essere una mamma e tutto ciò che ha sempre desiderato è avere una mezza dozzina di nipoti.»

«Sembra che il suo desiderio si sia avverato.»

«Beh, per metà. Finora ce ne sono solo tre, il che lascia tre posti liberi. Mi piacerebbe riempirli un giorno.» Le sue dita scivolarono sul tavolo e si intrecciarono con quelle di lei.

Fantastico. Un'altra cosa da aggiungere ai suoi sogni.

Capitolo Ventotto

«Allora, mi dicono che stai di nuovo sbandierando la tua vergogna.»

Come al solito, la madre di Jenna non si era degnata di bussare, piombando in casa sua come se fosse lei a pagare il mutuo, e senza curarsi minimamente di abbassare la voce perché Trevor non sentisse nulla.

Per fortuna, il bambino aveva passato la notte da Cathy e non era ancora tornato. Jenna aveva voluto assicurarsi che la casa fosse impeccabile per la cena con la signora Lassiter e Bryan – mancavano solo due ore! – e l'aveva pulita da cima a fondo.

Se solo avesse potuto nascondere sua madre sotto il tappeto con la stessa facilità. «Ellen, non so di cosa stai parlando.»

Sua madre aveva insistito su *Ellen* non appena era venuta a galla la tresca di suo padre. Non aveva più voluto il nomignolo di *mamma*; diceva che la penalizzava sulla scena degli appuntamenti e, siccome all'epoca Jenna stava per diventare madre a sua volta, non voleva assolutamente essere conosciuta come *nonna*.

Poco male. Ellen aveva dimostrato di non avere più il gene della mamma, come provava la sua frase successiva.

«C'è una vecchia goffa e sciatta che va in giro a dire alla gente che Trevor è suo nipote.»

Tipico di sua madre ridurre tutto ai minimi termini. Ellen era sempre stata una che vedeva il bicchiere mezzo vuoto, ma la tresca di suo padre l'aveva spinta oltre il baratro della negatività.

Certo, quella poteva essere stata la ragione della tresca di suo padre, ma Jenna aveva scelto di rimanere fuori dalle battaglie coniugali dei suoi genitori.

«Si chiama Tabitha Lassiter ed *è* la nonna di Trevor.»

«Lo sono anch'io.»

Se solo si fosse comportata come tale. Jenna sistemò a ventaglio le riviste sul tavolino. «Non ho detto che non lo sei.»

«Allora cosa vuole?»

«Di cosa stai parlando?»

Ellen le sventagliò un altro po'. «Beh, all'ufficio postale non faceva che parlare del fatto che può vederlo, e vuole portarlo a comprare i vestiti per la scuola e i giocattoli per Natale. E vuole tenerlo da lei per il Ringraziamento. Come mai io non posso fare nessuna di queste cose con lui?»

Jenna dovette fare appello a tutta la sua forza di volontà per non andare a sistemare quelle riviste. Invece, raddrizzò le cornici sulla mensola del camino. «Perché non l'hai mai voluto. Mi sembra di ricordare che mi hai detto di tenerti lontano "quel piccolo bastardo" così la gente non ti avrebbe guardata dall'alto in basso.» Quelle parole l'avevano ferita la prima volta che le aveva sentite, e ogni volta da allora. Erano particolarmente dolorose adesso che la madre di Bryan aveva accettato così prontamente l'esistenza di Trevor, semplicemente perché era elettrizzata all'idea di avere un altro nipote.

«Non l'ho mai detto, Jenna Marie.»

«Ok, va bene. Non l'hai detto.» Jenna cedette. Non avrebbe vinto comunque e, ehi, se era questo che ci voleva perché sua madre mostrasse un briciolo di interesse per Trevor, avrebbe preso quello che poteva. Per il bene del bambino.

«Stai facendo la spiritosa?»

«Senti, Ellen, ho detto va bene. Puoi portarlo a fare shopping se vuoi. Ma ora sto cercando di pulire la casa prima che arrivino, quindi se non ti dispiace non ho tempo per questa discussione. Natale è tra sei mesi.» E per allora, Ellen si sarebbe probabilmente dimenticata della sua indignazione.

E di suo nipote.

«Prima che arrivi *chi*?»

Tipico di sua madre concentrarsi sull'unica cosa che Jenna non voleva che sapesse. «Ho delle persone a cena.»

«Chi?»

«Persone.»

Ellen attraversò la stanza puntandole un dito in faccia più in fretta di quanto Jenna l'avesse mai vista muoversi, tranne quando aveva gettato le cose di papà fuori dalla finestra.

«Hai invitato quella donna, non è vero? Se avessi invitato Cathy e suo marito, me lo avresti detto, ma non l'hai fatto. L'unica ragione per cui non vuoi dirmelo è perché dev'essere *lei*. Viene anche il padre di Trevor?»

Jenna si piantò la mano con lo straccio per la polvere sul fianco e si rifiutò di indietreggiare. Quella era casa sua, dannazione. Poteva invitare a cena chiunque volesse. «E va bene. Se proprio vuoi saperlo, sì, Bryan e sua madre vengono a cena. Lei vuole conoscere Trevor. Quindi, se non ti dispiace, ho un sacco da fare per prepararmi.»

«Non mi dispiace.» Ellen spostò due delle cornici. «Ma io resto.»

«Cosa? No, non resti. Questa è una cena perché Bryan e sua madre possano passare un po' di tempo a conoscere Trevor.»

«Potrei approfittarne per conoscerlo anch'io.»

«È stata una tua scelta *non* conoscerlo fino ad ora»

«Una scelta che si è rivelata estremamente sbagliata.» Ellen fece una piroetta, andò ancheggiando verso il divano, vi si spaparanzò sopra, si sfilò i tacchi e accavallò le caviglie sul tavolino. «Vorrei rimediare alla situazione.»

«Solo perché non vuoi che la signora Lassiter ti superi nella classifica delle nonne.»

Ellen si lisciò le unghie. «E che razza di nonna sarei se fosse così, tesoro? Almeno *io* ce l'ho un nipote, a differenza di quella smorfiosa con cui tuo padre si è dovuto mettere.»

Jenna si tenne la verità per sé. Nessuno avrebbe vinto se l'avesse rivelata in quel momento.

«Che ne dici di venire domani sera? Così potrai avere Trevor tutto per te.»

«Ti vergogni di me?» Ellen si diede una pacca sul nuovo taglio di capelli, per il quale si era premurata di far sapere che era costato più di duecento dollari. Si era divertita a spendere i soldi dell'assicurazione sulla vita del marito, da cui il taglio e il colore, l'abbonamento in palestra e le numerose sessioni con il personal trainer per mantenersi in forma.

Se solo avesse lavorato altrettanto sulla sua interiorità.

«Non mi vergogno di te.» Sotto il profilo estetico, no. Ma per come l'aveva sostenuta ed era stata presente come madre? Sì, quello era imbarazzante. Ma ferire sua madre non avrebbe cambiato il passato e Jenna non era quel tipo di persona.

«Bene. Allora non c'è motivo per cui io non possa venire a cena stasera e conoscerli.»

«Non credo sia una buona idea.»

«Ti *vergogni* di me. Lo sapevo.»

C'erano lacrime negli occhi di sua madre? Non poteva essere. Ellen North assorbiva la delusione e la ingoiava in modo che nessuno se ne accorgesse mai.

Jenna si sedette all'estremità opposta del divano e gettò lo straccio sul tavolo. «Mamma, che succede?»

Ellen sbatté le palpebre. «Ci sto provando, Jenna. Davvero. Sanno tutti quello che hai fatto. Prima sei rimasta incinta da adolescente e poi ti giri e fai la stessa cosa da adulta. E ora, all'improvviso, spunta fuori il padre e sua madre è tutta contenta», la sua voce salì di un'ottava, «di spargere la voce che mia figlia le ha dato un nipote. Come pensi che mi senta? Tutti mi guardano come se fossi la nonna cattiva. Lo sai che Marla ha detto che non sapeva nemmeno che *avessi* un nipote?»

Marla era una delle donne del club di bridge con cui Ellen giocava settimanalmente da anni. Che vergogna che sua madre non avesse fatto sapere di lui alle sue presunte amiche più care.

«Forse se lo portassi fuori ogni tanto e lo mostrassi ai tuoi amici, lo farebbero.» *Ovviamente* era tutta una questione che riguardava Ellen. Jenna era stata una stupida a pensare che ci fosse un significato più profondo, come il rimpianto di essersi persa gli anni dell'infanzia di Trevor. Si alzò. Non poteva continuare così, in quel momento. Doveva prepararsi per le persone che volevano davvero conoscere Trevor per chi era, non per quello che avrebbe detto la gente.

Ellen diede un altro colpetto alle unghie. «Ho già cresciuto mia figlia, Jenna. *Anche* io senza un marito. Mi hai forse vista scaricarti addosso ad altre persone?»

«Io avevo *sedici* anni. E papà c'era ancora.»

Il colpo andò a segno. Ellen sbatté i piedi per terra e si sporse in avanti. «Solo perché eravamo ancora legalmente sposati non significa che lui ci fosse per noi. Nelle nostre vite. Era troppo impegnato con *lei*.»

Ok, forse *doveva* proprio affrontarla. Almeno in parte. Per così tanto tempo aveva ascoltato sua madre inveire contro papà ed era rimasta in silenzio. Aveva incassato la raffica di insulti di sua madre quando era rimasta incinta. Ma quella sera era dedicata a Trevor. Non poteva permettere a sua madre di rovinarla.

«Ellen, stasera non puoi venire. Ogni conversazione che ho con te finisce in una diatriba contro papà. Non voglio che Trevor o i Lassiter vi siano esposti. So che ti ha ferita, ma lui non c'è più. Noi sì. Goditi la nostra compagnia.»

Finalmente l'aveva detto, e si sentì bene. Per tanto tempo aveva tenuto tutto imbottigliato dentro di sé.

«È quello che sto cercando di fare, Jenna. A partire da stasera. Una grande famiglia felice. È quello che vuoi per tuo figlio, no?»

«Permesso?» La voce di Cathy entrò canticchiando dalla cucina. «Io, Trevor e Bobby siamo qui. Possiamo entrare?»

Cathy doveva aver visto la macchina di Ellen e capito la necessità di annunciare la sua presenza prima di far entrare i ragazzi.

«Ellen-»

«Oh, bene. È arrivato mio nipote.» Ellen si infilò i tacchi, si alzò e si diresse verso la cucina. «Aspetta che veda cosa gli ho portato.»

Jenna chiuse gli occhi, strinse i denti e contò fino a dieci. Due volte.

Non sarebbe riuscita a liberarsi di sua madre.

Capitolo Ventinove

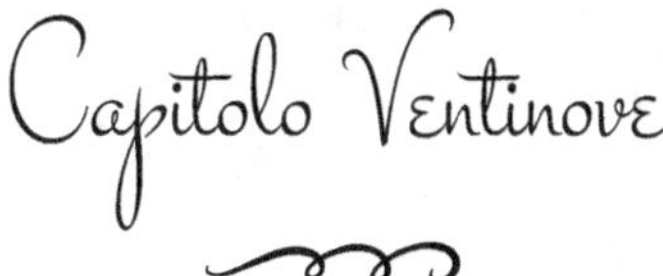

«Salve, sono Ellen North. La nonna di Trevor.» Ellen tese la mano alla signora Lassiter con tutta la finta grazia da frequentatrice del suo country club. «O, immagino che dovrei dire la sua *altra* nonna, non è vero?»

Sapeva essere molto affascinante, quando voleva. E in quel momento voleva.

«Piacere di conoscerla.» La signora Lassiter era affascinante e genuina tanto quanto lo era stata a pranzo.

Bryan era altrettanto stupendo.

Jenna non lo vedeva da ieri. Dopo pranzo era tornato al lavoro, e poi al locale... e Jenna *non* avrebbe messo piede in quel posto per un bel po' di tempo perché A) non voleva essere trascinata di nuovo a ballare, e B) non voleva doverlo guardare mentre lo faceva.

Certo, lui aveva detto che era stato un caso, ma la possibilità sussisteva, e ora che aveva visto da vicino la perfezione fisica che era Bryan, ora che sapeva che sensazione desse e che sapore avesse, e che lui la desiderava... Non aveva bisogno di quel tipo di tentazione. Aveva già abbastanza gatte da pelare.

«Guawda, Bwyan! A Signow Scimmia piace Wocco.»

Trevor entrò nella stanza, tenendo in equilibrio precario la boccia del pesce con le mani scivolose di Mr. Monkey, il suo pupazzo-calzino.

Sia lei che Bryan corsero a prendere la boccia prima che si schiantasse a terra.

«Sai, Trev,» Bryan guidò loro figlio verso le nonne, «a Rocco non piace essere spostato. Gli si agita tutta l'acqua nella boccia.»

«Gli viene il mal di mare?»

«Sì, può succedere. I pesci non stanno tra le onde, preferiscono rimanere in acque più calme.»

«Oh. L'ho spaventato?» Il pollice di Trevor schizzò dritto nella sua bocca.

Bryan gli diede una pacca sulla spalla mentre Jenna gestiva la crisi del pesce. «Non volevi spaventarlo e Rocco lo sa.»

Jenna guardò il pesce. Di solito non vivevano più di un giorno o due. Rocco era agli sgoccioli anche senza quel giro sulle montagne russe. Le conveniva fare un salto in un negozio di animali e trovarne uno che gli assomigliasse, per ogni evenienza. Trevor non doveva portarsi il peso della morte del suo pesce sulle spalle per il resto della vita.

«E, ehi, vorrei presentarti mia madre.» Bryan si mise Trevor su un fianco. «Mamma, questo è Trevor.»

La signora Lassiter aveva le lacrime agli occhi mentre gli porgeva la mano. «Ciao, Trevor. Sono così felice di conoscerti.»

Jenna gli si avvicinò quando lui iniziò ad attorcigliarsi i capelli con l'altra mano. Per quanto gli piacesse Bryan, il fatto che fosse tornato a usare il suo nome invece di "papà" significava che non era così sicuro del posto di Bryan nella sua vita come tutti avrebbero voluto.

Si succhiò il pollice più forte.

Jenna glielo sfilò e lo asciugò. «Va tutto bene, Trev. Lei è... Lei è tua nonna.»

I suoi occhi viola diventarono grandi e rotondi. «Ho una nonna?» Il suo accento, per qualche motivo simile a quello di Boston, diventava sempre più marcato quando era emozionato.

Jenna sentì le lacrime pungerle gli occhi e dovette deglutire per scacciare un groppo di emozione prima di potergli rispondere.

Ma Ellen la precedette, con una risata un po' troppo forte. «Certo che hai una nonna.» Gli strofinò il braccio con un po' troppa forza. «Non ti dimenticare di me, Trevy.»

Nessuno lo chiamava Trevy.

Bryan guardò Jenna.

Lei scosse leggermente la testa. «Esatto, Trev. Anche Ellen è tua nonna». Guardò la signora Lassiter. «Mia madre preferisce essere chiamata per nome, invece che *nonna*. Dice che al parco giochi si crea confusione, con tutti i bambini che chiamano le loro nonne». Nessuno chiamava mai Ellen, ma era una sua scelta.

«Oh, be', lui può certamente chiamarmi Nonna», disse la signora Lassiter, ritirando saggiamente la mano. «O Nonnina, come fanno gli altri miei nipoti».

«Ha altri nipoti?». La squadra che Ellen diede alla madre di Bryan fu tutt'altro che discreta. «Non è *lei* la casalinga perfetta?».

«Grazie». La signora Lassiter sorrise con genuino orgoglio. Quella donna non era una sprovveduta; sapeva che Ellen l'aveva inteso come un insulto, ma sinceramente non le importava. E in quel sorriso *poteva* esserci persino un velo di pietà.

A Ellen non sarebbe piaciuto.

A Jenna la signora Lassiter piaceva ancora di più per la sua capacità di riconoscere ciò che era importante nella vita.

«Va bene, allora. Ora che le presentazioni sono state fatte...». Bryan mise a terra Trev. «Vuoi vedere cosa ti ha portato mia madre?».

Trevor cercò la mano di Jenna. «È il mio compleanno?».

«No, tesoro, ma siccome questa è la prima volta che ti incontra, voleva portarti un regalo».

«Oh. Figo».

«Anch'io ti ho portato qualcosa, Trevy».

La voce di Ellen irritò i nervi di Jenna. «Mamma, facciamogli aprire un regalo alla volta, così non sarà troppo».

Il sorriso di sua madre divenne fragile.

Proprio come i nervi di Jenna. Sarebbe stata una cena lunga.

* * *

La cena non fu così terribile come avrebbe potuto essere — anche se era stata seriamente tentata di usare un coltello da bistecca per tagliare la tensione; la signora Lassiter aveva detto che il rib-eye era il taglio preferito di Bryan quando aveva chiamato per chiedere se poteva portare il dolce — ma Bryan fece un ottimo lavoro nel mantenere un'atmosfera amichevole e far scorrere la conversazione mentre mangiavano.

Trevor giocava felice con le statuette di T-rex che gli aveva portato la signora Lassiter, un'informazione su suo figlio che Jenna aveva condiviso durante la stessa conversazione riguardante il figlio della signora Lassiter. Era una donna adorabile, semplicemente entusiasta di avere qualcun altro da amare.

Ellen si calmò una volta che l'attenzione non fu più su Trevor. Be', l'attenzione diretta, dato che *era* lui la ragione per cui erano tutti a cena insieme. Ma la signora Lassiter — Tabitha, come aveva insistito che Jenna la chiamasse — sapeva come gestire i bambini e si accontentava di guardarlo mentre i suoi dinosauri calpestavano un pisello rotolato via dal suo piatto.

«Ha ancora un anno di asilo, ma poi andrà alla scuola materna. È un programma a tempo pieno. Penso che se la caverà bene». Jenna mise un'altra cucchiaiata di tagliatelle al burro nel piatto di Trevor. Erano le sue preferite. Per questa settimana.

«Jenna non è andata all'asilo. Le ho insegnato io tutto quello che doveva sapere. A quei tempi eravamo inseparabili».

Jenna guardò sua madre. Non lo sapeva. E non l'avrebbe mai immaginato. «Davvero?».

Ellen masticò un pisello. Solo uno. Era fanatica della sua linea. «Oh, sì. Ero così felice di averti. Avevamo provato per così tanto tempo, sai, e poi, quando sei arrivata, ho voluto passare ogni minuto con te. Ho rinunciato alla mia carriera, ai miei amici, a tutti i viaggi che facevamo per poterlo fare».

Era un tentativo di farla sentire in colpa o un tuffo nel viale dei ricordi?

«È fortunata ad aver potuto passare quel tempo con lei», disse Tabitha. «I miei figli erano come scimmie. La scuola è stata l'unica cosa che ha salvato la mia casa dal disastro. Immagino sia questa la differenza tra maschi e femmine».

«Avevi una scimmia, papà?» La vocina di Trevor interruppe la conversazione. O forse fu l'uso di *papà* a sortire quell'effetto.

Le labbra di Ellen si strinsero in una linea sottile; quelle di Tabitha si curvarono in un sorriso.

Bryan sembrava sul punto di piangere. E a Jenna venne voglia di fare altrettanto. Era così felice per Trevor che suo padre gli volesse bene.

E al tempo stesso terrorizzata che fosse vero.

«No, Trev. Io e mio fratello ci comportavamo come loro, tutto qui.»

«Vorrei avere un flatello.»

A tavola calò un profondo silenzio.

Gli occhi di tutti saettarono per la stanza.

Tranne quelli di Bryan.

Lui la guardò. «Dovremo vedere cosa si può fare, Trev. Ogni bambino dovrebbe avere un fratello o una sorella.»

«Non voglio una sorella. Fanno schifo. Michael ne ha due e dice che lasciano le bambole dappeltutto e non giocano a pallone.»

Jenna cercò di distogliere lo sguardo, ma non ci riuscì, e non c'entravano niente quegli splendidi occhi di Bryan.

No, c'entrava l'immagine che si era formata nella sua mente. Avere un figlio da Bryan. Per davvero, questa volta.

Lo voleva. Lo voleva davvero, davvero. All'improvviso, la colpì un bisogno totalizzante di avere un figlio, *suo* figlio. Di creare una nuova vita, una vita che potesse chiamare sua, che nessuno potesse portarle via, e voleva farlo con Bryan.

Si era spinta così oltre che avrebbe dovuto sentirsi come se stesse annegando, ma non era così.

Le sembrava giusto. Quell'immagine le sembrava giusta. Stare seduta lì, a cena con lui, Trevor e le due nonne... le sembrava giusto. Come se fosse così che le cose dovessero andare.

Ma l'intero scenario era basato su una bugia.

«Non so se Jenna sia pronta per una terza gravidanza.» Ellen si mise un altro cucchiaino di piselli nel piatto. «Voglio dire, il corpo può sopportare solo fino a un certo punto, anche se la prima volta eri così giovane. Ma, davvero, Jenna, dovresti essere felice con un figlio sano. Non si sa mai cosa può succedere.»

La realtà le piombò addosso con violenza. La vendetta di sua madre.

Ellen non aveva mai superato l'«umiliazione» della gravidanza adolescenziale di Jenna, ma Jenna non avrebbe mai immaginato che l'avrebbe tirata fuori in quel modo, con il solo scopo di restituirle quell'umiliazione.

«*Terza* gravidanza?» Bryan la guardò.

«Non te l'ha detto?» Ellen sembrava scioccata, ma non lo era. Sapeva quello che stava facendo. Non aveva mai perdonato a Jenna di non essersi schierata con lei contro suo padre.

Quale genitore voleva che il proprio figlio scegliesse da che parte stare? Lei aveva cercato di rimanere neutrale, amandoli entrambi per i loro meriti.

Sua madre aveva appena perso molti di quei meriti.

Jenna si alzò in piedi. «Non voglio affrontare questa discussione davanti a Trevor. Bryan, verresti fuori con me? Ellen, vorrei che te ne andassi. Signora Lassiter... Tabitha... se non le dispiace tenere d'occhio Trevor per un po', gliene sarei grata.»

«Certo, Jenna.» Dio benedica la cortesia della signora Lassiter. La donna si spostò subito sulla sedia di Jenna, prese uno dei T-rex e iniziò a emettere dei ringhi.

Trevor li ricambiò, ridendo.

Ellen, invece, era accigliata. «Non permetterai a quella donna, a un'estranea, di badare a mio nipote.»

Jenna strinse lo schienale della sedia, cercando di tenere a freno la rabbia. Non l'avrebbe fatto davanti a suo figlio. «Lui è anche suo nipote e io lo permetto. Ora vattene, Ellen, prima che la situazione diventi più spiacevole di quanto non lo sia già.»

Bryan si mise dietro a Jenna e le posò una mano sulla spalla. «Sì, Ellen. Penso sia meglio che tu te ne vada. Mia madre ha esperienza più che sufficiente per tenere occupato Trevor per qualche minuto. Le affiderei la mia vita. Anzi, l'ho fatto per anni.»

A Ellen non era sfuggita l'inflessione sul *le* più di quanto non fosse sfuggita a Jenna. Strinse le labbra e uscì di casa furiosa, sbattendosi la porta alle spalle.

«Scusaci, Tabitha.»

La signora Lassiter fece un cenno con la mano e ingaggiò il dinosauro di Trevor in una battaglia per un altro pisello.

Jenna condusse Bryan nel portico sul retro. I grilli si stavano giusto scaldando per la loro sinfonia notturna e le lucciole iniziavano appena a scintillare nel suo cortile. Di solito, quello era uno dei suoi momenti preferiti della sera, con il crepuscolo viola pallido e la quiete, ma ora...

Si appoggiò alla ringhiera e guardò i rami del salice piangente che ondeggiavano nella brezza leggera.

Quella non era una conversazione che avrebbe mai voluto avere. Specialmente non con lui.

 Capitolo Trenta

Bryan la stava fissando. Si avvicinò e si appoggiò con i gomiti alla ringhiera, ma non stava guardando le lucciole; stava guardando lei.

Lei inspirò, sperando che il dolore non sopraffacesse i ricordi. «Avevo sedici anni. Era il mio ragazzo. Eravamo stupidi come lo sono gli adolescenti. Non avremmo mai pensato che potesse succedere a noi.»

«Cosa successe? Dov'è la bambina?»

Le lucciole scintillanti si fecero sfocate. Jenna sbatté le palpebre. «Non ce l'ha fatta. Ebbi un incidente d'auto, quello in cui morì mio padre e...» Si schiarì la gola. «Mia madre pensò che fosse una benedizione.»

Bryan espirò. «Mi dispiace, Jenna.»

A quel punto lei lo guardò. «Non hai nulla di cui dispiacerti.»

«Mi dispiace che tu abbia dovuto affrontare tutto questo con quella donna come unico sostegno. Non dev'essere stato facile. Avevi bisogno che qualcuno ti stringesse e ti confortasse. Una benedizione? Non si rendeva conto di aver perso una nipotina?»

Jenna provò a fare spallucce, ma il peso che si portava sulle spalle da allora – senso di colpa, dolore, sollievo, l'orrore per quel sollievo, e ancora altro senso di colpa – non glielo permise. «È successo. Non potevo farci niente. Dovevo farmene una ragione. E poi, sai, avevo sedici anni.»

«Sedici, ventisei... Fa davvero differenza?» Si girò verso di lei, appoggiandosi sul gomito sinistro e facendole scorrere una mano lungo il braccio. «Dov'è quel ragazzo adesso?»

Lei si morse il labbro e distolse lo sguardo. «Sparì nel momento stesso in cui seppe della bambina. Mi chiese persino se era sua.»

«Wow.» Bryan si alzò e la strinse tra le braccia. «Mi dispiace così tanto che nessuno ti sia stato vicino, Jenna. Mi dispiace di non esserci stato per te con Trevor. Ma ci sono adesso e non vado da nessuna parte.»

Lei si lasciò sciogliere nel suo abbraccio. Solo un po'. Non poteva farne a meno. Aveva ragione; non c'era stato nessuno. Aveva dovuto affrontare la morte di suo padre, quella della sua bambina, la fine della sua relazione e la consapevolezza di ciò che Dave aveva pensato di lei. E in più, il tradimento di sua madre. C'era da meravigliarsi se si era aggrappata a Mindy con tanta forza? Era stata l'unica famiglia che Jenna avesse mai avuto.

E ora Mindy non c'era più. Non poteva perdere anche Trevor.

Si raddrizzò. Non poteva appoggiarsi a Bryan. Lui aveva il potere di portarle via l'ultima persona che poteva chiamare sua.

«Grazie, Bryan, ma sto bene. Davvero. È successo tanto tempo fa.» Dodici anni, undici mesi, nove giorni e circa sei ore prima. Se l'era lasciato alle spalle ed era andata avanti. Era quello che aveva dovuto fare.

Ma poi fece l'errore di alzare lo sguardo su di lui.

Era proprio lì. Le sue labbra erano proprio lì, i suoi occhi preoccupati, la sua espressione pensierosa. Apprensiva. Premurosa. E la notte era silenziosa, la musica della natura a far loro da serenata, il suo dopobarba e quel profumo che era solo suo l'avvolgevano in modo confortante come le sue braccia, in modo altrettanto *eccitante* delle sue braccia. Altrettanto allettante, seducente, stuzzicante, solido e accogliente delle sue braccia.

«Jenna...»

«Bryan...»

Non seppe chi parlò per primo. Non importava. Era tra le sue braccia e lui era lì per lei e doveva baciarlo. Doveva. Come se ogni parte della sua vita convergesse in quel singolo istante, quell'unico, importantissimo momento da cui non poteva fuggire.

Le sue dita si aggrapparono alle cuciture della sua polo e si tennero strette, mantenendola in posizione eretta, ancorandola a qualcosa di tangibile, mentre il mondo le girava intorno in un vortice di sensazioni. Di voglia, di bisogno, di sentimenti ed emozioni e del desiderio totalizzante di un legame con un altro essere umano.

Bryan era così forte. Così alto. Così solido. Così *presente*. Lui *voleva* essere presente. Non si era tirato indietro di un millimetro quando si era trattato di restare per suo figlio. Le aveva persino chiesto di sposarlo per assicurarsi di *poterci* essere.

Perché lo aveva rifiutato? Perché non si era buttata su quella proposta? Sarebbe stato meglio per Trevor, e dal modo in cui il bacio di Bryan la stava influenzando, non sarebbe stato poi così male neanche per lei.

La sua lingua scivolò dentro la sua bocca e, all'improvviso, il bacio non fu più confortante. Non fu più sicuro, protettivo e avvolgente. Fu caldo, carnale e non aveva nulla a che fare con il figlio che condividevano; era tutto incentrato sulla *chimica* che condividevano. Questa voglia e questo bisogno impellenti e il desiderio di penetrare sotto la sua pelle e non andarsene mai. Di conoscerlo dentro e fuori, essere parte di lui, condividere con lui, e cavalcare le onde di quel piacere insieme a lui fino alle vette, per poi precipitare oltre il limite.

Le strappò le labbra dalle sue e le seppellì nell'incavo della sua gola; lei piegò la testa all'indietro ansimando in cerca d'aria, il seno premuto contro il petto di lui mentre le sue mani tracciavano una magia calda e sensuale lungo la sua schiena per stringerle i glutei. Un calore si sprigionò da un punto nel suo ventre, infondendo in ogni parte di lei ardore e un bisogno doloroso e pressante.

«Ti voglio, Bryan.» Le parole le uscirono di bocca da sole. Non riuscì a fermarle. Non volle fermarle. Non volle fermare *lui*. Lo voleva. Davvero. Era passato tanto tempo dall'ultima volta che era stata con qualcuno, e nessuno, nemmeno Carl prima che lei parlasse di adottare Trevor, nessuno l'aveva mai fatta sentire così desiderata, attraente e speciale come aveva fatto Bryan dal momento in cui l'aveva conosciuto.

Ma poi lui si tirò indietro.

Si *tirò indietro*.

«Jenna...»

«Oh, Dio.» Barcollò fuori dalle sue braccia, si strinse le proprie intorno alla vita e rimase nell'angolo della ringhiera guardando ovunque tranne che lui. Si era *tirato indietro*. «Mi dispiace, Bryan. Dio, mi dispiace. Non avrei dovuto dire niente. È... solo che... Dimentica che l'ho detto. Non pensare che sia... Insomma... Dimenticalo e basta.»

Lui le si avvicinò di nuovo da dietro e le afferrò i bicipiti. «Jenna.»

Lei scosse la testa. Non riusciva a guardarlo in faccia. Proprio non ci riusciva. Quella marea crescente di voglia, bisogno e, sì, disperazione, minacciava di travolgerla e se lo avesse guardato, sarebbe crollata.

«Jenna.» Fece pressione sulle sue braccia, esortandola a girarsi. «Jenna, guardami.»

Ma quando lo disse in modo così gentile e pacato, toccò qualcosa dentro di lei. Una parte solitaria e bisognosa dentro di lei.

Si girò, ma fissò il bottone più in basso sullo scollo della sua polo.

«Jenna.» Le sollevò il mento con un dito. I suoi occhi erano così intensi puntati nei suoi che si erano scuriti fino a un viola profondo. «Ti voglio anch'io.»

Il desiderio nella sua voce minacciò di farle cedere le ginocchia. Si aggrappò di nuovo alle cuciture della sua maglietta.

«Ma devi volere *me*. Non il conforto che posso offrire. Non la gratitudine per aver riconosciuto il tuo dolore e come tutti ti abbiano deluso. Nemmeno per Trevor. Voglio andare avanti con te, Jenna, non rivivere il passato. Ti voglio qui e ora, con me. Non possiamo cambiare il passato, ma possiamo cambiare il futuro. Quando sarai pronta per questo, quando mi vorrai per questo, allora sarà il momento giusto per noi.»

Le baciò la fronte. Poi il naso. Poi un leggerissimo sfiorare delle sue labbra sulle sue. «Sarò qui, Jenna. Quando sarai pronta, sarò qui. Non vado da nessuna parte.»

Lei ondeggiò verso di lui. Era questo che voleva. Quello che aveva sempre voluto. Ciò che Carl non era stato abbastanza uomo da essere, fare o dire. Ciò che Dave non era stato in grado di dare. Ciò che suo padre le aveva tolto quando aveva distrutto la loro famiglia scegliendo qualcun altro.

Ma Bryan... Bryan era lì per lei. E per Trevor.

La baciò di nuovo e le massaggiò le braccia. «Andiamo. Andiamo a dare il cambio a mia madre. È da tanto che non intrattiene un bambino di tre anni.»

Jenna annuì e represse... qualcosa. Non una lacrima. Non una scusa. Ma qualcosa...

Lui tenne la porta aperta e lei fece di tutto per non richiuderla, avvolgergli le braccia intorno e rimanere proprio dove si trovavano in quel momento senza che nulla – non il passato, non la sua bugia, nessuna delle conseguenze di quella bugia – si intromettesse in quel momento così perfetto.

E poi sentì la risatina di Trevor.

«Davvewo?»

«Davvero,» rispose la signora Lassiter. «E poi tuo padre si ritrovò coperto di fango. Fango tutto viscido, appiccicoso, schifoso. Dovette fare quattro bagni.»

«Bleah! Io odio i bagni.»

Jenna poteva immaginare l'espressione sul viso di Trevor mentre lo diceva e sorrise. Conosceva tutte le sue espressioni. Conosceva ogni sorriso e ogni contrazione quando dormiva e ogni espressione abbattuta quando era stanco. Quella era la sua realtà. Era su quello che doveva concentrarsi, non su questo sogno fuori dal tempo con Bryan.

Annuì verso di lui ed entrò in casa.

«Ma i bagni ti rendono tutto pulito e splendente e hai un buon profumo dopo.» La signora Lassiter alzò lo sguardo quando Jenna si fermò all'ingresso del soggiorno. «E scommetto che la tua mammina ti dà un sacco di abbracci dopo il bagno.»

Trevor annuì rapidamente, i riccioli che gli rimbalzavano sulla testa. «Sì, mi dà tanti abbwacci. A me piacciono gli abbwacci.»

«Ne vorresti uno adesso?»

Trevor smise di annuire. I suoi riccioli smisero di rimbalzare.

Jenna trattenne il respiro. Glielo avrebbe permesso?

E se l'avesse fatto, come si sarebbe sentita lei? Era stata l'unica a dare abbracci a suo figlio.

«Sì, pew favowe.» Trevor tese le braccia e lasciò che la sua nuova nonna lo prendesse tra le sue.

Jenna si afflosciò contro lo stipite della porta. Era quello che voleva per Trevor.

Lo era. Davvero.

«Ti ama ancora più di tutti,» le sussurrò Bryan all'orecchio. «Nessuno ti rimpiazzerà mai, Jenna. Il cuore è come un muscolo; ha la capacità di crescere ed espandersi. Trevor può amare molte persone nella sua vita, ma non smetterà mai di amarti.»

Era la cosa perfetta da dire per Bryan. Il sentimento perfetto e Jenna gli era grata per averle dato questo.

Peccato che non sapesse che Trevor *avrebbe potuto* davvero smettere di amarla quando un giorno avesse scoperto la verità sulla sua madre biologica.

E Bryan? Cosa avrebbe detto?

L'avrebbe odiata per avergli mentito.

«Tu fai dei begli abbwacci, nonna.»

La signora Lassiter si schiarì la gola. «Grazie, Trevor. Ne ho dati tanti a tuo padre quando era piccolo.»

«La mia mammina mi dà tanti abbwacci. Amo gli abbwacci della mammina.»

Jenna deglutì il nodo che aveva in gola. Ecco perché doveva mentire a Bryan. Perché non avrebbe mai potuto dirgli la verità. Non poteva rischiare di perdere i diritti su suo figlio.

Si schiarì la gola ed entrò nella stanza. «Ehi, Trev. Ti sei divertito con tua nonna?»

«Sì. Le piace giocawe con i dinosauwi.»

Gli adulti si sorrisero a vicenda e Jenna voleva solo prendere Trevor tra le braccia e abbracciarlo fino alla settimana prossima, il suo dolce, dolce bambino.

La signora Lassiter si alzò. «Vado a sparecchiare il tavolo e poi vi levo di torno. Sono sicura che questo giovanotto deve iniziare la sua routine della buonanotte e non vorrei interromperla.»

«Uffa, devo pwopwio?» Trevor mise il broncio.

«Sì, campione, devi, se lo dice la mamma.» Bryan guardò Jenna. «Jenna? Stasera fa il bagno?»

Jenna indicò le mani del figlio. «Sembra che qualcuno abbia giocato con i noodles al burro. Credo che questo richieda un bagno.»

Trevor mise ancora più il broncio. «Wocco può nuotawe con me?»

Bryan rise. «Il sapone fa male ai pesci, ma che ne dici se portiamo la sua boccia dentro mentre ti faccio il bagno. Ti va bene?»

Gli occhi di Trevor brillarono. «Può, mammina? Papà, cioè Bwyan, può fawe a me il bagno?»

Voleva dire di no. Trevor era suo. *Lei* gli faceva il bagno.

Ma era così dannatamente eccitato che sarebbe stata la mamma cattiva a dire di no.

«Certo, tesoro. Io sistemo qui mentre voi fate il bagnetto.» Guardò Bryan. «C'è un seggiolino nell'armadio della biancheria. Ha delle ventose sul fondo per attaccarlo alla vasca. Ci sono anche un mucchio di saponi colorati. Gli piace fare disegni sulle piastrelle.»

«Ricevuto. Qualcos'altro che dovrei sapere?»

«Una salvietta sul suo grembo. Eviterà a *te* di aver bisogno di una doccia.»

«Grazie, me lo ricorderò.»

Rocco li accompagnò in bagno mentre la signora Lassiter aiutava Jenna con i piatti.

«Ha fatto un ottimo lavoro con lui, Jenna,» disse la mamma di Bryan mentre sciacquava i piatti.

«Grazie. È stata una sfida, ma non cambierei un minuto di tutto ciò.»

«Mi dispiace così tanto che abbia dovuto affrontare tutto da sola. Vorrei che mio figlio fosse stato un po' più responsabile.»

Jenna finse di trovare qualcosa sul pavimento per non dover guardare la madre di Bryan. Che conversazione imbarazzante da avere con la nonna di suo figlio... «Bisogna essere in due, signora Lassiter. Non può prendersi tutta la colpa. Inoltre, non era stato pianificato. A volte le cose succedono.»

«Beh, l'importante ora è che entrambi facciate la cosa giusta. Grazie per averci permesso di far parte della sua vita. È la cosa migliore per Trevor. E anche per lei, sa? Ora ha una nuova famiglia.»

Jenna non ci aveva pensato in quel modo. Certo, Trevor aveva una nuova famiglia, ma, sì, anche lei.

E stava mentendo a tutti loro.

Finirono in cucina proprio mentre Bryan portava fuori un Trevor umido e incipriato per salutare, con il suo pigiamino intero sormontato dal cappellino da baseball che Bryan gli aveva vinto alla fiera.

Jenna non ebbe il coraggio di dirgli che Trevor avrebbe avuto troppo caldo con quel vestito durante la notte, quindi l'avrebbe cambiato dopo che Bryan se ne fosse andato.

«Ciao ciao, nonna! Gwaazie pew i miei T-wex. Wocco gli fa compagna stasewwa così non sentono la tua mancanza.»

Lei gli baciò la guancia. «Buonanotte, tesoro. Ci vediamo presto.»

Tirò l'orecchio di Bryan e lui si chinò per ricevere il suo bacio. «Abbi cura di lui, figliolo. Non c'è dono più prezioso di un figlio.»

Bryan deglutì. Rumorosamente. Jenna lo vide e lo sentì.

Sentì anche l'emozione nella sua voce quando baciò sua madre e la ringraziò.

Rimasero lì, tutti e tre sulla soglia, salutando con la mano e guardando la signora Lassiter salire in macchina e allontanarsi, e fu il turno di Jenna di deglutire rumorosamente. Era come se fossero una vera famiglia che si preparava per la notte.

«Allora, che si fa adesso, campione? Leggiamo un libro? Guardiamo un po' di televisione? Mangiamo dei biscot...»

«Un libro.» Jenna intervenne, non volendo dare a Trevor nessuna idea sui biscotti come spuntino della buonanotte. «E deve lavarsi i denti.»

«L'ho già fatto, mammina. Papà mi ha cantato una canzone divewtente.»

Jenna inarcò le sopracciglia e si stupì quando Bryan arrossì.

«È una cosa che mio padre ci cantava per farci lavare i denti abbastanza a lungo.»

«E alla fine ho potuto sputare! La mammina non mi fa mai sputare.» Trevor la guardò come se questa fosse una cosa brutta.

«Beh, la mamma non vuole che tu sputi addosso a nessuno, solo nel lavandino del bagno e solo il dentifricio. E solo prima di andare a letto.»

«Quindi non posso sputare quando mi lavo i denti la mattina?»

«Oh, beh, anche allora.» Bryan si grattò la nuca. «Un sacco di cose da gestire in questa faccenda della genitorialità, eh?»

Jenna rise. «Ci prenderai la mano. È solo questione di pratica.»

Prese un libro dallo scaffale. «Tieni. Leggigli questo. È uno dei suoi preferiti.»

«Oooh! Adowo il ciuff-ciuff. Può scavalcawe la montagna.»

Il letto gemette quando Bryan ci si sedette sopra. Jenna si appoggiò al muro appena fuori dalla porta, origliando senza vergogna. Sarebbe stato così se avesse accettato la sua proposta? Si sarebbe trasferito da loro, avrebbe messo Trevor a letto, gli avrebbe fatto il bagno, gli avrebbe letto dei libri, gli avrebbe tagliato i pancake e lanciato la palla, medicato le ginocchia, portato alle partite...

«Penso di potewcela fawe!» gridò Trevor la sua frase preferita del libro e Bryan rise, proprio come faceva lei ogni volta che Trevor la diceva in quel modo.

Un giorno la sua zeppola sarebbe scomparsa e le sarebbero mancate tutte le sue frasi buffe.

Non voleva perdersi più niente della sua vita, quindi entrò nella stanza. «C'è abbastanza spazio su quel letto per me?»

«Evviva! La mammina è qui!» Trevor si avvicinò alla sponda protettiva sul lato esterno del suo letto. «Puoi sederti vicino a Bwyan, mammina, perché il signow Scimmietta vuole sedersi vicino a me.»

Raccolse il peluche dal pavimento, lo mise accanto a Trevor e gli tirò su le coperte sulle gambe, poi salì sul letto e si appoggiò al muro accanto a Bryan.

Quanto era sbagliato essere iperconsapevole delle sue lunghe gambe muscolose accanto alle sue sul letto del loro figlio? Probabilmente non ci starebbe pensando se avesse davvero creato Trevor con Bryan, ma dato che aveva avuto solo un assaggio di come sarebbe stato andare a letto con lui, era l'unica cosa a cui poteva pensare mentre era *davvero* su un letto con lui.

«Puoi wileggewlo di nuovo, Bwyan?» Trevor alzò la testa quando Bryan finì la storia.

«Potrei, ma non credo che ce la farai, tesoro.» Bryan sistemò il cuscino di Trevor e lo mise comodo in un modo che Jenna invidiava. Lei non riusciva mai a convincerlo ad accoccolarsi così facilmente.

«Lo wileggi domani?»

Bryan scivolò giù dal letto, tirò su le coperte e baciò la fronte di Trevor. «Certo, Trev. Sogni d'oro. Tieni compagnia al signor Scimmietta.»

«E anche a Wocco. Gli mancano i suoi amici.»

«Ma ora ha i dinosauri, quindi starà bene.» Bryan si fece da parte perché anche Jenna potesse dargli la buonanotte.

«Notte notte, mammina. Ti voglio bene.»

«Anch'io ti voglio bene, Trev.» Le si strinse la gola, come ogni volta che lui pronunciava quelle parole magiche. Non c'era niente di paragonabile all'essere amata così incondizionatamente da quel bambino.

Raccolse il libro, poi accese la lucina notturna e chiuse la porta mentre seguiva Bryan nel corridoio, con un ultimo sguardo a quel dolce ometto già quasi addormentato. Non si sarebbe mai stancata di guardarlo dormire.

«È un miracolo, non è vero?» sussurrò Bryan sopra la sua testa.

Lei alzò lo sguardo. Anche lui stava fissando Trevor. «Lo è. Lo è decisamente.»

Portò un dito alle labbra e lo condusse in soggiorno. «Grazie per avergli letto una storia. Di solito non si addormenta così facilmente.»

«Troppa eccitazione, tutto qui. Avrebbe fatto lo stesso per te dopo la giornata che ha avuto.»

La cena era stata abbastanza eccitante per *lei*. E quel bacio dopo...

«Allora, hai bisogno di altro, Jenna?»

Jenna alzò lo sguardo. *Bisogno* di qualcosa? Da dove doveva cominciare? Aveva bisogno. Aveva bisogno di aiuto. Di qualcuno con cui condividere il fardello e la preoccupazione di crescere un figlio. Di qualcuno che prendesse il suo posto per poter avere qualche ora libera. Di qualcuno a cui importasse di lei come qualcosa di più della madre di Trevor, dell'insegnante di Jason, della vicina di fronte o di qualcuno a cui sua madre aveva dato la vita.

Aveva bisogno di essere importante per qualcuno.

«Jenna? Stai bene?»

No, non stava bene. E non voleva davvero rimanere sola quella notte.

O mai più.

Posò il libro sulla libreria e si girò.

E poi lo baciò.

Capitolo Trentuno

Un momento prima, Bryan si beava della calda e piacevole sensazione di aver messo a letto suo figlio —*suo*— figlio, e il momento dopo... il momento dopo non si sentiva per niente caldo e a suo agio.

No, era *bollente* e *ardente*, e Jenna era tra le sue braccia con le labbra sulle sue, il suo corpo dolce, sodo e perfetto che si strofinava contro di lui, e non c'erano dubbi su quello di cui lei aveva bisogno.

Quello di cui *lui* aveva bisogno.

Bryan la schiacciò contro di sé. Probabilmente non era la migliore delle idee, ma, al diavolo, fermarsi sarebbe stato peggio.

La voleva. Nei quattro anni trascorsi da quando l'aveva avuta —sebbene non riuscisse a ricordarlo— niente sembrava essere cambiato. C'era una ragione se erano finiti insieme quella notte, e anche se c'era di mezzo l'alcol, aveva solo dato una spinta alle cose, perché ci sarebbero arrivati comunque.

Ma sarebbe stato eternamente grato per quella notte, quell'alcol e quella festa, perché tutto ciò l'aveva portato a quel momento, e tutto quello che voleva era portarla a letto e riscoprire tutto ciò che aveva imparato quattro anni prima.

Lei miagolò in fondo alla gola quando lui le spinse la lingua nel caldo incavo della bocca, e quel suono gli si attorcigliò lungo la schiena come una lingua di fuoco, incendiandogli ogni centimetro di pelle.

Jenna affondò le dita tra i suoi capelli, tirandoli, e lui sentì ogni strattone dritto all'inguine. La brama, il bisogno, il desiderio di farla sua nel modo in cui l'uomo faceva fin dall'inizio dei tempi. Era sua. Aveva creato una vita con lei, un essere vivente che respirava e che era la parte migliore di entrambi, e lui voleva scoprire tutte quelle parti in lei.

La sollevò tra le braccia, senza mai interrompere il bacio. Non pensava che l'avrebbe mai fatto, e se il mondo fosse finito in quel preciso istante con lei tra le sue braccia, che lo baciava, lo desiderava, gemeva per lui, sarebbe morto da uomo felice.

La portò su per le scale e percorse il corridoio, superando la stanza di Trevor. La sua doveva essere da quelle parti e, al diavolo, anche se non lo fosse stata, l'avrebbe presa contro il muro. Non l'avrebbe lasciata andare. Non ora. Non stanotte.

Mai più, se avesse potuto dire la sua.

«Porta a destra» mormorò lei mentre gli mordicchiava il labbro inferiore; il pizzicore di quel piccolo morso lo attraversò come una scossa mentre lui apriva la porta con una spallata.

La stanza era floreale e carina, tipicamente femminile, ma per quanto riguardava Bryan avrebbe potuto essere una fredda caverna di pietra; la voleva solo nuda e fremente sotto di lui sul letto —grazie, Dio— king-size.

Chiuse la porta e si lasciò cadere su quel letto senza la sua solita delicatezza, ma non gli importava neanche di quello. Non voleva toglierle una mano di dosso più del necessario, quindi attutì a malapena la loro caduta.

A Jenna non sembrò importare, si rannicchiò contro di lui, le ginocchia gettate sulle sue cosce, un braccio intrappolato sotto di lui, l'altro che gli sollevava la maglietta.

Bryan riuscì a sollevarsi appena —e allontanò una mano giusto il tempo necessario— per sfilarsi la maglietta dalla testa e lanciarla da qualche parte. Qualcosa potrebbe essere caduto a terra con un tonfo, o forse era il battito del suo cuore mentre lei gli passava la punta delle dita sull'addome.

E poi le sue labbra.

La sua lingua.

Bryan gemette e ricadde sul piumone. I capelli di Jenna gli sfiorarono la pelle come una piuma... una piuma elettrificata, perché ogni terminazione nervosa scattò sull'attenti e se lei non si fosse fermata presto, sarebbe stato lui a contorcersi sotto di *lei*.

Il che comportava tutta una serie di possibilità interessanti.

Ma prima voleva godersela. Voleva conoscerla di nuovo. Scoprire cosa la faceva gemere. Cosa le faceva vibrare lo stomaco. Cosa le faceva gridare il suo nome.

Le prese la testa tra le mani e sollevò quel viso stupendo verso il suo. «Jenna, vieni qui».

Lei si leccò le labbra. «Ma Bryan...»

Lui si mise a sedere —più o meno— e la baciò, riversando tutto ciò che sentiva, tutto ciò che voleva in quel bacio. Era Jenna. La madre di suo figlio, la donna che gli aveva fatto il più grande dono che un essere umano potesse fare a un altro, e voleva che quel momento fosse dedicato a loro. Non solo a lui, o solo a lei, o a una qualsiasi combinazione dei due, ma a *loro*. Se lo meritavano, meritavano di stare insieme, di riscoprirsi a vicenda.

La fece sdraiare sui cuscini e le scostò i capelli dal viso. I suoi occhi erano così blu. Così belli, come un limpido giorno d'estate con il sole che splendeva, e tutto quel calore era nel modo in cui lo guardava, limpida, onesta e sincera.

E se quello non era un colpo dalle parti del suo cuore, Bryan non sapeva cosa fosse.

La amava.

Bryan lasciò che il pensiero si sedimentasse, riscaldandogli tutto il corpo in un modo che non aveva niente a che fare con le sensazioni che Jenna gli provocava, ma anche tutto. La amava.

«Jenna...» Si fermò. Non avrebbe dovuto dirglielo. Non *poteva*. Non ancora. Era troppo presto. O no? Stava forse ingigantendo la cosa?

«Fa' l'amore con me, Bryan». Lei gli passò una mano tra i capelli e lo tirò giù verso di sé e, sì, poteva farlo in quel modo, *amarla* in quel modo. Lasciare che il suo corpo dicesse ciò che lui non poteva dire.

Ancora.

La baciò di nuovo, riversando nel bacio tutto ciò che provava per lei. Le mordicchiò le labbra per quel sorriso scherzoso che aveva fatto quando non era riuscita a prendere la palla da football che le aveva lanciato l'altro giorno. Le leccò le labbra per lo zucchero filato che le era rimasto attaccato alla fiera. Scivolò lungo la commessura per la sensazione calda e deliziosa di lei che si muoveva contro di lui, e si immerse come il resto di lui voleva fare, sentendola intorno a sé, che lo accoglieva nel suo calore, circondandolo con l'essenza stessa di tutto ciò che era Jenna.

Le sue unghie gli graffiarono la schiena e lei gli infilò le mani sotto i pantaloni e all'improvviso entrambi indossavano troppi vestiti.

Lui si sollevò da lei —appena abbastanza da permetterle di slacciare il bottone e la cerniera in vita e a lui di tirarle su la maglietta sopra l'addome liscio e tonico, rivelando il reggiseno di pizzo color pesca più sexy che avesse mai visto, con i capezzoli che lo stuzzicavano appena al di sotto.

Abbassò il pizzo e la assaggiò. Santo cielo, come aveva potuto dimenticarlo? Come aveva potuto bere abbastanza birra da cancellare il dolce paradiso che era il suo corpo?

Fece roteare quel capezzolo turgido sulla lingua, lo succhiò tra le labbra, prendendole il seno in bocca, e si nutrì della sua carne morbida e deliziosa, la femminilità assoluta che lo faceva tremare di bisogno.

I suoi palmi gli trovarono il sedere e lei strinse e, Dio Onnipotente, sentì quell'azione nel cazzo che era già così teso e duro e pulsava contro la sua coscia, desiderando possederla. Desiderando essere sepolto dentro di lei e muoversi... muoversi per alleviare quel dolore che minacciava di andare fuori controllo.

Baciandola, si fece strada fino all'altro seno, bisognoso di vedere se fosse anche solo buono la metà del primo e, diavolo, sì, lo era. Jenna era una sensazione per il suo palato e non pensava che ne avrebbe mai avuto abbastanza.

E poi la mano di lei lo trovò.

Bryan trattenne il respiro, il suo tocco distrusse ogni briciolo di compostezza che voleva rivendicare.

La sua pelle era come seta, le sue dita si avvolsero intorno a lui e strinsero quanto bastava per fargli ribollire il sangue. Si spinse contro la sua presa e buon Dio, la sensazione era assolutamente incredibile.

Il suo orgasmo si arricciò nei suoi testicoli e non riuscì a smettere di spingere. Non riusciva a smettere di spingersi nella stretta dolce e salda che lei aveva su di lui, e se non avesse potuto muoversi più velocemente, sarebbe morto.

«Jenna». Sputò fuori il suo nome, volendo che lei facesse... qualcosa. Non era sicuro di cosa, ma non poteva andare avanti così ancora per molto. Ma se si fosse fermata, sarebbe morto.

Lei si fermò.

Lui, cosa interessante, continuò a respirare. Respiri affannosi, spezzati, tesi, di quelli in cui manca l'aria, ma c'era ancora aria che entrava, tenendolo in vita, torturandolo con il desiderio di spingere dentro di lei così a lungo, così forte, così in profondità e per sempre, che tremava cercando di rimanere sano di mente.

«C'è una scatola. Cassetto in alto». Fece un cenno verso il comodino alla sua destra.

Ovviamente, quello a sinistra era più vicino.

Si trascinò fino ad esso, aprì il cassetto e tirò fuori una scatola nera con una serratura. «Cos'è questo?»

Jenna gliela prese e lui fu dannatamente felice di vedere le sue dita tremare mentre cercava di aprirla con una delle chiavi più piccole che avesse mai visto.

«Non volevo che Trevor li vedesse» disse lei, tutta la sua concentrazione rivolta a quella minuscola chiave.

Rise per un breve istante, ma fu abbastanza per allentare un po' della tensione, abbastanza da permettergli di essere semi-coerente. «Idea furba».

«Ogni tanto ho un'idea geniale o due».

«La cena era una di quelle. Grazie».

Lei fece cadere la chiave. Per fortuna, era attaccata a un nastro. «Aprirla prima sarebbe stata un'idea migliore» borbottò mentre finalmente, grazie a Dio, faceva scivolare la chiave nella serratura.

L'immagine quasi lo mandò fuori giri.

Sì, era un bastardo arrapato, ma era arrapato solo per lei e non era "arrapato" per il gusto di esserlo, ma desiderio per il bene di *lei*. Per il suo. Per il loro.

Un mucchio di preservativi si riversò fuori dalla scatola, cadendo sul suo petto, sul letto, dietro il suo collo, e Bryan afferrò quello più vicino, lo aprì con i denti e glielo porse. «Faresti tu?»

Si mordicchiò di nuovo il labbro, maledizione. Bryan quasi venne solo a quella vista.

Poi si leccò le labbra.

La forza nel suo braccio destro cedette e cadde sul letto, girandosi in modo da avere la schiena contro di esso, e il suo cazzo proprio di fronte a lei, perfetto per infilare il preservativo.

Cosa che lei fece molto bene.

Troppo bene. Trattenne un enorme respiro tremante mentre le sue dita gli circondavano la base.

Poi perse quel respiro quando lei si chinò e affondò la bocca sulla sua lunghezza.

«Jenna...» Le parole gli uscirono strangolate mentre le sue dita le trovavano i capelli. Aveva tutte le intenzioni di tirarla via, ma poi lei lo leccò e, oh santo cielo, non ce la fece. Non riuscì a fare altro che cercare di respirare mentre la sua bocca e la sua lingua e le sue labbra e le sue dita —santo cielo, le sue dita!— lo colpirono come una tonnellata di mattoni, e Bryan seppe —lo *seppe*— che niente sarebbe stato più come prima.

Jenna non poteva credere a quello che stavano facendo. A quello che *lei* stava facendo. Oh, poteva crederci perché era quello che aveva voluto fare, ma come era successo? Com'era passata dalla cena con le loro madri, al mettere a letto il loro figlio, a finire nella sua camera da letto, nuda e sudata, con la bocca avvolta intorno al suo cazzo?

Voleva essere avvolta intorno a lui, ecco come.

Bryan gemette il suo nome e Jenna smise di pensare. Si sarebbe preoccupata di tutte le conseguenze più tardi, ma in quel momento, aveva Bryan nel suo letto, nella sua bocca, e...

Nel suo cuore.

Nel suo cuore? Bryan era nel suo *cuore*?

Chiuse gli occhi e lasciò che la sensazione la travolgesse.

Sì, lo era.

«Jenna... Ti prego. Basta. Non. Ce la. Faccio».

La sua supplica urgente la riportò a ciò che stavano facendo. Avrebbe avuto tempo dopo per esaminare i suoi sentimenti, ma in quel momento, stava provando quello. *Voleva* provare quello. Ne *aveva bisogno*.

E anche lui, anche se la presa che aveva sulla sua testa diceva che non era sicuro di volere che continuasse. Ma si stava tendendo contro le sue labbra, un movimento metà di spinta e metà di tiro, dentro-fuori, il movimento perfetto per dove stavano andando a parare, così lo leccò.

Non era lo stesso con un preservativo, ma avevano bisogno di quel preservativo. E forse di qualche altro, perché non pensava che una volta sola sarebbe bastata stanotte.

«Tesoro, ti prego» gemette. «Fermati. Non voglio venire così. Non la nostra prima volta. Voglio essere dentro di te».

Non gli ricordò che, tecnicamente, per lui, non era la prima volta, ma non avrebbe rovinato il momento tirando fuori il passato quando non era il *loro* passato.

Stanotte *era* la loro prima volta. E si sperava non l'ultima.

Si staccò da lui con uno *schiocco*, sorridendo quando lui ricadde sul letto con un gemito. «Sei sicuro di volere che mi fermi?»

Lui girò la testa e sorrise di lato, da quello con quell'adorabile fossetta. «Oh, sono decisamente sicuro di non volere che tu ti fermi, ma sono altrettanto certo che devi farlo perché, se non lo fai, non ti divertirai».

«Be', qui ti sbagli. Mi sto divertendo un mondo in questo momento». Lo leccò di nuovo solo per dimostrarlo, ogni sapore, ogni sfumatura tanto più incredibile per via di ciò che aveva appena scoperto.

Lui gemette di nuovo. «Vieni qui, tu. Voglio vederti. Voglio guardarti. Voglio guardarci. Stanotte è tutta dedicata alla riscoperta». Si mise a sedere e le prese il viso tra le mani, attirandola a sé per un bacio che le avrebbe fatto girare la testa, se avesse indossato i calzini.

Le invase i sensi, avvolgendole il cuore e legandolo in un grazioso fiocchetto che non era affatto ciò che era la loro relazione, ma ciò che lei voleva che fosse.

La spinse di nuovo sul cuscino, facendole scivolare i pantaloni giù sui fianchi, sfiorandole le mutandine con essi e poi lui era lì, che la toccava, la accarezzava, la stringeva, premeva contro di lei mentre il dolore si accumulava, quello tra le sue gambe. Quello nel suo petto era cresciuto dal momento in cui aveva visto i suoi occhi e aveva capito chi fosse.

Ma non ci avrebbe pensato ora. Non si trattava di Trevor o Mindy o di chiunque o qualunque cosa, ma di ciò che c'era tra lei e Bryan, perché *quello* era ciò che era reale. Lei non poteva fingere o mentire e nemmeno lui. Provava qualcosa per lei e *doveva* essere indipendente dal fatto che pensasse che avessero fatto un figlio insieme, perché di certo era così per lei.

Le sue dita accelerarono il ritmo e Jenna si mosse contro di esse, il desiderio crescente, che richiedeva attenzione.

Affondò le mani nei suoi capelli, amandone la consistenza setosa e il fatto che le desse qualcosa a cui aggrapparsi mentre lui tracciava scie di fuoco lungo la sua pelle e i suoi ormoni iniziavano a danzare come avevano fatto nel locale l'altra sera.

Oh, Dio, ecco un'immagine di cui non aveva bisogno. Di lui che ballava su quel palco...

Fece scivolare le mani lungo le sue spalle, poi lungo la schiena, dove i muscoli si incurvavano verso la colonna vertebrale, seguì quella curva fino al suo sedere, quello che aveva scosso così deliziosamente di fronte al pubblico — e di fronte a lei— mentre ballava. Lo strinse, sorridendo quando lui gemette mentre le sue dita gli accarezzavano lo scroto.

Così lo fece di nuovo.

«Sì, piccola, così. Toccami ancora».

Lo fece, e la sua ricompensa fu quando lui le spinse la lingua in fondo alla bocca e lei la succhiò proprio come aveva succhiato lui.

Lui gemette di nuovo e approfondì il bacio, inclinando la testa di lei di lato, le sue dita che scivolavano tra le sue pieghe, e all'improvviso Jenna non riusciva più a capire cosa fosse dove o chi fosse dove; tutto ciò che sapeva era che quello era il posto dove doveva essere e quello era il posto dove Bryan doveva essere e quello era il posto dove *loro* dovevano essere, avvolti l'uno nell'altra, l'uno dentro l'altra, ed era così perfetto che avrebbe pianto se avesse potuto prendere anche solo il più piccolo respiro, ma non poteva, perché ogni volta che ci provava, Bryan faceva qualcosa di meraviglioso/eccitante/nuovo/incredibile/spettacolare e le rubava di nuovo il fiato.

Lui alimentava il suo corpo, accarezzava i suoi sentimenti. Le accarezzava il cuore mentre le dava piacere. Mentre le mormorava parole dolci e promesse contro il collo, mentre le prometteva cose che aveva desiderato a lungo di sentire dall'uomo della sua vita.

«Ti voglio». «Ho bisogno di te». «Non ti lascerò mai».

Le sue parole, il suo tocco, lo sguardo in quei magnifici occhi viola... Ogni sensazione vorticava dentro di lei, facendola salire a spirale verso quella vetta. Verso quell'unico momento luminoso in cui tutto era sospeso, il mondo intero sotto di loro che aspettava solo che se ne impossessassero, il piacere che la riempiva, la circondava, la stuzzicava con la promessa di ciò che stava per venire.

E quando lui la portò oltre il limite, spingendo dentro di lei a un ritmo che non avrebbe mai dimenticato, il suo nome una litania sulle sue labbra, la forza delle sue braccia e la stretta con cui la teneva, Jenna seppe... Era innamorata di Bryan Lassiter.

Capitolo Trentadue

«Sei così fottuto.»

Bryan prese il suo caffè. Non era la prima cosa che aveva sperato di sentire in quella che era la mattina più perfetta, dopo la notte più perfetta, che era seguita alla cena più perfetta che avesse mai fatto in vita sua.

Ma d'altronde, dato che era stato Gage a dirlo, Bryan non avrebbe dovuto sorprendersi. Il suo più vecchio amico amava prenderlo in giro, anche se, sul serio? Dato che Gage c'era passato un anno prima, avrebbe dovuto avere un po' di comprensione.

«Sei innamorato di lei.»

Niente. Nessuna comprensione. Anzi, se Bryan avesse dovuto tirare a indovinare, avrebbe detto che Gage si stava godendo il momento.

Pazienza. Bryan non si sarebbe nemmeno preso la briga di rispondergli, allora.

Certo, dato lo stupido sorriso stampato che aveva in faccia, non ce n'era bisogno. E poi, se doveva ammettere di amarla, la prima persona a sentirlo non avrebbe dovuto essere la donna di cui era innamorato?

C'era andato vicino nelle prime ore del mattino con lei tra le braccia, mentre lei gli accarezzava il dorso della mano e lui giocherellava con i suoi capelli, nella dolce quiete dopo il... sesto? round di sesso.

Il momento era stato propizio, ma non voleva cadere in quel cliché. Già bastava che avessero messo al mondo Trevor in uno di quelli; voleva fare le cose per bene. Voleva che avessero una storia che un giorno sarebbero stati orgogliosi di raccontare alle loro famiglie e ai loro nipoti, non una notte da ubriachi che nessuno dei due ricordava, o un grande momento di passione che gli aveva strappato le parole dall'anima.

«C'è qualche possibilità che tu riesca a scendere dalle nuvole abbastanza a lungo da avere una discussione di lavoro seria, o sei praticamente fuso per il resto della giornata?» Gage picchiettò la scrivania con la gomma della matita.

Bryan alzò lo sguardo dalla tazza di caffè in cui non era sicuro di aver messo o meno la panna.

Aspetta. Lui la prendeva, la panna, nel caffè?

Non lo sapeva. Non gli importava.

Il che non prometteva nulla di buono per la discussione che Gage voleva intavolare.

«Sì, certo, ci sono.» Stava molto, ma molto meglio di *bene*, ma non avrebbe condiviso neanche quello con Gage. Prese un sorso di caffè. Sì, la prendeva, la panna, e no, non ne aveva messa in quella tazza.

«Beh, hai un bell'aspetto. Come se qualcuno ti avesse dato una bella ripassata e, ehi, amico, sono felice per te.» Gage picchiettò ancora un po' la matita, un'abitudine fastidiosa che garantiva di innervosire Bryan, e ci riuscì. Gage adorava stuzzicarlo. «Allora, quando sono le nozze?»

Bryan quasi si strozzò con il caffè. Oh, il suo amico era in *gran* forma, oggi. «Cosa ti fa pensare che ci saranno delle nozze?»

«L'esperienza.» Gage si appoggiò allo schienale e mise i piedi sulla scrivania. Aveva uno sorriso ebete stampato in faccia e indossava gli stivali da cowboy del costume che usava solo nelle rare occasioni in cui venivano chiamati a ballare.

Mmm... Se Gage aveva indossato gli stivali per venire al lavoro oggi, significava che doveva averli portati a casa la sera prima, e l'unica ragione per cui Gage potesse averlo fatto era per...

Toccò a Bryan sogghignare. Gage aveva ballato per Lara con quel costume in almeno due occasioni di cui Bryan era a conoscenza, anche se non voleva sapere di altre volte di cui *non* era a conoscenza.

Ma sì, Gage sapeva di cosa parlava, quando si trattava di matrimoni, donne e sorrisi ebeti.

«Non credo che questa possa essere considerata una discussione di lavoro, Gage.» Bryan si sedette sull'angolo della credenza invece che sulla sedia di fronte al suo socio. Almeno, da lì, aveva il vantaggio dell'altezza. Il sorriso beffardo di Gage era già abbastanza difficile da digerire da quella distanza, figuriamoci sentirsi trattato con condiscendenza da quella sedia bassa di fronte a lui.

«Va bene. Come vuoi.» Gage emise un sospiro lungo e platealmente esasperato e picchiettò di nuovo la matita sul sottomano. «Ho bisogno che tu mi copra, stasera.»

«Non posso. Ho promesso a Jenna che avrei tenuto Trevor.»

«Merda.» Gage scagliò la matita contro il muro.

«Ehi. Che succede?»

«È Connor. Gli ho promesso che l'avrei portato a una partita e i biglietti sono appena saltati fuori. Proprio dietro al piatto di casa base con un pass per gli spogliatoi da parte di uno dei giornalisti, la cui moglie è entrata in travaglio. Ho già detto a Connor che l'avrei portato.» Si rimise i piedi a terra e si pizzicò la radice del naso. «Oh, beh. Chiederò a Tanner di chiudere.»

«Solo che Tanner non c'è.» Bryan posò il caffè, la beatitudine della sua nottata che svaniva di fronte al mal di testa che stava per arrivare. A volte, essere in affari per conto proprio non era tutto rose e fiori perché, alla fine, la responsabilità era sua, a volte letteralmente.

«È ancora malato?»

«No. È partito verso destinazione ignota, senza preavviso. Di nuovo.»

«Che gli prende? Ultimamente lo fa spesso e non dice una stramaledetta parola su dove va.»

Bryan si strinse nelle spalle, un gesto più frustrato che noncurante. Le assenze di Tanner stavano diventando sia un'abitudine che un problema. «È una sua prerogativa, ma, sì, è strano.»

«Allora Darryl.»

«Ha la serata libera. È fuori città.»

«Merda. Ci serve un manager. Sei sicuro che a Jenna non serva lavorare di sera?»

«Non voglio che lavori qui.»

«Eppure l'hai fatta *ballare* qui.»

Non aveva bisogno che glielo ricordasse. Primo, ricordare che aspetto avesse sotto quelle luci non giovava affatto alla sua compostezza e, secondo, non giovava affatto alla sua *gelosia* ricordare che altri uomini l'avevano vista su quel palco, sotto quelle luci, e poco altro. «Sì, beh, quello era prima.»

«*Prima*? O è meglio che non chieda?»

«Non dovresti averne bisogno.»

«Ah, giusto.» Gage tossì, ingoiando la risata per la quale Bryan avrebbe dovuto prenderlo a pugni se l'avesse lasciata uscire. «Quindi, immagino non ci sia modo di chiederle di rimandare per il bambino?»

Bryan scosse la testa. «Una sua amica ha chiamato stamattina con un piano dell'ultimo minuto per andare a una specie di spa. Jenna non ha un giorno libero senza Trevor da quando è nato, quindi ho detto che sarei stato più che felice di tenerlo io. È già andata e non torneranno prima di stasera tardi. Lui è a un campo estivo mattutino con il figlio della sua amica fino alle undici. Dopodiché, tocca a me fare il papà.» E ne era dannatamente felice, anche. Avrebbe passato un'intera giornata e cenato con suo figlio. Probabilmente era più entusiasta lui di Trevor.

Gage sospirò. «Lo chiederei a Lara, ma è immersa fino ai gomiti nei preparativi per il matrimonio di un cliente questo fine settimana. E tua madre? Farebbe da babysitter?»

Era un'opzione, ma... «Non so per l'ora di chiusura. Mia madre non è più giovane come una volta.»

«Allora mettilo a letto di sopra. Usa l'ingresso sul retro così non vede niente del locale. Corro su a controllare che sia a prova di bambino e dico a tutti che stasera è off-limits. Ho persino un baby monitor lassù per le poche volte che Connor è stato qui, così poteva tenersi in contatto con me.» Si strofinò la fronte. «Non te lo chiederei se non fosse importante, Bry. Connor non vede l'ora di andare a una partita da tutta l'estate, da quando quell'ultimo intervento si è rivelato non essere l'ultimo.»

Connor era stato vittima di un pirata della strada più di un anno prima e si stava ancora riprendendo dai numerosi interventi chirurgici necessari a far tornare il bambino di sette anni attivo come prima. E Gage si era sacrificato così tanto per aiutare con le spese, quasi persino Lara. Bryan non poteva negare a nessuno dei due quella partita.

«Troverò una soluzione, Gage. Tu vai.»

«Sul serio?» Gage si alzò in piedi e gli tese la mano. «Grazie, amico. Ti devo un favore.»

Bryan gliela strinse. «Macché, non mi devi niente. Faresti lo stesso per me a parti inverse.»

Beh, pazienza. Almeno avrebbe passato qualche ora con Trev, e sua madre ne sarebbe stata felicissima.

Capitolo Trentatré

«Devi dirglielo, Jenna.»

Le parole di Cathy uscirono soffocate dalla maschera alle alghe che le si stava indurendo sul viso, mentre fissavano il magnifico cielo sopra di loro. Jenna non era poi così convinta che massaggi e trattamenti facciali seminude all'aria aperta fossero la migliore tecnica di rilassamento, dato che era stata nuda con Bryan meno di cinque ore prima, ma faceva tutto parte dell'esperienza termale di cui, a detta di Cathy, aveva bisogno.

Non aveva, tuttavia, bisogno di tirare in ballo l'unica cosa che la spaventava più degli aghi per l'agopuntura che erano i prossimi in programma.

«Non posso, Cath. Lo sai. E non eri tu quella che mi diceva di mentire? Di prendere i suoi soldi e andare a letto con lui?»

«E si è visto come mi hai dato retta. Sei comunque andata a letto con lui, ma niente soldi.» Cathy allungò la mano nello spazio stretto che divideva i loro lettini da massaggio e le strinse la sua. «Senti, ho sbagliato, okay? Devi vuotare il sacco. Se la notte scorsa è stata meravigliosa anche solo la metà di quanto hai detto, e a giudicare dalla luce che non hai smesso di emanare, immagino sia stata anche meglio, non vorrai iniziare la vostra vita insieme con una bugia. Capirà. Tutti capiranno. Certo che non vuoi perdere Trevor, ma se accetti la proposta di Bryan, non ce ne sarà bisogno.»

Aveva senso ed era la cosa giusta da fare, ma, diamine, Jenna conosceva in prima persona il dolore di un genitore che se ne va. Non che lei se ne sarebbe andata, ma se Bryan avesse mai voluto insistere sulla questione, Trevor avrebbe potuto ritrovarsi senza di lei. Non poteva rischiare la sua vita, la sua stabilità, per le sue ragioni egoistiche.

«Ci penserò.» Non era una bugia; non aveva fatto *altro* che pensarci per tutta la notte. Be', a quello e a fare l'amore con Bryan.

Lo stupido sorriso che le era riapparso per tutta la mattina le crepò la maschera sul viso. L'estetista accorse, chiocciando come una gallina mentre applicava un po' più di alga ai lati della sua bocca.

«Non parlare» le sussurrò la donna.

Se solo lo avesse detto a Cathy.

«Penso solo che più lascerai andare avanti questa storia, più difficile sarà confessare in seguito. Avevi comunque intenzione di dirlo a Trevor quando sarebbe stato più grande, quindi alla fine Bryan lo scoprirà. Perché non strappi via il cerotto adesso e glielo dici? Togliti il pensiero. Poi potrete iniziare una vita insieme per davvero. Senza segreti, senza bugie, senza secondi fini tra voi. Lo merita lui, e lo meriti anche tu, Jenna. Non tutti gli uomini sono come tuo padre. Non tutti ti abbandoneranno. Dai una possibilità a Bryan. Diamine, ha avuto l'occasione perfetta per scappare... non è che i padri siano famosi per restare, eppure il tuo è rimasto. E vuole fare *più* che restare.»

«Non possiamo esserne sicure. Non ha detto niente.»

«Ha ritirato la sua proposta?»

«Beh, no, ma...»

«Esatto. E poi ha passato la notte scorsa con te *e* sta facendo da babysitter a tuo figlio. Sul serio, Jen, non lasciartelo scappare. Un altro come lui potrebbe non capitare mai più.»

Lo sapeva. Sapeva anche che se non avesse avuto quella bugia che le pendeva sulla testa, se lo sarebbe accaparrato al volo. Amava Bryan. Era così semplice, diretto, sconvolgente e profondo allo stesso tempo. Amava Bryan. Due parole, una ricchezza di emozioni e progetti e probabili disastri in ognuna di esse.

L'estetista le massaggiò un po' d'olio sui piedi, lavorando sui muscoli. La riflessologia aveva molto da offrire, mentre Jenna cercava di trattenere un gemito di piacere.

Bryan aveva provocato la stessa reazione la sera prima, e non era stata solo fisica. Le aveva toccato il cuore. L'anima. Quel posto speciale dentro di lei dove teneva sotto stretta sorveglianza i suoi desideri, i suoi sogni e le sue speranze. Aveva forzato quella serratura con la stessa facilità, no, con più facilità di quanta ne avesse avuta lei con quella della scatola di preservativi.

Sorrise, ricordando quanti di quei preservativi avevano usato. Probabilmente avrebbe dovuto prenderne un'altra scatola tornando a casa.

Casa. Per la prima volta, quella parola significava qualcosa perché Bryan sarebbe stato lì, ad aspettarla con il loro figlio, quando fosse tornata.

«Sono solo preoccupata che se non glielo dici ora e lo scopre da solo, ci rimarrà ancora più male. Avevi un motivo per non dire nulla prima che si presentasse. Ma ora che l'ha fatto e ti ha fatto la proposta, non hai una difesa quando questa cosa verrà fuori.»

«Non lo sto facendo per me, Cath. Lo sto facendo per Trevor. Qualunque cosa accada, sono disposta ad affrontarla, purché Bryan non scopra la verità e cerchi di portarmi via mio figlio.»

«Dagli un po' di credito. Cos'altro deve dimostrarti, Jen? È qui, vuole essere qui, non ha intenzione di andare da nessuna parte, fa da babysitter, sa lanciare una palla — ed è uno schianto mentre lo fa — e ti vuole. Corri il rischio, Jen. Per il bene di tutti voi.»

* * *

Le parole di Cathy le rimasero impresse per tutto il giorno. Meditare durante i massaggi, i trattamenti per il viso e la pedicure le aveva assicurato di non avere *nient'*altro a cui pensare per l'intera giornata. La cosa si era fatta un po' imbarazzante quando le stavano avvolgendo il corpo nelle alghe. I capezzoli turgidi non erano facili da nascondere.

Il fatto che Cathy avesse continuato a parlarne per tutto il viaggio di ritorno non aiutò. Aveva persino chiesto consiglio ad alcune delle altre ospiti durante la cena. Per una giornata che avrebbe dovuto essere così rilassante e allontanarla dalla sua vita quotidiana, non aveva fatto altro che aumentare il suo stress.

«Grazie per la giornata, Cath. L'apprezzo davvero.» Cathy lo aveva fatto a fin di bene e Jenna apprezzava le sue buone intenzioni e il suo sincero interesse, ma dirlo a Bryan...

Semplicemente non lo sapeva.

La salutò con la mano mentre Cathy si allontanava. Meglio che si decidesse presto, però, perché con l'intimità che avevano condiviso la notte prima, temeva che lui sarebbe stato in grado di leggerla come un libro aperto e di capire che qualcosa la turbava.

Jenna fece un respiro profondo e si preparò mentalmente a rivederlo. A nascondere il suo tumulto interiore e a fare buon viso finché non avesse capito cosa avrebbe fatto.

Solo che, quando si voltò, l'auto di Bryan era sparita.

Capitolo Trentaquattro

Aveva preso Trevor.

Jenna sapeva che era un pensiero ridicolo. Bryan non aveva rapito Trevor. Probabilmente l'aveva solo portato a trovare sua madre, o al cinema, o a prendere un gelato...

Solo che era passata mezzanotte e non c'era nessun biglietto né alcuna telefonata.

L'ospedale?

Oh, Dio, no. L'ultima volta che gli aveva parlato, erano stati a una partita di T-ball a guardare un suo amichetto giocare. C'erano state un sacco di urla di incitamento, un mucchio di «Ti vovo bene, mammina» e Bryan le aveva detto di godersi la giornata. Era successo qualcosa alla partita? Trevor era stato colpito in testa da una palla? O da una mazza? Era caduto dagli spalti?

Tirò fuori il cellulare. Forse si era persa la sua chiamata, solo che l'aggeggio era scarico. Fantastico. Di tutti i momenti in cui poteva scaricarsi la batteria.

Corse di nuovo in camera da letto a prendere il caricabatterie, passando davanti alla stanza di Trev.

Mr. Monkey non c'era più. Trevor non l'avrebbe portato alla partita, però, quindi questo non faceva che aumentare le probabilità di una corsa in ospedale. Anche l'orsacchiotto blu era sparito. Così come i dinosauri e le costruzioni. Il povero Rocco se ne stava tutto solo sulla mensola.

Jenna *non* voleva proprio identificarsi in un pesce.

Dove poteva averlo portato Bryan?

Attaccò il cellulare alla presa, contando gli interminabili secondi prima che l'aggeggio si illuminasse, poi compose il suo numero.

Le rispose la segreteria telefonica.

«Bryan, sono io. Dove sei? Dov'è Trevor? Va tutto bene?» Non riuscì a nascondere il panico nella voce.

Poi chiamò la madre di lui.

Rispose una signora Lassiter assonnata. «Pronto?»

«Signora Lassiter, cioè, Tabitha, sono Jenna. Mi scusi se chiamo così tardi, ma per caso Bryan è lì da Lei?»

«Bryan? Oh no. È al locale.»

Al *locale*? Cosa ci faceva al locale quando avrebbe dovuto badare al loro figlio?

«Uhm, Trevor è con Lei?»

«Oh no, cara. L'ho lasciato con Bryan.»

Aveva lasciato un bambino di tre anni in uno strip club?

Jenna non vedeva l'ora di riattaccare. Non vedeva l'ora di salire in macchina. Non vedeva l'ora di guidare fino al locale.

Beh, sì, a quanto pareva, ci riuscì. Almeno abbastanza in fretta perché Sarge la vedesse e la fermasse.

«Spiacente, Jenna, ma devo farLe la multa. L'abbiamo beccata a cinquantacinque in una zona con limite a trentacinque miglia orarie.» Si grattò la fronte. «Solo perché mi è simpatica non significa che possa infrangere le regole. Lo sa.»

Lo sapeva. Aveva infranto abbastanza regole nella sua vita da sapere che un giorno le avrebbero presentato il conto.

«E forse Le conviene non usare quel telefono.» Fece un cenno al cellulare che aveva in grembo. Per tutto il tragitto le aveva risposto la segreteria di Bryan. «Se L'avessi sorpresa a usarlo, sarebbe scattata un'altra multa, dato che è contro la legge parlare al telefono mentre si guida, a meno che non sia in vivavoce.»

Non lo era e lui lo sapeva. Aveva la sensazione che lui sapesse anche che l'aveva usato per tutto il tempo. Non poteva sapere il perché e lei non pensava davvero che dirgli di aver lasciato Trevor in custodia a Bryan, il padre di suo figlio, colui che l'aveva accusata di prostituzione e che ora aveva il loro bambino in uno strip club, e che praticamente l'aveva rapito senza dirle dove andava, fosse una buona idea. Sarge voleva troppo bene a Trevor perché lei lo facesse preoccupare o arrabbiare come era lei in quel momento.

Lo ringraziò – il che non aveva senso, dato che quel controllo le sarebbe costato centocinquanta dollari – e rispettò il limite di velocità per il resto del tragitto fino al BeefCake, Inc.

Santo cielo, Bryan aveva portato il loro figlio in uno *strip* club. Trevor ne sarebbe rimasto traumatizzato a vita.

Parcheggiò l'auto accanto a quella di Bryan. Erano lì, grazie a Dio.

Corse alla porta d'ingresso.

Era chiusa a chiave.

Chiusa a chiave?

Compose di nuovo il numero di Bryan.

Non rispose *di nuovo*.

Che diavolo gli prendeva?

Corse sul retro, cercando di sbirciare attraverso le finestre smerigliate che impedivano alla gente di godersi uno spettacolo gratis, ma non riuscì nemmeno a vedere una luce accesa all'interno.

Dove *era*?

Corse all'ingresso posteriore. Se non avesse funzionato, avrebbe preso la scala antincendio fino all'appartamento e avrebbe cercato di entrare da lì.

Per fortuna, la porta sul retro era aperta.

La luce proveniente da una delle stanze lungo il corridoio posteriore lo illuminava abbastanza perché lei potesse vedere e si diresse in quella direzione.

Il Dominio di Bryan era scritto su una targa accanto alla porta. Sbircò dentro. Una scrivania coperta di scartoffie, un divano coperto di costumi di scena, altri costumi appesi a ganci sul muro – compreso il suo vestito di Marilyn Monroe – il monitor di un computer con uno salvaschermo rotante, ma niente Bryan.

Si diresse verso il camerino che aveva condiviso con le altre ballerine. Buio.

Anche la cucina era buia, così Jenna si diresse verso l'ingresso del palco che dava sul locale.

Luci soffuse le illuminarono la strada mentre saliva le scale del backstage, come quando aveva ballato l'altra sera, e un debole bagliore oltre il sipario le diede la speranza che ci fosse qualcuno. Una parte di lei voleva che fossero

Bryan e Trevor, l'altra voleva credere che non avrebbe mai portato il loro figlio lì.

E poi partì la musica, morbida, bassa, seducente... Bryan stava davvero facendo ascoltare questa roba al loro figlio? Sembrava sesso liquido.

Fece un respiro profondo, non volendo inveire contro Bryan davanti a Trevor, e attraversò il palco per cercare l'apertura al centro del sipario.

«Chi è là?» La voce di Bryan squarciò la melodia sensuale.

Jenna trovò l'apertura. «Sono io» disse proprio mentre le luci del palco si accendevano, accecandola.

«Jenna?» Bryan balzò sul palco. «Cosa ci fai qui?»

Portò una mano al viso per proteggersi gli occhi dalle luci. Aveva dimenticato quanto fossero accecanti. «Dov'è Trevor? Sono tornata a casa e non c'era nessuno. Tua madre ha detto che eri qui.» Si guardò intorno, ma non riusciva a vedere nulla oltre le luci. «Dov'è?»

«Di sopra. Non hai ricevuto il mio messaggio in segreteria?»

«Il cellulare mi si è scaricato e ho controllato per tutto il tragitto fin qui. Non c'è nessun messaggio.»

«Non deve essere arrivato essendosi scaricata la batteria. Ti ho chiamata più di cinque ore fa per dirti che sarebbe stato qui.»

«*Perché* è qui? Cosa mai può averti spinto a portarlo in uno strip club?»

«È sorto un imprevisto e stasera ho dovuto sostituire Gage per la chiusura, quindi ho pensato di mettere a letto Trev qui piuttosto che doverlo svegliare da mia madre nel bel mezzo della notte per portarlo a casa. Avevo intenzione di rimanere con lui di sopra e riportarlo a casa domattina. Va bene, no?»

Per tutto il tempo in cui stavano parlando, le mani di Bryan vagavano su di lei. Prima le spalle, poi le scostò una ciocca di capelli dal viso; le protesse persino gli occhi dalle luci, avvicinandosi a ogni gesto, i suoi occhi la studiavano, le dita le tracciavano i lineamenti e la attiravano a sé, il suo corpo – e ora il suo – che ondeggiava al ritmo della musica soft.

Faceva fatica a concentrarsi. «È qui? Dorme?»

Bryan si avvicinò di un passo. «Sì. Di sopra. Dorme della grossa. Con Mr. Monkey e l'orso blu.»

«Bryan.»

«Cosa?» Le sfiorò il braccio con la punta delle dita.

«Intendevo dire che l'orso si chiama Bryan.»

«Orso fortunato.» La punta delle sue dita le curvò sulla spalla per poi scendere verso sud, lasciando una scia di fuoco al loro passaggio.

«Arrogante.» A buon diritto. Quell'uomo sapeva eccitarla come nessun altro.

«Volevo dire che *quel* Bryan ha un compagno di letto.» Fece un altro passo avanti finché non ci furono più passi da fare. «Spero che *questo* Bryan sarà altrettanto fortunato.»

E poi la baciò.

Proprio lì, sotto le luci, sul palco, ballando come una coppia, i loro corpi in perfetta sintonia, conoscendo istintivamente i movimenti l'uno dell'altra.

Proprio come avevano fatto la sera prima.

«Mmm, hai un buon profumo» le sussurrò mentre le strofinava il naso sul collo. «Mi sei mancata.»

«Anche tu mi sei mancato.» Non poteva non dirlo quando stava facendo cose così deliziose alle sue terminazioni nervose, dato che era la verità.

«Ti sei divertita?»

Non così tanto come in quel momento... «È stato piacevole.»

Le sue labbra le stavano mandando brividi per tutto il corpo semplicemente sfiorandole il lobo dell'orecchio.

«*Tu* sei piacevole.» Le afferrò il lobo dell'orecchio tra i denti.

Jenna rabbrividì, scintille le sfrecciavano per il corpo. Questo era molto più che *piacevole.* Era eccitante e sensuale e la stava facendo impazzire. La notte scorsa non era stata abbastanza. Non ne avrebbe mai avuto abbastanza di Bryan.

Gli avvolse le braccia intorno e lo strinse forte, scivolando contro di lui a tempo di musica, ricordando com'era stato lì su quel palco, sotto le luci calde, la musica che infondeva nel suo corpo una sensualità che non sapeva di possedere e la sentì di nuovo.

Le afferrò i fianchi e la strinse a sé, la musica che lo eccitava – fisicamente – tanto quanto eccitava lei.

Le baciò le labbra, succhiandole come aveva fatto con il suo seno la notte prima, e Jenna gemette. Lo voleva.

«Ti voglio» ringhiò contro le sue labbra, tirando i suoi fianchi ancora più vicino come se ci fosse qualche dubbio su quanto la desiderasse.

Le fece scivolare le mani sotto la camicia, le dita lasciavano una scia di calore ovunque la toccassero. Le accarezzò i seni, i pollici le sfiorarono i capezzoli e Jenna si godette la sensazione. «Sì, Bryan, toccami.»

Grazie a Dio erano soli lì, sul palco, sotto quelle luci, in quel locale, perché Jenna non sapeva se sarebbe riuscita a fermarsi. Era la sensazione più dolce che si potesse immaginare, così calda e inebriante, essere voluta da Bryan. Desiderata da lui. Lui le fece scendere di nuovo le mani lungo i fianchi, seguendo la curva della vita, e le avvolse i fianchi per stringerle il sedere, e lei ansimò nella sua bocca mentre lui la baciava, caldo, a bocca aperta, il bacino che spingeva contro di lei.

«Qui, Jenna» ringhiò. «Ti voglio qui.»

«Qui?» ansimò quando le labbra di lui lasciarono le sue per scivolare lungo il suo collo e sulla sua clavicola, il tutto mentre le sbottonava la camicia.

E poi le separò i lembi della camicia e la baciò tra i seni, slacciandole il reggiseno con i denti.

Con i suoi *denti*.

Fu allora che le ginocchia le cedettero. Per fortuna, la sorresse, ma solo il tempo necessario per adagiarla sul pavimento del palco.

«Qui.» Si stese sopra di lei, sostenendo il proprio peso sui gomiti, le cosce intorno alle sue, e a Jenna non importava dove fossero, purché lui non se ne andasse.

«Sì, Bryan.»

Era tutto ciò che stava aspettando di sentire.

Bryan non avrebbe mai creduto di poterla desiderare così tanto. Avrebbe pensato che nulla potesse superare la notte precedente, ma ora, quella notte, quel momento, lo superavano. La voleva con una ferocia che quasi lo spaventava. Lei era sua. Quel ragazzino di sopra era suo. Erano suoi. Quella famiglia era *sua*.

Le scoprì i seni. Era così bella. Così vivaci e imbronciati e in attesa solo di lui.

Così prese. Prese un dolce e perfetto seno in bocca e assaporò l'essenza di Jenna. Un altro profumo, floreale o fruttato, si mescolava lì, ma nulla avrebbe mai potuto mascherare chi lei fosse per lui.

Lei si inarcò contro di lui, il suo bacino lo colpì proprio dove voleva, ma era troppo presto. Avevano tutta la notte; non ci sarebbe stato nessuno al locale e non voleva perdere tempo ad andare altrove.

Grazie a Dio, aveva avuto la lungimiranza di mettere dei preservativi in tasca.

«Ti voglio, Bryan» sussurrò Jenna quando lui passò all'altro seno.

Lui alzò lo sguardo, appoggiando il mento su quella dolce carne. «Non puoi volermi neanche lontanamente quanto io voglio te, Jenna. Mi sento come se ti avessi aspettata per tutta la vita.» Sì, si era messo a nudo con quel commento, ma i suoi sentimenti erano già lì e se non glielo avesse detto, se non avesse colto l'occasione, non l'avrebbe mai saputo.

«Ma è così, Bryan.» Lei gli passò una mano tra i capelli e poi gli tracciò le labbra con le dita.

Lui gliele baciò.

«Ti voglio così tanto. Fa' l'amore con me» sussurrò lei, la voce tremante come si sentiva lui.

«Sarà un piacere.» E lo sarebbe stato.

E così fece.

Adorò ogni centimetro del suo corpo lì, su quel palco, le luci che non nascondevano nulla l'uno all'altra, i corpi nudi l'uno di fronte all'altra, gli occhi aperti, le anime...

Anime condivise, poiché ogni movimento, ogni tocco era carico di significato. Ogni carezza così profondamente personale e così profondamente necessaria.

Le passò il palmo della mano sulla pancia dove aveva portato in grembo il loro figlio. Non una smagliatura su di lei, anche se non sarebbe importato se ne avesse avute migliaia. Le avrebbe baciate una per una e sarebbe stato grato per tutto ciò che rappresentavano.

Anche la cavità concava dei suoi fianchi non mostrava alcun segno della gravidanza, ma d'altronde, sua madre era magra. Buoni geni. E anche buoni *jeans.* Sorrise mentre le baciava l'ombelico. Jenna stava bene con tutto e con niente.

Baciò più in basso, amando la sensazione, l'odore e il sapore di lei nella sua bocca. Amava guardarla raggiungere l'apice, le sue gambe che si stringevano intorno a lui, amava guardarla dondolare contro di lui mentre le sensazioni la travolgevano, e amava quel dolce sorriso quando la baciava alla fine, quel sorriso dolce e delicato che diceva che le aveva dato piacere.

Prese un preservativo dai pantaloni buttati a terra, se lo infilò, poi si sdraiò accanto a lei sul palco, sentendo il suo corpo riprendersi dalla cavalcata che le aveva appena fatto fare, e ne volle ancora. Non ne avrebbe mai avuto abbastanza di Jenna. «Dovremmo salire. Non posso farti quello che voglio senza farti male alla schiena su questo pavimento.»

«E cosa vuoi farmi?» Si girò e gli mordicchiò la mascella.

«Ah, Jen... Così tanto, tesoro. Voglio essere dentro di te così a fondo e così a lungo che non ricorderai mai come fosse senza di me lì. Che non vorrai mai *sapere* come sia. Ti voglio, piccola. Per sempre.»

Una lacrima scivolò dall'angolo del suo occhio.

Merda. Troppo, e troppo presto.

Gliela asciugò. «Ehi, nessuna pressione. Ti prego, non piangere. Aspetterò. Te l'ho detto, non vado da nessuna parte.»

«Non è quello...» Scosse la testa e si morse il labbro.

Poi gli afferrò il viso e lo baciò. Con forza. Esigente. Impetuosa.

E poi rotolò sopra di lui, sollevò i fianchi e lo accolse dentro il suo corpo.

Era il paradiso. Era morto e andato dritto in paradiso senza avere idea di cosa avesse fatto per meritare una tale ricompensa, ma quando lei si mosse su di lui, non gli importò più. Le afferrò quei fianchi flessuosi e la tenne sopra di sé e affondò in lei.

«Così, Bryan, prendimi.» Aveva le mani sul pavimento vicino alla sua testa, le dita gli si impigliarono tra i capelli e lui non riuscì a muovere il capo.

Non che ne avesse bisogno. La fece muovere su e giù sopra di lui, il calore umido e scivoloso del suo corpo che lo spingeva avanti, dentro e fuori, ancora e ancora, come se stesse cercando disperatamente qualcosa che solo lei poteva fornire.

Lei si inarcò contro di lui, i seni proprio di fronte a lui e Bryan si liberò i capelli dalle sue dita mentre si spingeva in avanti, prendendo un dolce seno in bocca, succhiandolo mentre la faceva scendere su di sé.

Poi, in qualche modo, si ritrovarono seduti e lei era in ginocchio, accogliendolo fino in fondo, le sue cosce che gli accarezzavano i fianchi mentre si muoveva su di lui, facendolo impazzire di bisogno, voglia e desiderio, le sensazioni che si avvolgevano nei suoi testicoli e minacciavano di esplodere dentro di lei come un razzo.

«Vieni per me, Bryan» ansimò nel suo orecchio mentre gli passava la lingua intorno.

Bryan fece scivolare una mano tra loro, trovando quel piccolo fascio di nervi che l'avrebbe portata al limite. Se doveva venire, la voleva con sé.

Jenna si piegò all'indietro quando lui la toccò, i suoi seni ancora a portata di bacio, ma i suoi occhi... lo stava guardando con quei meravigliosi occhi blu e Bryan, molto lentamente, si chinò in avanti per prenderle il capezzolo in bocca.

Ne sfiorò la punta delicatamente – a tempo con il movimento che stava facendo tra le sue gambe.

«Oh mio Dio» sussurrò lei, le labbra umide che si schiudevano, ed era la vista più bella che avesse mai visto.

«Ti piace?»

Non riuscì a rispondere. Si morse il labbro e annuì, e i suoi muscoli interni lo strinsero.

Bryan inspirò con un respiro affannoso. Dio, sì, che sensazione dannatamente bella.

Lo fece di nuovo.

E così fece lei.

E ancora. E ancora.

Finché, ben presto, non ci fu più un pensiero cosciente, non ci fu più l'attesa della sua reazione, ma piuttosto, erano entrambi a reagire. Entrambi che si volevano.

Jenna gli cullò la testa mentre lui le succhiava il seno e lei strinse i muscoli intorno a lui mentre scivolava giù, poi li strinse di nuovo mentre scivolava su, lasciando solo la punta prima di scivolare di nuovo giù, e il ritmo continuava ad aumentare, le loro grida di piacere a farsi più forti, il suono della loro carne che si incontrava più veloce, e Bryan sentì l'inizio della fine. Lo sentì avvolgersi dentro di sé finché non riuscì più a trattenerlo, e le allargò la mano sulla parte bassa della schiena, facendola lavorare su di sé, premendola contro di sé, l'altra mano che lavorava tra loro per portarla allo stesso punto, e poi, all'improvviso, erano *lì*.

Jenna gridò il suo nome e lo afferrò mentre le onde della passione la scuotevano in spasmi, spremendo da lui quella stessa passione, e in un impeto accecante, Bryan sentì tutto quel desiderio, tutta quella voglia e bisogno e tutto ciò che era in lui per lei, riversarsi in lei – metaforicamente, grazie al preservativo – e gridò il suo nome. La reclamò.

Era sua. Finalmente e completamente, tanto sicuro quanto sapeva che erano lì insieme su quel palco, sapeva che lei era sua.

E poi il preservativo si ruppe.

Capitolo Trentacinque

Jenna non si era mai affrettata così tanto in vita sua. L'euforia dell'orgasmo un minuto e quello dopo la dura realtà le piombò addosso con le cosce gocciolanti dello sperma di Bryan.

«Oh mio Dio, oh mio Dio, oh mio Dio». Afferrò i pantaloni — le mutandine — qualsiasi cosa — e cercò di pulirsi.

Il problema non è che ce l'hai sulle gambe, Jenna.

Sì, se ne rendeva conto, grazie tante, ma a parte usare una siringa da cucina, non c'era niente che potesse fare...

Jenna si lasciò cadere sul palco, le gambe le cedettero a quella consapevolezza. Uno. Ne bastava uno solo. Un minuscolo, forte nuotatore e la sua vita sarebbe cambiata per sempre.

«Jenna».

Anche se lo era già stata.

Guardò Bryan. Era seduto lì, girato su un fianco, una mano a sorreggerlo e l'altra appoggiata sul ginocchio che teneva sollevato in tutto il suo nudo splendore. Ed era uno splendore. Tranne per i resti del preservativo sul suo...

«Cosa facciamo?».

«Andrà tutto bene, Jenna». Lui le prese la mano.

«Bene? Bryan, nel caso ti fosse sfuggito...». Indicò le sue inguine. «Sei a zero su due inel reparto preservativo. Come può andare tutto bene?».

Lui abbassò lo sguardo e le lasciò la mano per rimuovere la statistica del tre percento di cui non aveva mai voluto vedere la prova.

Ma d'altronde, quella prova ce l'aveva già, no? Stava *crescendo* quella prova. Rimboccandogli le coperte ogni sera.

A quel punto Bryan si mise a sedere a gambe incrociate e afferrò la maglietta per gettarsela sulle inguine. «So che non è la situazione ideale, ma se succede, per me va bene, Jenna. Io resterò, e amerò un nuovo bambino tanto quanto già amo Trevor». Le prese la mano. «Stavolta non dovrai affrontarla da sola».

Oh Dio, un bambino con Bryan. Era tutto ciò che Jenna potesse desiderare e il suo più grande incubo, tutto in uno. Non poteva portare avanti la finzione durante una vera gravidanza. Non poteva fingere di averla già passata quando lui avrebbe voluto venire a ogni visita medica, a ogni ecografia, a ogni corso preparto e al parto stesso.

L'avrebbe scoperto.

Troppo tardi adesso, tesoro, la schernì la sua coscienza.

No, non lo era. Poteva correre alla farmacia notturna più vicina e prendere la pillola del giorno dopo...

Ma non l'avrebbe fatto.

La sua mano andò all'addome. Se *avevano* concepito un bambino, non se ne sarebbe sbarazzata. E non perché sarebbe stato di Bryan, ma perché sarebbe stato *suo*. Quello sarebbe stato il bambino che *lei avrebbe* deciso di tenere. Nessun altro. Non sua madre, non Bryan e non qualche stupido autista ubriaco che non avrebbe mai dovuto mettersi al volante, rovinando e mettendo fine alla vita di altre persone. Questo bambino sarebbe stato *suo*.

«Jenna? Stai bene?».

Bryan si alzò in piedi. La sua voce la strappò da quel momento buio e intenso, e lei dischiuse le dita che si erano strette in modo protettivo sullo stomaco. «Uhm, sì. Certo. Sto bene».

E lo stava. Jenna lasciò cadere la mano lungo il fianco, restando lì, nuda, e *stava* bene. Se avevano concepito un bambino, l'avrebbe affrontato. Proprio come aveva fatto Mindy.

E per mano dello stesso uomo.

L'ironia era... be', ironica. Quali erano le probabilità di concepire un figlio con il padre di Trevor? Non poteva succedere *davvero*, vero? Dio, l'Universo, il

Karma — non potevano avere tutti lo stesso contorto senso dell'umorismo. Un figlio a sorpresa nel mondo di Bryan era sufficiente.

Bryan le si avvicinò e le fece scivolare le mani lungo le braccia. «Mi stai spaventando».

«Non era mia intenzione». Gli passò un dito lungo la mascella. Una mascella così bella. Forte. Affidabile. Come lui. «Sto bene».

«Andrà tutto bene, Jenna. Se ci sarà un bambino...». Le appoggiò la fronte contro la sua. «Affronteremo la cosa. Nel modo giusto, stavolta».

La domanda era, quale *era* il modo giusto? Ma non la pose. Avrebbe aspettato di dover prendere le decisioni importanti. In quel momento... in quel momento, doveva solo affrontare ciò che avevano fatto. «Non posso credere che l'abbiamo appena fatto qui. Chiunque sarebbe potuto entrare».

«Solo qualcuno con una chiave, il che limita la scelta a me, Gage e sua moglie, Lara... e se hanno un briciolo di buon senso, sono a casa a fare quello che stavamo facendo noi qui».

Le sollevò il viso. «Quello che voglio fare di nuovo». Quegli occhi viola scrutarono i suoi, e Jenna si sentì cadere sotto il suo incantesimo. «Vieni con me di sopra?».

«Pensavo che Trevor dormisse lì».

«Il divano si apre e diventa un letto. Non avrai pensato che due ragazzi single avrebbero avuto un posto con *una* sola camera da letto, vero?». Bryan ammiccò con le sopracciglia. «La parte migliore è che conosco il proprietario, quindi non dobbiamo nemmeno metterci i vestiti per attraversare i corridoi».

«Wow, questo sì che torna utile». Jenna gli accarezzò la mascella. «Ma se per te è lo stesso, vorrei almeno portarmeli dietro, così Trevor non si sveglia con sua madre in piedi nuda, e io posso andarmene con un briciolo di dignità».

«Sono d'accordo con te sulla faccenda del niente nudità per il bene di Trevor, ma mi creda, signorina Corrigan, ho intenzione di strapparle via ogni briciolo di dignità per le prossime sei ore».

«Può provarci, signor Lassiter».

«La prendo come una sfida».

«Voleva esserlo».

Ed era una sfida che Bryan era più che *pronto* ad accettare.

Capitolo Trentasei

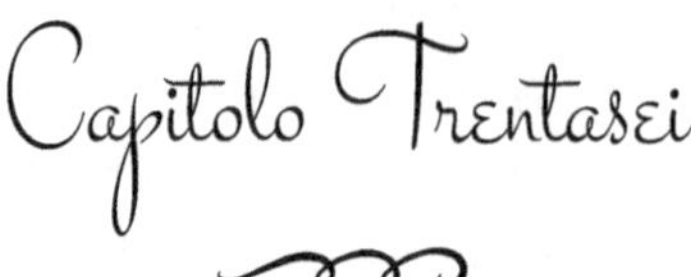

«Sbligati, mamma! Io e Bobby vogliamo allampicalci sul folte sull'albelo.»

«Già, *mamma*, muoviamo quel bel sederino.» Bryan le diede una pacca mentre la superava, poi ebbe la sfacciataggine di girarsi e correre all'indietro verso il parco giochi, con un aspetto fin troppo magnifico per uno che aveva dormito così poco come entrambi.

«Questo bel sederino si sta trascinando,» borbottò lei. Il prezzo da pagare per una notte d'amore con Bryan Lassiter.

«Allora, con piacere, lascia che ti aiuti io.» Questa volta le corse dietro e le sostenne letteralmente il sedere.

«Bryan! Non puoi farlo! Qualcuno potrebbe vederci.» Si mise a correre. Era proprio quello che le ci voleva: uno dei suoi studenti che andava a spargere in giro per la scuola che si faceva palpeggiare da un uomo al parco. Certo, se fosse rimasta incinta, la storia del palpeggiamento sarebbe passata in secondo piano.

Jenna si rifiutò di pensarci e a qualsiasi ripercussione una gravidanza avrebbe comportato. Si stava divertendo troppo con suo figlio e l'uomo che amava.

«Accidenti, donna, sei una guastafeste.» Bryan la raggiunse e la superò ancora una volta.

Questa volta, però, non si girò, così lei poté godersi lo spettacolo del *suo* di sedere.

«Ti piace quello che vedi?» le lanciò da sopra la spalla.

«A dire il vero, sì. E se mi lasciassi raggiungere, forse te lo dimostrerei anche.»

«Questa è una promessa a cui non posso resistere.» Smise di correre e la aspettò. Ma poi la prese in braccio, la fece girare e le stampò un bacio enorme, proprio lì, davanti a chiunque.

«Che schifo!» Compresi due bambini di quasi quattro anni.

«La mamma bacia papà!» Trevor sembrava deliziosamente disgustato.

Suo padre sembrava semplicemente delizioso. «Ehi, piccoletto. Non criticare finché non provi. Un giorno bacerai le ragazze e non ti sembrerà più così schifoso.»

«NossignoLe. Non baceLò mai una lagazza. Andiamo, Bobby, andiamo nel folte.»

Bryan la condusse alla panchina in piena vista della fortezza sull'albero mentre i bambini correvano a giocare. «Allora, a proposito di ieri notte.»

«Sì, a proposito di quello.» Lei si portò le ginocchia al petto e si strinse le gambe con le braccia.

Lui le squadrò le gambe. «È stato... carino.»

«Stavo pensando a una parola diversa da carino, ma va bene.»

«Oh? E quale sarebbe?»

Oh, no. Non avrebbe scoperto le sue carte per prima. Fece spallucce e rimise i piedi a terra. «Carino va bene, suppongo.»

«Ma dai, Jenna.» Le mise una mano sul ginocchio e glielo strinse dolcemente, gli occhi viola che scintillavano di divertimento. «A cosa stavi pensando?»

Lei gli diede un pizzicotto sul naso. «Non hai bisogno di altri motivi per montarti la testa. Non sarò un'altra della lista di donne che ti cadono ai piedi e ti riempiono di complimenti su quanto sei magnifico.»

La luce scherzosa scomparve dai suoi occhi e Bryan si fece serio. «Prima di tutto, non ci sono lunghe file. Secondo, anche se ci fossero, ti sembro davvero il tipo che se ne approfitterebbe? Addio al celibato a parte. Quella volta c'erano troppo alcol e desiderio reciproco. Non ero nelle condizioni di resistere a una donna sexy che ci provava con me.»

«Come fai a sapere che lei... cioè, *io*, ci ho provato con te? Forse *tu* ci hai provato con me.»

«L'ho fatto?»

Merda. In trappola. Non conosceva la risposta, perché non la conosceva nemmeno Mindy. «C'era parecchio alcol per tutti quella sera.»

«Esatto. Quindi escludiamo quella sera dall'equazione, riguardo a quello che stavo cercando di dire.»

«Che cosa *stavi* cercando di dire, Bryan?»

Fece un respiro profondo e la guardò, con un'espressione in quegli occhi splendidi che non aveva mai visto prima. Poi distolse lo sguardo.

«Stavo per dire... » Si voltò di nuovo a guardarla, e poi si lasciò cadere su un ginocchio di fronte a lei.

Proprio lì. Sulla terra, accanto alla panchina di legno su cui gli innamorati avevano inciso le loro iniziali.

Oh, cielo.

Bryan le prese la mano. «Jenna Corrigan, quello che stavo per dire è che, anche se magari ballo per un sacco di donne e forse ispiro fantasie in alcune di loro, tu sei l'unica su cui io abbia fantasticato. Vorrei poter dire che l'ho fatto fin dalla prima volta che ti ho vista, ma c'era di mezzo quella storia dell'alcol e, be', diciamo solo che da quando ti ho *ri*-conosciuta, da quando sono venuto a casa tua e ti ho vista essere così ferocemente protettiva e di supporto per i tuoi studenti e per nostro figlio, da quando ho visto come hai accolto me, *e* la mia famiglia, nella vita di Trevor, da quanto sei bella quando sorridi, quanto sei adorabile quando sei determinata a fare qualcosa, e quanto totalmente sconvolgi il mio mondo con un semplice sguardo... Voglio chiederti di nuovo una cosa. E questa volta, non è per Trevor e non è per ciò che potrebbe o non potrebbe essere stato concepito ieri notte, ma perché non riesco a toglierti dalla testa e perché passare questo tempo con te e arrivare a conoscere la persona che sei — e il modo in cui mi ecciti — voglio chiederti di nuovo se vuoi sposarmi.»

Questa volta, tirò fuori un anello.

«Dove... dove l'hai preso?»

«Era di mia madre. Ieri sera le ho chiesto se potevo dartelo e lei ha detto che sarebbe stata onorata se tu avessi indossato qualcosa che simboleggia l'amore che lei e mio padre hanno condiviso per oltre quarant'anni.»

Jenna non riusciva a parlare. Non riusciva a rispondere. Non riusciva nemmeno a scuotere la testa.

Voleva sposarla. Non aveva detto di amarla, ma di sicuro c'era. Di sicuro, era implicito. Di sicuro se non l'amava adesso, era sulla buona strada, no?

E cosa succederà quando gli dirai la verità?

«Jenna?» Le strinse le dita. «Lo vuoi?»

Dio, aveva fatto chiedere all'uomo di sposarla due volte.

Forse perché ci stai ripensando?

«Sì. Lo voglio.» *Non* ci stava ripensando. Glielo avrebbe detto. Assolutamente. E lui avrebbe capito. Ora che si sarebbero sposati e sarebbero stati insieme per sempre, lui avrebbe capito il suo bisogno di proteggere Trevor. Lo aveva detto lui stesso: amava il modo in cui lei amava e proteggeva il loro figlio.

Suo figlio.

«Il prima possibile, Bryan.» *Poi* gli avrebbe detto la verità.

Vigliacca.

Preferiva pensare che fosse istinto di autoconservazione. Di conservazione di *Trevor.*

Lui le infilò l'anello al dito, poi le prese la testa tra le mani e la baciò. Un bacio lungo, persistente, pieno di promesse, impegno e felicità e, sì, anche di amore — era lì — Bryan sigillò le loro anime e guarì il suo cuore.

«Che schifo!»

Si separarono ridendo. I due bambini erano a meno di trenta centimetri da loro. Trevor li guardava con un'aria così innocente. «Vogliamo il gelato.»

Bobby, d'altra parte... «Vi bacerete per tutto il tempo? Perché fa schifo.»

«Potrei proprio continuare a baciare la mamma di Trevor, sì,» disse Bryan, cingendola con un braccio. «Hai qualche problema, Trevor?»

Trev fece spallucce. «Non m'impolta. Voglio solo il gelato.»

«Be', secondo me fa schifo.» Bobby incrociò le braccia. «La mia mamma ha detto che è così che le è venuto di nuovo un bambino in pancia. Te ne verrà uno anche a te, Jenna?»

«Fico! Voglio un fLatellino!»

Jenna guardò Bryan e qualcosa di... magico? Emozionante? Eterno? Passò tra di loro.

Sì, la amava. Era lì.

«Baciarsi non sempre mette un bambino nella pancia di una donna, ragazzi, ma a volte può succedere.» Bryan si sedette di nuovo accanto a lei sulla panchina. «Ma cosa ne pensi se dicessi che voglio sposare tua madre, Trev?»

Il sorriso di Trevor scomparve e i suoi occhi viola si volsero verso di lei. «Vuoi sposaLe Blyan, mamma?»

«Lo voglio, Trev. Tu che ne pensi?»

Quegli occhi, così simili a quelli di Bryan, iniziarono a scintillare e la sua bocca si spalancò. E così fecero le sue braccia, e poi si lanciò contro di loro, stringendoli entrambi in un abbraccio più grande di quanto le braccia di un bambino di quasi quattro anni potessero contenere, ma non più grande del suo cuore. «SaLemo una famiglia!»

Sperava solo che Bryan si ricordasse di quel momento e di tutto ciò che rappresentava per tutti loro, quando gli avrebbe detto la verità.

Capitolo Trentasette

«Dal momento che ti sei offerto di cucinare, faccio un salto al mercato» disse Jenna a Bryan, strofinandosi i capelli con un asciugamano dopo aver fatto la doccia. La corsetta al parco, seguita dall'abbraccio entusiasta di un Trevor impolverato, e da qualche altro impiastricciato di gelato sciolto, aveva fatto sì che tutti avessero bisogno di darsi una lavata al ritorno dalla loro uscita mattutina. Anche Bobby era stato lavato e ora i bambini stavano giocando con le costruzioni sul tavolino del salotto. «Pensi di poter reggere il forte?»

«È un castello, mamma» disse Trevor, talmente concentrato a posizionare il blocchetto nel punto giusto che non alzò nemmeno lo sguardo.

«Scusa, Trev. Castello.» Si rivolse di nuovo a Bryan. «È pignolo in questo senso. Gli piace assicurarsi che ogni cosa sia perfettamente allineata e, se qualcosa è un castello, non può essere un forte. O una segreta.»

«Sì, capisco. Ero così anch'io da bambino.» Bryan impilò i tovaglioli sul tavolo.

Jenna li guardò e inarcò le sopracciglia. «Solo da bambino?»

Lui arrossì e a lei si sconvolse qualcosa dentro nel vedere quel suo lato. Specialmente mentre indossava uno dei suoi grembiuli, pronto a preparare la torta di mele fatta in casa di sua madre. A quanto pareva, l'anello non era l'unica cosa che aveva chiesto a sua madre la sera prima, quindi Jenna non stava solo ottenendo un padre fantastico per suo figlio, un amante straordinario a letto, ma anche uno chef in cucina.

«Sei sicuro di potercela fare?»

«Certo che posso. Sono solo bambini, non una banda di teppisti.»

«Basta che ti ricordi di averlo detto.»

Lui le diede una pacca sul sedere con uno strofinaccio. «Vai. Prima che cambi idea e costringa *te* a stare qui con loro.»

«Vado, vado!»

* * *

Sorrise per tutto il tragitto fino al supermercato. E per metà delle corsie.

A dire il vero, l'unica ragione per cui smise di sorridere fu perché sua madre era nella corsia nove e la vide prima che Jenna potesse voltarsi dall'altra parte.

«Ellen.»

«Si è già trasferita *quella donna*?»

Nessun saluto, nessun caldo bacio sulla guancia. Quando Ellen era di cattivo umore, era una persona da cui Jenna non voleva stare vicino. Afferrò un flacone di ketchup e lo lasciò cadere nel carrello. «Si chiama Tabitha.»

«Ha il nome di una strega. Perfetto.»

Jenna si voltò verso gli scaffali. Era a corto di senape, no? La prese. Anche se non fosse stata a corto, la senape non sarebbe andata a male. A differenza di quella conversazione. «Smettila, Ellen. Tabitha non c'entra niente.»

«C'entra in tutto e per tutto. Ha cercato di intromettersi tra mia figlia e la sua famiglia...»

«Una famiglia che tu hai avuto ampie opportunità di conoscere e che hai scelto di non frequentare, se ti ricordi.» Jenna le puntò contro il barattolo di senape. «Quindi non puoi biasimare Trevor per essere entusiasta di avere una nonna nella sua vita, o lei per amarlo e voler stare con lui. O me, del resto. Non puoi biasimare *me* per aver accolto quella donna in casa mia, quando è probabilmente l'unica nonna che Trevor conoscerà mai.»

«Potrebbe conoscere me.»

«Potrebbe... *se* ti dessi mai la pena di conoscerlo. Ma non l'hai fatto, Ellen. Hai scelto di prendere le distanze da noi. Proprio come hai fatto con me da quando hai scoperto della relazione di papà.»

232

«*Papà*.» Le labbra di sua madre si arricciarono. «Lo chiami così come se lo amassi, ma come potresti, quando ha scelto *lei*, quella donna, *e* la sua figlia bastarda al posto tuo. Come hai potuto, Jenna? Come hai potuto anche solo pensare di stare con lui, di andarlo a trovare, di passare del tempo con lui quando ti ha fatto un torto?» Ellen stringeva il retro del carrello di Jenna con una presa mortale, le nocche bianche mentre quasi lo faceva sferragliare.

Jenna tirò via il carrello. «Perché non volevo perdere l'unico padre che avessi mai conosciuto, mamma. Perché mi amava ancora, anche se non amava più te. E mi dispiace per questo. Mi dispiace che tu abbia pensato che dovesse essere una situazione aut aut. Che *io* dovessi scegliere, anche se tu non ne avevi avuto la possibilità. So che quello che ha fatto è stato terribile. Lo capisco. Non avrebbe dovuto farlo. Ma ero una *bambina*. Sua figlia, e avevo bisogno di mio padre.» *Specialmente quando ti sei rivoltata contro di me.*

Ma Jenna non lo disse. Non ne sarebbe venuto niente di buono dal ferire sua madre con il passato. Jenna voleva solo andare avanti. Concentrarsi sul futuro.

«*Io* ti ho amata. *Io* ti ho portata in grembo. Tu, più di chiunque altro, dovresti conoscere il legame tra una madre e un figlio, Jenna, e tu l'hai spezzato.»

A quanto pare, Ellen non aveva la stessa moratoria sull'infliggere il dolore del passato nel presente. «Come *osi*. Come *osi* scaricarmi addosso una cosa del genere. Ero una bambina. Una *bambina*. La *vostra* e la sua. Non potevo scegliere. Nessun bambino dovrebbe essere costretto a farlo. E non era lui a obbligarmi. Eri *tu*. E lo stai facendo ancora.»

Girò il carrello. «La mia porta è sempre aperta per te, Ellen, ma assicurati di essere disposta ad accettare me per come sono, e Trevor per com'è, e Bryan e Tabitha e qualsiasi altro Lassiter che si presenterà per far parte della vita di mio figlio, perché io *non* costringerò mio figlio a scegliere chi può amare. Non è stato giusto per me e non lo sarà per lui.»

Si allontanò a grandi passi, ricacciando indietro le lacrime mentre spingeva il carrello verso la cassa. Come *osava* sua madre farle una cosa del genere. Come *osava* cercare di scaricarle addosso quella colpa. Qualsiasi cosa Ellen avesse provato riguardo al loro matrimonio, avrebbe dovuto tenerla per sé. Papà l'aveva fatto. Non aveva mai parlato male di sua madre una sola volta durante tutte le pratiche del divorzio. Aveva detto che non erano più le persone di cui si erano innamorati e che non erano più felici insieme. Questo era stato ovvio anche per lei all'epoca. Papà era stato molto più felice con la mamma di Mindy, e Jenna era stata certamente felice di avere una sorella. Sì, si era sentita in colpa per Ellen, ma Ellen aveva lasciato che l'amarezza e l'odio si incancrenissero, e ciò aveva colpito tutti intorno a lei, finché Jenna non era andata a cercare amore e accettazione tra le braccia del suo ragazzo.

Era stata una stupidaggine. Lo sapeva. Lo sapeva anche allora. E Dave aveva dimostrato quanto fosse stata stupida quando aveva scoperto di essere incinta e lui le aveva dato della bugiarda.

L'ironia era che, *allora*, non stava mentendo, eppure Dave l'aveva lasciata. Ora... con Bryan, stava *mentendo* e lui la voleva.

Certo, lui non sapeva che lei stesse mentendo. E anche se aveva un'ottima ragione, non poteva continuare a farlo. Non era giusto. Non per lui, non per Trevor, e decisamente non per lei. Meritava di essere amata per chi era e, finché quella bugia le fosse pesata addosso, non avrebbe mai potuto essere veramente quella persona.

Doveva confessare. Subito.

Capitolo Trentotto

Diciotto... Diciannove... Venti. «Pronti o no, arrivo!» Bryan si scoprì gli occhi e si guardò intorno nel salotto. Avevano capito che non c'erano altri posti in cui nascondersi nelle cinque volte precedenti in cui era toccato a lui stare sotto e aveva dovuto trovarli. Per fortuna, si erano fatti più furbi, perché era difficile far finta di non vedere due bambini che ridacchiavano e si dimenavano.

«Chissà dove si sono nascosti.» Fece una gran scena, pestando i piedi per il salotto mentre si dirigeva verso le scale. Non erano stati per niente silenziosi mentre erano corsi di sopra non appena lui aveva chiuso gli occhi.

«Chissà se sono qui dentro.» Aprì la porta del guardaroba e fece sbattere rumorosamente le grucce sulla sbarra. «No. Qui non ci sono.»

Ripeté la scena con la sala da pranzo e la cucina, aprendo porte e armadietti e spostando le cose rumorose al loro interno, per poi richiuderli con un gran fracasso.

Dalle scale giunsero delle risatine.

«Mmm, non sembra che siano qui sotto. Devono essere di sopra.»

Dei passettini risuonarono lungo il corridoio mentre lui si avvicinava alle scale. Batté *con forza* il piede su ogni gradino, con qualche sbuffo aggiunto qua e là per buona misura. Dio, quanto amava giocare con suo figlio.

«Non so... Se non li trovo, non avrò nessuno con cui lanciare il pallone da football.» Sbirciò attraverso la ringhiera del pianerottolo, ma non vide nessuna gambetta. Bene, i bambini stavano diventando più bravi a nascondersi.

O forse non era una cosa così buona...

Era arrivato all'ultimo gradino quando sentì il tonfo. Poi un lamento. Poi dei colpi sordi.

Decisamente *non* una buona cosa.

Bryan corse lungo il corridoio verso la camera di Jenna. «Trev? Bobby? Dove siete, ragazzi?»

«Qui dentro!»

Altri colpi sordi provennero dall'armadio di Jenna.

Bryan tirò le maniglie delle doppie ante e ne rotolarono fuori due bambini, un grosso orsacchiotto blu, una valanga di vestiti e scatole, e un mucchio di DVD.

«State bene, ragazzi?» Bryan li aiutò ad alzarsi, controllando se avessero ossa rotte, bernoccoli e lividi mentre cercava di riportare il suo battito cardiaco fuori dalla zona infarto. «Che cosa è successo?»

Il labbro inferiore di Bobby tremò. «Ci stavamo nascondendo e mi sono spaventato.»

«Gli avevo detto che ci avresti trovati, ma lui non ci credeva. Pensava che saremmo rimasti bloccati al buio per sempre.» Trevor strinse più forte l'orsacchiotto. «Vedi, Bobby? Te l'avevo detto che il mio papà ci avrebbe trovati. Lui può fare qualsiasi cosa.»

Ora il cuore di Bryan si stava gonfiando d'orgoglio. E d'amore. E della sensazione di essere un supereroe agli occhi di Trevor. Essere un genitore era la sensazione più bella del mondo.

«Anche il mio papà può fare qualsiasi cosa.»

«Nossignore. Lui non sa lanciare un pallone. A lui rimbalza.»

Bryan cercò di non ridere. Povero Bobby. Il bambino avrebbe avuto bisogno di un po' di aiuto in quel campo. «Ehi, ragazzi, vi andrebbe di aiutarmi a provare la torta di mele? Sarà pronta tra poco e ho bisogno che qualcuno mi dica se è buona o no.»

Il petto di Trevor si gonfiò. «Siamo capaci a farlo, papà. Siamo dei bravi assaggiatori.»

«Sì. Bravi assaggiatori» disse Bobby, seguendo Trevor fuori dalla stanza.

Bryan raccolse il disastro e lo mise sul letto di Jenna. L'avrebbe aiutata a rimettere a posto l'armadio più tardi...

Le custodie dei DVD avevano etichette bianche sul davanti. *Il primo sorriso di Trevor. Trevor si gira. I primi passi di Trevor.*

Li sfogliò. Poco più di una dozzina, tutti a documentare eventi significativi nella vita di suo figlio.

La nascita di Trevor.

Voleva vedere quello.

«Papà! Vogliamo la torta!»

Giusto. I bambini. Doveva scendere prima che si prendessero la briga di aprire il forno—

Merda.

Bryan afferrò quell'ultimo DVD e scese di corsa le scale. L'avrebbe guardato dopo il ritorno di Jenna. Avrebbero potuto guardarlo insieme e lei gli avrebbe potuto raccontare tutto ciò che provava e pensava mentre il loro figlio veniva al mondo.

* * *

Bryan non ce la fece ad aspettare fino a dopo cena. Non riuscì nemmeno ad aspettare che Jenna tornasse a casa; quel DVD gli bruciava nel palmo della mano. L'aveva a malapena posato per sfornare la torta e servirne due fettine ai bambini: glielo *aveva* promesso, dopotutto. Era stato solo un modo per distrarli dalla paura che avevano avuto nell'armadio e da tutto quello che gli era caduto addosso, ma Bryan aggiunse un po' di gelato alla torta per tenerli occupati un po' più a lungo. Che cos'era un po' di torta di fronte a un pericolo così grave?

E se come bonus li teneva occupati così che lui potesse dare un'occhiata al video, tanto meglio.

Lo guardò per molto più di una semplice occhiata. Molto più a lungo di quanto avrebbe dovuto, ma Bryan non era riuscito a distogliere lo sguardo.

Non era Jenna a dare alla luce suo figlio.

Oh, lei era lì, stava *filmando* la nascita. Per una donna di nome Mindy.

Una donna che, in effetti, *si* ricordava. Vagamente.

«Forza, Mindy, dai, ce la puoi fare. Proprio come al corso.»

I capelli di Mindy erano appiccicati al viso, il dolore evidente mentre si aggrappava alle sbarre del letto d'ospedale, le ginocchia sollevate, e spingeva.

Ed ecco... ecco la testa di Trevor.

«Così! Lo vedo! Vedo Trevor!» Jenna fece traballare la telecamera per l'eccitazione. «Forza, Mindy, ancora una!»

Mindy fece un respiro profondo e si tese e spinse Trevor – *suo figlio* – al mondo.

«Bryan, cosa stai— Oh.»

Jenna aveva aperto la porta d'ingresso. Era in piedi nel salotto.

Stava guardando la televisione.

Lui stava guardando lei.

E non sapeva chi stesse guardando.

«Io... posso spiegare.» Ora lei lo guardava, i suoi occhi preoccupati, le mani che si torcevano, una lacrima che le scendeva lungo la guancia e lui...

Lui non poteva. Non poteva restare. Non poteva ascoltare. Non poteva sentire quello che voleva spiegargli. Perché sarebbe stata una bugia. Proprio come quella che gli aveva raccontato per l'ultima settimana.

Lei non era la madre di Trevor.

Era almeno lui il padre di Trevor?

Quel pensiero gli tolse il fiato più dell'altro. Aveva cercato di incastrarlo per fargli pagare per questo bambino che lei...

Lei *cosa*?

Se Trevor non era suo, cosa sperava di ottenere da lui?

Ma c'erano quegli occhi. Anche alla nascita, poteva vedere la somiglianza – no, non erano ancora viola, ma lì, sullo schermo, c'era il viso delle sue foto da bambino. Trevor *era* suo figlio.

Ma non di lei.

Si alzò in piedi, quasi stupito di riuscirci. Che le sue gambe non fossero state falciate via da sotto di lui, perché la sensazione era proprio quella. «Non lasciare la città. Se lo fai, ti troverò. Non mi *fermerò* finché non ti avrò trovata.»

«Bryan, posso spiegare—»

«Tienitelo per il mio avvocato.» Le passò accanto e si diresse verso la cucina. Avrebbe preso Trevor e se ne sarebbe andato da lì.

«Ma tu non capisci—»

«Hai dannatamente ragione, non capisco. E non posso farlo adesso. Ma tu mi *spiegherai* questa cosa. O ti farò sbattere in prigione per rapimento, estorsione, frode e qualsiasi altra accusa io possa trovare contro di te. Quindi ti suggerisco di preparare la sua borsa e di raggiungermi alla mia macchina, o chiamo subito il Sergente Benton e nessun dolce sorriso da parte tua ti salverà dall'essere portata via in manette davanti a mio figlio. È questo che vuoi, Jenna? Vuoi che l'ultima immagine che Trevor ha di te sia sul sedile posteriore di un'auto della polizia?»

Altre lacrime le rigavano il viso, ma Bryan si fece forza contro di esse. Non sarebbe cascato in quella sceneggiata. Assolutamente no. Poteva averlo conquistato con la sua farsa da madre dolce, innocente e amorevole, ma ora i suoi occhi si erano aperti. Non era così stupido.

«Non puoi portarmelo via.»

«Non posso?» Si avvicinò al videoregistratore e rimosse la prova. La mise nella sua custodia protettiva e gliela sventolò davanti. «Questo dice che posso. Questo prova che non è tuo.»

«Non prova che sia tuo.»

«Farò un test del DNA, ma sappiamo entrambi cosa dirà, non è vero, Jenna?»

Quei capelli che non le stavano mai dietro le orecchie non lo fecero nemmeno quella volta, mentre la sua testa crollava in avanti e si seppelliva il viso tra le mani. «Ti prego, Bryan.» Le sue parole erano smorzate. «Ti prego, non portarmelo via.»

«Tu l'hai portato via a me.» Si diresse a grandi passi verso la cucina, fermandosi e ricomponendosi prima di entrare. Non doveva spaventare il bambino. «Ehi, ragazzi. Adesso andiamo a portare Bobby a casa e poi, Trev, io e te faremo qualcosa di divertente.»

«Forte! Cosa?»

«È una sorpresa.» Per entrambi, perché non aveva ancora la minima idea di quale sarebbe stata la sua prossima mossa. Sapeva solo che doveva andarsene da quella casa. «Allora, andiamo. Muoviamoci.»

«Ma devo lavarmi le mani.» Trevor scivolò giù dalla sedia e poi alzò le mani in aria. «Sono tutte appiccicose e a mamma non piace che tocco le cose con le mani appiccicose.»

«Beh, io non sono la mamma, e va bene se hai le mani appiccicose nel mio furgone. Che ne dici?»

I due bambini si sorrisero a vicenda come se avessero trovato l'oro. Conosceva quella sensazione. «Forte!»

No, non era forte. Niente era forte. Non ora.

Ma lo sarebbe stato.

Bryan si lasciò sbattere la porta rumorosamente alle spalle mentre uscivano.

Capitolo Trentanove

Jenna non seppe per quanto tempo stette seduta sul pavimento del soggiorno. Non aveva idea di quanto tempo fosse passato da quando Bryan aveva preso suo figlio ed era uscito dalla sua vita.

Suo figlio.

Suo figlio.

Loro figlio.

Le dita le si strinsero sul ventre. E se ce ne fosse stato un altro in arrivo? Bryan la odiava. Avrebbe cercato di portarle via anche questo bambino?

Fece un respiro profondo e affannato e si mise in ginocchio. Doveva alzarsi da quel pavimento. Non poteva restare seduta lì senza fare niente. Suo figlio era là fuori. Le era stato portato via. Preso.

Certo, da suo padre. Che lui amava. E che non gli avrebbe mai fatto del male, ma comunque... Trevor era *suo* figlio. A parte il pezzo di carta legale che lo attestava, lo proclamava il suo cuore. Lo amava come se fosse nato dal suo corpo e niente di ciò che Bryan poteva dire avrebbe cambiato la cosa.

E non avrebbe impedito neanche a Trevor di amarla.

Le sarebbe mancato. Oh, certo, questo periodo con Bryan sarebbe stato divertente, ma avrebbe voluto tornare da lei. A casa sua. Da Rocco e Mister Scimmietta, e l'orso blu e i suoi blocchi e i suoi dinosauri e il suo giardino e Bobby e...

Jenna riuscì ad arrivare fino al divano prima di crollarvi sopra in lacrime. Il suo bambino. Suo figlio. Bryan avrebbe chiesto l'affidamento.

Non poteva combatterlo per questo. Be', l'avrebbe fatto se lui avesse chiesto l'affidamento esclusivo, ma se fosse sceso a patti per condividere Trevor – per il bene di Trevor – allora avrebbe dovuto accettare. Proprio come aveva detto a sua madre, un bambino non dovrebbe essere costretto a scegliere tra i genitori e doveva farlo capire a Bryan.

Si trascinò giù dal divano e andò in cucina. Gli avrebbe parlato. L'avrebbe fatto ragionare. Amava Trevor; avrebbe fatto ciò che era meglio per lui.

E tu? Ti ama?

Dio, che cos'aveva la sua coscienza? La tormentava da quando Bryan era comparso sulla sua veranda, schernendola con i fallimenti della sua vita.

Jenna si asciugò le lacrime sulle guance. Non avrebbe pianto. La sua vita non era un fallimento. Aveva solo avuto dei brutti colpi, tutto qui. Ma Trevor non era stato un brutto colpo. Era stata la cosa migliore che le fosse mai capitata e, per Dio, non l'avrebbe ceduto senza lottare.

Afferrò la borsa e ne tirò fuori le chiavi. Sarebbe andata da Bryan proprio in quel momento per spiegargli tutto. Per farlo ragionare. Per fargli sentire quello che aveva da dire.

Solo che... non sapeva dove vivesse.

Jenna si lasciò cadere sulla sedia, e l'ironia di aver fatto l'amore con un uomo, di poter forse portare in grembo suo figlio, e di star crescendo l'altro suo figlio, senza avere idea di dove vivesse – *proprio come Mindy* – non le sfuggì, in un modo così triste. Era così disperata per avere un uomo che la amasse, che la volesse, che restasse con lei, da ricorrere a questo?

Questo è ciò che sua madre avrebbe voluto che lei credesse.

...

Jenna si rizzò a sedere.

Un attimo. Quello *era* ciò che sua madre avrebbe voluto che lei credesse. Sua madre, amareggiata e sola, che era stata lasciata dal marito.

L'aveva *lasciata*.

Aveva lasciato Ellen e, sì, aveva lasciato *lei*. Jenna. Sua figlia.

Aveva scelto qualcun altro al posto suo.

Come madre, Jenna non riusciva a capirlo e, da bambina, ovviamente non c'era riuscita neanche allora. E anche se ci fosse riuscita, non avrebbe potuto farci niente.

Ma *adesso* poteva. *Adesso*, poteva lottare per tenere sia Bryan che Trevor nella sua vita. Non doveva restare a guardare e lasciare che accadesse. Aveva il diritto legale di vedere Trevor, e anche quello morale.

E per quanto riguardava Bryan... aveva l'amore per impedirgli di lasciarla. Il suo per lui. Sì, lui era arrabbiato – forse a ragione – ma lei aveva intenzione di dirgli la verità, *tutta* la verità. Che lo amava e riguardo a Trevor. Aveva in programma di dirglielo quella sera, in realtà, e se non fosse stato per il fatto che lui aveva trovato quel video, l'avrebbe fatto a modo suo.

Il che avrebbe potuto comunque portarti a questo punto.

Scacciò la sua coscienza. Non avrebbe più ascoltato quella voce fastidiosa. Doveva a Trevor di sistemare la situazione e lo doveva a se stessa. E lo doveva anche a Bryan. Per così tante cose, ma soprattutto per l'eccitazione e l'amore che aveva visto nei suoi occhi quando gli aveva detto di sì. Potevano superarlo. Doveva solo ascoltarla.

* * *

«Sono sicura che aveva le sue ragioni, Bryan». Sua madre lo avvolse in un abbraccio.

Era in momenti come questi che era così grato di averla.

No, non era vero. Era stato grato ogni giorno della sua vita che lei lo avesse accolto quando sua madre non lo aveva voluto.

Proprio come quella di Trevor...

Dov'era Mindy? Perché era Jenna a crescere suo figlio? Cosa c'era di sbagliato nel suo patrimonio genetico, che spingeva le madri a lasciare i propri figli — e, buon Dio, se lui e Jenna *avessero* davvero concepito un bambino l'altra sera, sarebbe accaduta la stessa cosa a quel figlio?

Bryan strinse più forte sua madre, l'unica roccia nel suo mare in tempesta di dubbi. «Perché, mamma? Perché Mindy sarebbe semplicemente uscita dalla sua vita? Perché non mi ha trovato?»

Sua madre si tirò indietro e gli prese il viso tra le mani piccole e forti, con uno sguardo feroce, come un'orsa che difendeva il suo cucciolo. «Magari ti ha cercato, Bryan. Può darsi che Jenna non abbia mentito su tutto. Magari ci sono delle circostanze attenuanti».

«Non ci sono scuse per andarsene...»

«Bryan, non è vero e lo sai. So che hai sentito la mancanza della tua madre biologica, ma non conosci le *sue* circostanze. Forse non le sapremo mai. Ma poteva essere un'adolescente spaventata e sola. Poteva aver pensato a cosa fosse meglio per te. Ci sono cento scenari diversi sul perché ti abbia abbandonato, ma il fatto è che l'ha fatto, e io e Henry ti abbiamo adottato. Ti abbiamo scelto, Bryan. Non ti ricordi che te lo dicevo? Avremmo potuto dire di no, avremmo potuto aspettarne un altro, ma non l'abbiamo fatto. Ti abbiamo visto, ci siamo innamorati di te e sapevamo che avresti reso la nostra famiglia completa. Vorrei che questo ti bastasse».

«Mi basta, mamma». Ed era vero. All'improvviso, così, Bryan si rese conto che era abbastanza. Era *più* che abbastanza. In un mondo in cui il tasso di divorzi era quasi del cinquanta per cento, i suoi genitori erano rimasti insieme finché la clausola del "finché morte non ci separi" non si era avverata, e lui e Kyle avevano sempre saputo di essere amati e voluti. I loro genitori avevano detto loro più e più volte di come li avessero scelti perché si erano innamorati di loro a prima vista e Bryan era cresciuto senza mai dubitare di quell'amore.

No, era dell'amore della sua madre biologica che aveva dubitato, ma finalmente si rese conto che non poteva vivere la sua vita basandosi su quello. La verità era che Jenna amava Trevor tanto ferocemente e tanto quanto Tabitha Lassiter amava *lui*, e prima di conoscere la verità sulla parentela di Trevor, Bryan era stato sia grato che invidioso di quanto Jenna amasse Trevor.

Questo non era cambiato per il fatto che non l'avesse partorito lei. Anzi, rendeva solo più forte la sua ammirazione per lei. Più grande il suo apprezzamento per l'amore che provava per suo figlio.

Sarebbe venuta a cercarlo. Bryan lo sapeva. Appena si fosse ripresa dalla scoperta della verità e dalla devastazione per averle portato via Trevor, Jenna lo avrebbe rintracciato. Tra loro non era finita.

E, diavolo, non voleva che lo fosse.

Si allontanò da sua madre e si ficcò le mani in tasca. Voleva Jenna. Si era innamorato di lei, di chi pensava che fosse.

Ma da qualche parte doveva pur essere quella persona. Aveva creato un legame con lei. Il loro amore non era stato solo fisico. Aveva smosso il cielo e la terra, proprio come declamavano tutti i poeti. L'aveva sentito. L'aveva saputo, ci aveva creduto. Non poteva essere una bugia.

«Ascoltala, Bryan. Dalle una possibilità di dirti la verità. Poi giudicala. Magari al suo posto avresti fatto la stessa cosa».

«Non negherei mai a un figlio il suo diritto di nascita».

«Non sai cosa faresti in quelle circostanze. E devi a Trevor di scoprire la verità. Ricordatelo. In fondo a tutto questo c'è un bambino che è stato appena allontanato dall'unica madre che abbia mai conosciuto. Pensa a cosa avrebbe fatto a te alla sua età, Bryan».

Ahi. La mamma non usava spesso il senso di colpa, ma quando lo faceva, era efficace.

Fece un respiro affannoso e si tolse le mani dalle tasche. «Hai ragione, mamma. Ho reagito in modo esagerato».

«No, hai *reagito*. E così come tu non sai cosa avresti fatto al posto di Jenna e Mindy, nessuno sa cosa farebbe al posto tuo. Quindi sii indulgente con te stesso e fai lo stesso con Jenna. Ascoltala».

«Stai dando per scontato che vorrà parlarmi».

«Oh, non lo do per scontato. Lo so. Perché ha appena accostato nel vialetto».

Capitolo Quaranta

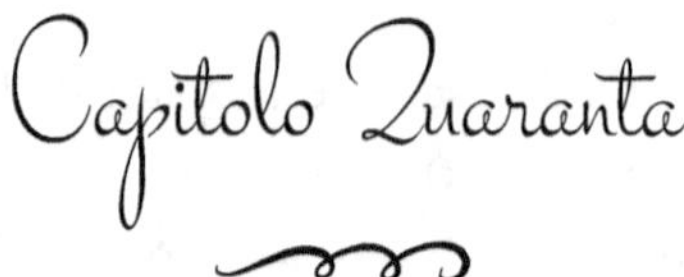

Bryan le andò incontro a metà strada. Il simbolismo della cosa non sfuggì a Jenna, ma non era sicura che l'avesse fatto apposta.

«Non credo che Trevor debba sentire» disse lui, dandole ragione. «Andiamo da qualche parte.»

Le tese la mano per le chiavi, dato che l'aveva bloccato con la macchina, e Jenna gliele diede. Non valeva la pena di discuterne.

Uscì in retromarcia dal vialetto. «Ho riportato Bobby a casa, e mia madre è con Trevor.»

Lei annuì, sapendo che Bryan si sarebbe organizzato prima di andarsene. Amava Trevor.

Doveva ricordarselo. E *lui* doveva ricordarselo. «Dove andiamo?»

Le sue dita, che avevano tamburellato sul volante, si fermarono. «Non so... da qualche parte dove non verremo interrotti.» Lanciò un'occhiata all'orologio del cruscotto. «Merda. Devo aprire il locale. Andiamo lì, e poi potremo parlare nell'appartamento.»

L'appartamento dove avevano fatto l'amore. Il locale dove avevano fatto l'amore...

Jenna non era sicura di poter sopportare i ricordi, se le cose non si fossero sistemate.

* * *

Il backstage era un brulicare di attività come la sera in cui aveva ballato, anche se, per fortuna, stavolta nessuno si stava sentendo male e Bryan riuscì a sbrigare velocemente le funzioni di cassa e inventario, poi passò le redini a un ragazzone di nome Tanner che era mezzo svestito — o meglio, mezzo vestito, visto che quei vestiti se li sarebbe tolti di lì a poco — da operaio edile, e la condusse di sopra all'appartamento.

Che differenza potevano fare poche ore e un'enorme bugia.

«Perché mi hai mentito?»

Bryan non le aveva neanche permesso di fare due passi nell'appartamento prima di lanciare la prima bordata.

«Non ti conoscevo, Bryan. Non sapevo come avresti reagito.»

«Cosa ti ha dato il diritto di preoccuparti di come avrei reagito? Perché devi essere tu a fare da guardiano a queste informazioni? Dov'è Mindy per assumersi la responsabilità di tutto questo? Voi due sembravate molto in confidenza nel video; non puoi dirmi che non l'hai sentita da quando è sparita nel nulla. A quella donna importa qualcosa di suo figlio?»

Le lacrime minacciarono di soffocarla, ma Jenna le ricacciò indietro. Doveva a tutti loro di raccontare quella storia per intero. «Sediamoci, Bryan.»

«Preferisco stare in piedi.»

«Vorrai sederti per questo. Non è affatto come te lo stai immaginando.»

Bryan si sedette. Sulla poltrona reclinabile. Lontano da lei.

Così Jenna si alzò dal divano e si sedette sul pavimento accanto a lui. Doveva stargli accanto, perché quando avesse saputo la verità... Bryan non era insensibile. Stava soffrendo. E questo l'avrebbe fatto soffrire ancora di più.

«Mindy aveva un cancro. Lo scoprì mentre era incinta e scelse di portare avanti la gravidanza senza alcuna cura per dare a Trevor la migliore possibilità di vivere.»

«Cosa?» La voce di Bryan era aspra, roca. Piena di emozione quanto la sua.

Lei annuì. «Ecco perché non è qui. Ecco perché non è riuscita a trovarti. Ti ha cercato, oh, sì, ti ha cercato, ma la diagnosi era terribile e poi il suo unico obiettivo era arrivare alla fine. Arrivare al parto, così che la sua vita non fosse stata vana.» Continuò raccontandogli chi era Mindy per lei, parlandogli del senso di colpa che Mindy aveva condiviso con lei sul letto di morte per averle portato via suo padre. Jenna, naturalmente, l'aveva assolta: Mindy era stata vittima di quel casino tanto quanto lei, e Jenna non l'aveva mai incolpata.

«Così mi ha affidato Trevor. Siamo andate da un avvocato e abbiamo fatto tutto in regola, così che io fossi la sua tutrice legale. E siccome sua madre era morta e non aveva nessuno, voleva che io dicessi a tutti che Trevor era mio figlio. Non voleva che fosse il bambino la cui madre era rimasta incinta a un addio al celibato e che non conosceva suo padre. Io avevo un ragazzo e mia madre era ancora viva. In più, io, be', l'altro bambino... La gente non si sarebbe sorpresa se fossi comparsa con un bambino.»

«Le hai permesso di usare il tuo dolore?»

«Non importava, Bryan. Volevo — *volevamo* — fare ciò che era meglio per Trevor. E cioè sapere di essere amato e voluto, e che la sua vita fosse stabile. In realtà speravamo che il mio fidanzato dell'epoca, Carl, fosse disposto ad adottarlo, così Trevor sarebbe cresciuto in una casa con due genitori, amato, accudito e al sicuro.»

«Cos'è successo?»

«Carl non voleva il figlio di un altro. Voleva un figlio suo o niente.»

Il viso di Bryan si indurì. «*Il figlio di un altro*? Si riferiva così a Trevor?»

Omise la parte sul bastardo. Non c'era bisogno di peggiorare le cose. Gliel'avrebbe risparmiato. «Sì. Lo so. Terribile, vero? Ho cercato di dirgli che Trevor sarebbe stato il *nostro* bambino, ma Carl non riusciva a superare la biologia. Così ci siamo lasciati e da allora ho cresciuto io Trevor.»

«Ma perché non me l'hai detto? Quando sapevi chi ero per lui, quando hai visto che volevo far parte della sua vita — quando ti ho chiesto di sposarmi — perché non me l'hai detto allora?»

Questa era la parte difficile, anche se ricordare la morte di Mindy era stato difficile. Ma questo... questo poteva plasmare il loro futuro, e se avesse sbagliato...

«Avevo paura, Bryan. Proprio come adesso. Avevo così paura che tu facessi qualcosa per portarmelo via. Sapevamo che l'adozione poteva essere messa in discussione perché il padre non aveva rinunciato ai suoi diritti genitoriali. Era sempre lì, sospeso sopra la mia testa, il fatto che il padre di Trevor potesse tornare in scena e volerlo. Avrebbe potuto anche vincere una causa per l'affidamento e avrei dovuto dividerlo con lui o, peggio, perderlo.

«Così, quando ti ho visto sul mio portico, quando ho visto i tuoi occhi, e ho capito chi dovevi essere... sono andata nel panico. Vivevo con questa mezza verità da così tanto tempo che ho semplicemente continuato a portarla avanti. Non potevo dirtelo. Anche dopo che mi hai chiesto di sposarti... ho pensato che fosse per renderci una famiglia. E a me andava bene così. Sarebbe stato diverso se tu fossi stato innamorato di me, ma non lo sei e non potevo rischiare nulla per via di Trevor.

«Lui ti ama. E tu lo ami. E il nostro stare insieme ha così tanto senso che ero entusiasta di continuare la bugia per lui. O almeno così pensavo. Ma poi...» Deglutì. «Poi le cose sono cambiate e ho dovuto dirti la verità. *Stavo* per dirti la verità. Davvero. Avevo deciso stasera al supermercato che dovevo farlo. Avevo pianificato di confessare tutto dopo averlo messo a letto stasera e, per ironia della sorte, stavo per mostrarti il video.» La sua voce si spezzò e le lacrime che aveva faticato tanto a trattenere non poterono più essere negate. «Non stavo cercando di impedirti di scoprirlo, Bryan; stavo solo cercando di assicurarmi di non perderlo.»

La musica del locale rimbombava ovattata da sotto di loro, mentre Jenna tratteneva il respiro, aspettando che Bryan dicesse o facesse qualcosa. Qualunque cosa. Quell'incertezza era quasi peggio che se le avesse detto di trovarsi il miglior avvocato della città perché avrebbe lottato per l'affidamento esclusivo.

«Cosa è cambiato, Jenna?»

«Cosa?»

«Hai detto che le cose sono cambiate. Quali cose?»

Jenna lo guardò. Eccolo. Il suo momento della verità. Aveva il coraggio di provarci? E se ci avesse provato e avesse perso?

E se non ci provi e perdi comunque?

Maledetta la sua coscienza.

«Io...» Si umettò le labbra. «Mi sono innamorata di te.»

La musica scandì il tempo che Bryan impiegò a rispondere, ogni battito che le martellava nell'anima.

Bryan si sporse e le prese le mani. «Non lo perderai, Jenna.»

«Cosa?» Non si era aspettata quelle parole.

La tirò in piedi e le si mise accanto, così vicino, e portò le loro mani unite al suo cuore. «Non perderai Trevor. E neanche me, se riesci a perdonarmi per aver pensato il peggio di te. Per non esserti stato vicino quando tu e Mindy stavate attraversando qualcosa di così incredibilmente terribile che mi stupisce che tu non sia amareggiata e arrabbiata. Che tu possa ancora amare Trevor così pienamente e completamente come se lo avessi partorito tu stessa. Che tu abbia cambiato la tua vita per lui e rinunciato all'uomo che avevi pianificato di sposare per lui. Non c'è amore più grande a questo mondo e l'hai dimostrato senza ombra di dubbio, anche quando non *dovevi* dimostrarlo. L'hai fatto perché lo volevi. Qualsiasi bambino sarebbe fortunato ad averti come madre.»

Le baciò le dita, soffermandosi su quella dove le aveva messo l'anello di sua madre. «Proprio come qualsiasi uomo sarebbe fortunato ad averti come madre dei suoi figli, genetici o adottati.»

Le accarezzò una guancia, senza lasciare le sue mani con l'altra. «Voglio essere io quel ragazzo fortunato, Jenna. Non voglio buttare via quello che potremmo avere perché ho commesso un errore. Capisco la tua paura e, francamente, adoro il fatto che ti sia spinta a tanto per proteggerlo. Non potrei chiedere una madre migliore per i miei figli, e, cosa più importante, se mi ami anche solo la metà di quanto ami lui, per me sarebbe più che sufficiente.»

«Ma non è così, Bryan.»

Lui si irrigidì e la luce nei suoi occhi si spense. «No?»

Lei si umettò le labbra e scosse la testa. «No.»

«Oh.»

Poi le lasciò le mani e fece un passo indietro. Lontano da lei.

Lei si protese verso di lui. «Dove vai?»

Lui fece una smorfia e si passò la mano che, pochi istanti prima, le aveva tenuto il viso con tanta tenerezza, sulla mascella; il fruscio della barba incolta grattò nel silenzio.

«Non voglio forzarti. Possiamo raggiungere un accordo amichevole per Trevor, ne sono sicuro. Voglio dire, entrambi lo amiamo e vogliamo ciò che è meglio per lui e—»

Fu il suo turno di accarezzargli la guancia. «Lo stai facendo di nuovo.»

«Di nuovo?»

Lei annuì. «Stai facendo un altro errore.» Fece un altro passo verso di lui. «Ho detto che non ti amo la metà di quanto amo Trevor. Ti amo *tanto* quanto lui. In un modo completamente diverso. Un modo che mi ci vorrà una vita per dimostrartelo.»

«Una vita?»

Lei annuì di nuovo, apprezzando quel suo lato insicuro. «*La nostra* vita. Se la vuoi ancora, s'intende.»

Allora le braccia di Bryan la avvolsero e la strinse a sé, sollevandola finché le sue labbra non furono all'altezza delle sue, e Jenna dovette ammettere che quel lato di lui le piaceva ancora di più.

«Oh, la voglio una vita con te, ragazza. Assolutamente.» Abbassò le labbra e, un attimo prima che incontrassero le sue, si fermò. «E, per la cronaca? Sono *innamorato* anche io di te. Giusto perché non ci siano errori al riguardo.»

E non ce ne furono mai.

Grazie per aver letto! Mi aiuterebbe molto se potessi lasciare una recensione dove hai acquistato questo libro, così altri lettori potranno scoprirlo più facilmente. E se vuoi leggere altre mie storie, gira la pagina!

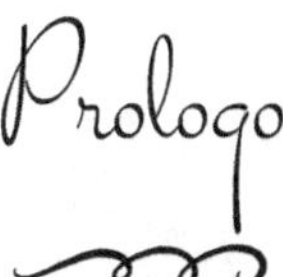

Prologo

«Vi dichiaro marito e moglie. Può baciare la sposa.»

Tanner fissò la donna di fronte a lui. *Sua moglie.*

Come diavolo si era lasciato incastrare in quella situazione?

«Tanner?» Juliet pronunciò il suo nome così dolcemente, con una piccola inflessione alla fine a renderlo una domanda.

Lui non sapeva come risponderle.

«Ehm, può baciare la sposa.» disse il giudice di pace, schiarendosi la voce.

Sì, sì, Tanner conosceva la prassi. Solo non capiva *perché* si trovasse lì a doverlo fare.

Ma si chinò comunque, con l'intenzione di darle un bacio rapido e sbrigativo.

Juliet lo rese molto più che piacevole e decisamente non rapido.

Maledetta lei.

Sapeva esattamente come baciarlo. Sapeva come accendere il calore nel suo basso ventre. Sapeva come avvolgere il suo corpo sexy da morire attorno al suo e mandargli tutto il sangue in un unico posto.

Maledetta lei.

Tanner le affondò le mani tra i capelli mentre la sua lingua invadeva la bocca di lei. Voleva farlo diventare eccitato da morire? Bene. Allora era meglio che fosse pronta ad affrontarne le conseguenze perché, in quanto sua moglie, avrebbe dovuto affrontare un *sacco* di conseguenze.

No, non era vero.

Tanner staccò bruscamente la bocca dalla sua, col respiro affannoso, e si perse in quegli occhi azzurri in cui si era smarrito tempo prima. Quando ancora credeva nell'amore e nel "per sempre felici e contenti" tra loro.

Dio, che idiota era stato.

«Posso essere il primo a farvi le mie congratulazioni?» Quel dannato giudice non voleva proprio scendere dal carrozzone del matrimonio d'amore. Certo, era stata una clausola imposta da *Tanner*. Era già abbastanza brutto doverlo fare; non voleva che la gente sapesse il vero motivo per cui lo stava facendo.

Purché lo sapesse Juliet.

Sfilò le dita dai capelli di lei e afferrò il certificato di matrimonio dalle mani dell'impiegato. Ecco. Fatto. Avanti il prossimo.

Fortunatamente, si ricordò anche di afferrare la mano di sua *moglie* prima di uscire a grandi passi dall'ufficio del tribunale con un breve, brevissimo, cenno di saluto alle rispettive famiglie.

Le lasciò la mano non appena furono fuori.

Doveva farlo, per il suo bene.

Perché ogni volta che toccava Juliet, il suo cuore finiva in mille pezzi.

Juliet dovette correre per stare al passo con Tanner. Non che fosse una novità; aveva sempre cercato di stargli dietro. Dal primo momento in cui aveva posato gli occhi su di lui — be', forse non proprio allora, dato che aveva due settimane, ma da quando era stata abbastanza grande da notarlo — gli era sempre corsa dietro.

Aveva iniziato con nascondino, per poi passare a skateboard, bicicletta e nuoto. Aveva dovuto stargli al passo per tutta l'infanzia perché era stato il suo migliore amico. I loro genitori erano migliori amici, i loro ranch confinavano l'uno con l'altro e Tanner era stato una forza della natura.

Certo, quel corpo era già abbastanza imponente di per sé. Tanner aveva la stazza di un linebacker, gli addominali di un nuotatore e il viso di un dio greco. Ai suoi occhi era bellissimo fin dalla pubertà e la sensazione era solo cresciuta con il tempo.

Erano stati la coppia d'oro. Re e regina del ballo di fine anno. I più belli. Quelli con più probabilità di avere successo. Lo staff dell'annuario aveva persino aggiunto il cognome di lui dopo il suo sotto la foto dell'ultimo anno, perché *ovviamente* si sarebbero sposati.

«Tanner, aspetta.»

Lui non rallentò nemmeno. «Abbiamo una tabella di marcia.»

No, *lui* aveva una tabella di marcia. Ultimamente era sempre in movimento, sempre impegnato. Sapeva che lo faceva per evitare di passare del tempo da solo con lei. La considerava così poco che di recente non avevano mai avuto la possibilità di tirare il fiato insieme.

Quella notte avrebbe cambiato le cose. La settimana successiva le avrebbe cambiate. Aveva usato l'unica cosa che le era venuta in mente per ottenere un po' di tempo da sola con lui e non ne andava fiera. Ma, dannazione, avevano bisogno di stare da soli. Di avere il tempo di parlare e chiarire cosa fosse successo: la scena che aveva architettato per quando suo padre sarebbe entrato...

Li aveva portati in tribunale e sull'aereo per le Fiji, dove papà aveva sborsato una fortuna per la capanna sulla luna di miele sull'acqua. Se avesse dovuto portare suo marito in capo al mondo per avere un po' di tempo da sola con lui, allora l'avrebbe fatto.

«Tanner, ti prego. Non riesco a correre con questi tacchi.»

«Allora toglili. Non sembrano comunque fatti per camminare.»

Soffocò una risposta rabbiosa. Non voleva iniziare la luna di miele con un litigio. C'erano già state troppe parole dure tra loro.

Si prese qualche secondo in più dalla loro "tabella di marcia" per togliersi le scarpe, poi gli corse dietro, desiderando di essersi allenata per quella mezza maratona a cui Tricia aveva cercato di convincerla a partecipare.

Raggiunse la limousine pochi secondi dopo che lui le aveva aperto la portiera, giusto in tempo perché si formasse un'espressione corrucciata sul suo viso.

«L'aereo non aspetterà, Juliet.»

In realtà, l'avrebbe fatto. I soldi di suo padre garantivano che l'avrebbe fatto, ma lei non aveva intenzione di discutere con lui.

Chiuse la portiera e tirò fuori il telefono non appena l'autista si allontanò dal marciapiede.

Rimase attaccato a quel coso per tutto il tragitto fino all'aeroporto, attraverso i controlli di sicurezza e fin sulla pista. Lo aveva ancora in mano quando l'assistente di volo porse loro lo champagne.

«Signor Wentworth, partiremo a breve,» disse lei quando lui le fece cenno di posare il flûte sul tavolino tra loro.

Tanner digitò ancora un paio di lettere nel suo messaggio o e-mail o, diavolo, forse stava solo giocando a qualche stupido gioco per non doverle parlare, ma poi spense il telefono.

Finalmente. Juliet non riuscì a trattenere un sorriso. La loro luna di miele poteva finalmente iniziare e la guarigione poteva cominciare.

Ma poi Tanner si alzò.

«Tanner? Cosa stai facendo?»

«Aspetta un attimo, Juliet.» Si infilò il telefono nella tasca dei pantaloni e si diresse verso la cabina di pilotaggio.

Juliet fissò la sua schiena ampia che si stringeva in modo così incredibilmente bello fino a una vita sottile. L'aspetto e il fisico di Tanner erano solo la ciliegina sulla torta dell'uomo di cui si era innamorata tanto tempo fa...

Lo stesso uomo che stava scendendo dall'aereo.

SERATA TRA RAGAZZE NON È MAI STATA COSÌ PICCANTE!

Figo
&
la
fiamma
BEEF CAKE INC.
JUDI FENNELL

<u>Royally Sunk</u>

Con l'acqua alla gola

Reel è un tritone senza coda, ed Erica è terrorizzata dall'oceano. Solo una cosa potrebbe convincerla a entrare in acqua: una pistola. E solo una cosa potrebbe farcela restare: il sexy tritone che le salva la vita, solo per poi rischiare la propria.

Profondo blu selvaggio

Valerie è una principessa sirena bloccata nel cuore del paese. Rod è il principe che parte per salvarla. Ma riusciranno a sventare il complotto di un usurpatore e a tornare nell'oceano prima che la sua coda, e la sua pretesa al trono, svaniscano per sempre?

La pesca perfetta

Logan è fuggito dal circo; tutto ciò che vuole è una vita normale. La donna nuda che compare sulla sua barca è tutto fuorché normale. Soprattutto quando Angel si rivela essere una sirena... con un'arrabbiata creatura marina alle calcagna.

Amore tra gli scogli

La principessa Mariana non finge, è un'artista per davvero, e sta per dimostrarlo con la statua che sta scolpendo su un'isola deserta. Il problema è che Jace si sta nascondendo proprio lì, quindi l'unica cosa che libererà Mariana dalla sua prigione dorata è la stessa che farà uccidere Jace. L'amore è già abbastanza complicato, ma quando le previsioni del tempo annunciano uno tsunami, l'amore è davvero sugli scogli.

Smuovere le acque

Leggete dell'Incidente che ha reso Erica terrorizzata dall'oceano, del motivo per cui Valerie, la principessa perduta, fu ritrovata, e di come Michael, il giovane figlio di Logan, trovò una sirena. Le storie dietro le storie.

Bottled Magic

Sogno un genio

La fortuna di Matt è finalmente cambiata quando la genio Eden fugge dalla sua bottiglia e gli finisce letteralmente in grembo. E giura di non tornarci mai più. Sfortunatamente per entrambi, il tizio che ce l'aveva rinchiusa la rivuole indietro e non si fermerà davanti a nulla per riaverla.

Il genio ha sempre ragione

Samantha eredita la tenuta di suo padre, con tanto di genio che deve servire un ultimo padrone prima che la sua schiavitù abbia fine. Sam è più che disposta a liberare Kal, finché il suo avido ex non decide che se non può avere Sam, non l'avrà nessuno.

Il mio adorabile genio

Zane ha ereditato la villa di famiglia, di cui non vede l'ora di sbarazzarsi per mettere a tacere le voci sulla folle storia della sua famiglia. Peccato che la genio, causa di quelle voci, sia stata liberata per scatenare ancora il caos. Solo che questa volta, è con il suo cuore che sta giocando.

Ogni tuo desiderio è un suo ordine

Scoprite come Kal finì imprigionato nella sua lanterna e perché deve servire 1001 padroni. È la storia dietro la storia...

<u>Once-Upon-A-Time Romance</u>

La bella e il migliore

Di giorno Jolie è una chef a domicilio, di notte una scrittrice di romanzi rosa. Così, quando ottiene un ingaggio per il sexy e solitario artista Todd, ha l'eroe perfetto per il suo libro. Finché Todd non lo scopre e la caccia dalla sua cucina, dalla sua casa, e dal suo cuore.

Se la scarpetta calza

C'era una volta, tanto tempo fa, in una terra lontana, una ragazza di nome Cenerentola. Questa non è la sua storia. Questa è la storia di Lucinda Isabella Casteleoni, che, come la sua omonima, ha una matrigna cattiva, due sorellastre pacchiane e innumerevoli ore di duro lavoro che la aspettano (senza entusiasmo). Ma a differenza di quella principessa delle fiabe, il Principe Azzurro di Bella non si vede da nessuna parte. Finché un vecchietto dagli occhi verdi scintillanti non apre un negozio di scarpe in fondo alla strada. E allora la magia ha inizio...

Attraverso il vetro piombato

Un viaggio accidentale nell'Inghilterra medievale costringe Kate, dirigente pubblicitaria, a cercare freneticamente un modo per tornare a casa... Ma potrà portare con sé il sexy cavaliere dall'armatura scintillante di cui si è innamorata?

<u>Beefcake, Inc.</u>

Figo e Frittella

Lara vuole che i suoi cupcake abbiano successo. All'esotico spogliarellista Gage non dispiacerebbe assaggiarli, ma i suoi turni di lavoro per pagare le spese mediche del nipote non gli lasciano il tempo di farlo. Finché, a una festa, muscoli e cupcake non si incontrano e, *oh*, che delizia!

Figo e Fraintendere

Quando Bryan scambia Jenna per una prostituta e lei si rende conto che lui è il padre di suo figlio adottivo, gli equivoci e le incomprensioni iniziano a moltiplicarsi. Ma tra loro sta crescendo anche qualcos'altro. A volte, una svolta sbagliata può rivelarsi quella giusta...

Figo e La Fiamma

Tanner vuole che la sua ex moglie esca per sempre dalla sua vita, ma quando la nonna di lei ha un ictus e lui deve fingere di essere ancora innamorato di Juliet, può rischiare di riprovarci con l'unica donna che non ha mai smesso di amarlo?

Figo e Fiocco di Neve

Gina ha una cotta per Darien da sempre, fino al giorno in cui lui l'ha umiliata a scuola. Quindici anni dopo, lui la lascia indifferente. Darien, spogliarellista esotico, è tornato in città per sistemare alcune cose. Una è il casino che ha combinato con Gina anni prima... e *magari* riaccendere la fiamma che un tempo ardeva tra loro. Ma l'unico modo per sciogliere il ghiaccio attorno al cuore di Gina è alzare la temperatura, sia sul lavoro... che fuori.

<u>Manley Maids – Italiano</u>

Cosa succede quando tre fratelli irresistibilmente sexy perdono una scommessa a poker contro la loro intraprendente sorella? Vengono assunti per la sua impresa di pulizie. Ora, i Manley Maids sono al vostro servizio. Soddisfazione garantita.

Quello che una donna vuole

Sean, proprietario di un resort, progetta di acquistare una tenuta storica per farsi un nome e guadagnare milioni, così vi si trasferisce con il pretesto di ripulire il posto per aggirare l'unica condizione dell'eredità. Ma l'erede Olivia e il suo serraglio gli entrano sotto la pelle, e scopre che la scommessa a poker che l'ha messo in questo guaio non è l'unica a cambiare le carte in tavola.

Quello che una donna ha bisogno

La star del cinema Bryan vuole fama e fortuna, non una replica della sua infanzia "normale" e squattrinata. Dopo il clamore mediatico che ha circondato la morte del marito, Beth ha bisogno di una vita normale per sé e per i suoi figli, e la star del cinema che ha perso una scommessa e deve pulirle casa, con i paparazzi al seguito, non fa al caso suo. Ma mentre il flirt si trasforma in seduzione, Bryan deve convincere Beth di essere più uomo che domestico. O attore. Perché sta interpretando il ruolo del protagonista in una Cenerentola al contrario, e potrebbe essere il ruolo di una vita.

Quello che una donna merita

Liam non ha pazienza per le donne che spendono i soldi di un uomo senza pensare minimamente a un vero lavoro. Ma per onorare la scommessa, Liam non solo deve tollerare la socialite Cassidy, ma dovrà anche ripulire dopo di lei quando suo padre le taglierà i fondi. Senza soldi e senza una casa da pulire per Liam, Cassidy non ha altra scelta che accettare un'offerta di lavoro: come nuova domestica di Liam. Ma quando tra loro scoccherà la scintilla, sarà vero amore o solo un'altra relazione complicata?

Che donna

MaryAlice Catherine è pronta a pulire la casa dell'amica di sua nonna, solo per scoprire che il presuntuoso nipote della donna, per cui aveva una cotta da ragazzina (e lui l'aveva sempre saputo), vive lì, e lei è mortificata. Jared la ricorda diversamente; Mac era sempre stata una tipetta autoritaria, ma non le permetterà di dettare legge adesso. Ma con due di loro che vivono nella stessa casa, non si sa chi avrà la meglio.

Quello che un figo vuole

Beckett è pronto a pagare il debito per la sua scommessa a poker persa. Solo che non si era reso conto che avrebbe dovuto farlo con il suo cuore. Jennifer è quella che gli è sfuggita e ora è proprio lì, davanti a lui. A casa sua. Che lui è lì per pulire. Jennifer non può credere che il cattivo ragazzo del liceo per cui aveva una cotta pazzesca sia in casa sua, ma se c'è una cosa che il suo ex marito le ha insegnato, è che non può fare affidamento sui cattivi ragazzi. Finché Beckett non mette tutte le sue carte in tavola e si rivela essere qualcuno su cui, dopotutto, Jennifer può scommettere.

Ecco Judi!

L'autrice pluripremiata e bestseller Judi Fennell ama ridere e ama l'amore, quindi non sorprende che ci sia un po' di entrambi in ogni libro che scrive. Date un'occhiata alle sue fiabe con un tocco originale per assaggiare le sue commedie romantiche e paranormali leggere e ironiche. Dai tritoni al largo della costa del Jersey Shore, ai geni con tappeti magici, agli spogliarellisti à la Magic Mike, e ai domestici virili il cui motto è *Soddisfazione Garantita*, c'è sempre una risata e un amore da vivere.

E, nel suo abbondante (?) tempo libero, aiuta gli autori con tutti gli aspetti della scrittura e dell'autopubblicazione con la sua azienda di formattazione, design di copertine e promozioni, servizi editoriali, consulenza e audiolibri, www.formatting4U.com.

Judi vive nella periferia di Philadelphia con un serraglio di amici a quattro zampe, e il giorno in cui queste creature inizieranno A) a cantare, B) a cucire vestiti o C) a pulire la casa sarà il giorno in cui si ritirerà dalla scrittura...!

www.ingramcontent.com/pod-product-compliance
Lightning Source LLC
Chambersburg PA
CBHW071232210726
48293CB00002B/670